Tiffany Jones

Verführung (Obsessed 1)

*Bibliografische Information der Deutschen Nationalbibliothek:
Die Deutsche Nationalbibliothek verzeichnet diese Publikation
in der Deutschen Nationalbibliografie; detaillierte bibliografische Daten sind im Internet über http://dnb.dnb.de abrufbar.*

© 2016 Tiffany Jones

Illustration: **Coverart by jdesign.at**
Korrektorat: **Anika Beer**

Herstellung und Verlag: BoD – Books on Demand, Norderstedt

ISBN: 978-3-7392-3677-3

1. Kapitel

„Kommst du nachher noch mit was trinken?"

Meine beste Freundin und Kollegin Eleni beugt sich über den Tresen und lässt eine bonbonrosa Kaugummiblase platzen. Ich schüttele den Kopf und befülle weiter die Zuckerstreuer. Mein Blick geht zum hundertsten Mal in den letzten dreißig Minuten zur Wanduhr über der Tür des Diners. Viertel vor zehn. Noch fünfundvierzig Minuten bis zum Feierabend.

„Ach, Spielverderberin."

„Ich bin müde, Eleni. Und morgen muss ich früh raus."

„Na und? Wir sind nur einmal dreiundzwanzig. Und in drei Wochen bist du schon vierundzwanzig, schwupps, bist du dreißig und hast nicht gelebt."

„Tisch 14." Ich bin nicht nur eine Spielverderberin, sondern auch Schichtleiterin in Jimmy's Diner in Williamsburg. In Sichtweite von Manhattan und doch Welten davon entfernt. Und als Schichtleiterin muss ich Eleni hin und wieder darauf hinweisen, wenn sie Gäste in ihrem Bereich übersieht. Das macht sie nicht mit Absicht. Sie quatscht einfach gerne.

„Herrje." Eleni verdreht die Augen, wirft die blonde Lockenmähne über die Schulter und marschiert in ihrer knappen Uniform zu Tisch 14, an dem drei Typen mit Schlapphüten und Cordhosen Platz genommen haben. Typische Einwohner von Williamsburg also. Möchtegern-Künstler ohne Sinn für Ästhetik.

Ich schraube die Zuckerspender zu und drehe mit der Kaffeekanne die übliche Runde durch den Raum. Um diese Tageszeit ist nicht viel los, und darüber bin ich froh. Meine Füße schmerzen. Ich sehne mich nach meinem Bett. Noch fünfunddreißig Minuten.

Die Tür geht auf, die Glöckchen tanzen wild, und zwei weitere Gäste betreten das Diner. Ich begrüße sie und schaue mich nach Eleni um. Die neuen Gäste setzen sich in eine der Nischen und legen die dicken Schals und Mützen ab. Draußen herrscht der New Yorker Winter mit Schnee und Eiseskälte.

Und ich kann gerade nur darüber nachdenken, was das für meine Heizkosten und damit für mein Konto bedeutet.

Weil Eleni mit den Jungs von Tisch 14 flirtet – wahrscheinlich müssen die drei später mit ihr um die Häuser ziehen – zücke ich meinen Block, schnappe mir zwei Speisekarten und kümmere mich um ihre anderen Gäste.

„Guten Abend und willkommen in Jimmy's Diner." Ich lächle die beiden Männer tapfer an. Der eine starrt nur auf sein Smartphone, aber der andere blickt zu mir auf und … *holy shit*, was für wahnsinnig braune Augen!

Ich starre ihn an. Er schaut zurück, und dann sagt er: „Hi!" Eine Stimme wie der flüssige Kern eines warmen Schokoladentörtchens.

„Hi", erwidere ich. Mir werden die Knie gerade puddingweich und ich fürchte, ich muss mich gleich am Tisch festhalten. Himmel, wie kann ein Mann so wahnsinnig sanfte braune Augen *und* eine Stimme haben, die mich von null auf hundert wuschig macht?

„Bestell mir nen Käsekuchen, der soll hier der beste von New York sein", sagt sein Kumpel, ohne vom Smartphone aufzublicken. „Und Kaffee, Alter. Ich übersteh die Nacht nicht, wenn ich keinen ordentlichen Kaffee kriege."

Mr. Brown Eyes lächelt.

Und jetzt auch noch dieses Lächeln … Fast ein bisschen schüchtern wirkt er. Dabei hat er dafür nun wirklich keinen Grund. Er sieht verdammt gut aus. Ebenmäßige Gesichtszüge, gebräunter Teint, ein gepflegter Dreitagebart. Die schwarzen Haare trägt er lässig aus dem Gesicht gekämmt, und sie sind eine Spur zu lang, um modern zu sein.

Wäre ich eine Heldin im Liebesroman, würde ich jetzt mindestens in Ohnmacht fallen.

Aber ich bin Lea, Schichtleiterin in Jimmy's Diner in Williamsburg, einem hippen Restaurant, das mit seinem Ambiente die Besucher direkt in die Fünfziger Jahre katapultiert. Wir servieren Kaffee aus Glaskannen, dürfen mit offenem Mund Kaugummi kauen und reden die Gäste mit „Schätzchen" an. Die Leute lieben den Laden, sie lieben unseren Käsekuchen und die Burger mit Fritten und die Glaspitcher, aus denen wir eiskaltes Bier ausschenken. Und sie lieben unsere lila Uniformen mit ultrakurzem Rock und tief ausgeschnittener Bluse.

„Du hast meinen Freund gehört. Zweimal Käsekuchen und extra starken Kaffee, bitte."

„Kommt sofort." Ich nehme die Speisekarten wieder mit und gehe zurück hinter den Tresen. Eleni stürmt an mir vorbei in die Küche und gibt ihre Bestellung bei Jimmy auf. Hier steht der Chef noch persönlich am Herd. Kochen war immer schon seine Leidenschaft, und das sieht man ihm auch an. Aber er hat das Gemüt eines satten Bären und für ihn zu arbeiten ist echt ein Vergnügen. Die Bezahlung ist fair und das Arbeitsklima stimmt auch. Was will man mehr?

Eleni gibt ihre Bestellung zuerst in den Kassencomputer ein, der die Bons dann direkt bei Jimmy und seinen Köchen auswirft. Ich stehe neben ihr.

„Hast du etwa meinen Tisch übernommen?", fragt sie, als ich beginne, die Bestellung von Mr. Brown Eyes einzugeben.

„Du warst ja mit den drei Hipstern beschäftigt."

»Pffft. Hab dich nicht so.«

Ich vergaß zu erwähnen: Die einzige Zicke an Bord ist Eleni. Aber nur, wenn sie ihre Tage hat. Sie behauptet dasselbe übrigens von mir.

„Diese Typen sind neu in der Stadt. Total süß. Wenn du wirklich gleich schon nach Hause willst, ziehe ich mit denen noch los.«

Ich mache eine Handbewegung, die alles oder nichts heißen kann. Vor allem heißt sie: Tu, was du nicht lassen kannst. Ich halte dich nicht auf.

Das kann nämlich keiner.

Eleni steht immer unter Strom. Sie ist die Flippige, die dank ihrer fröhlichen, offenen Art das meiste Trinkgeld kassiert und darum viel besser über die Runden kommt als ich.

Darf ich präsentieren? Lea, die schlechteste Kellnerin New Yorks. Meine Haare sind immer wie ein Haufen wilde, müde Spaghetti mit Tomatensauce, genauso rot und mindestens so klebrig. Ist mir ein Rätsel, wie Eleni es schafft, ihre blonde Lockenmähne auch nach einer Zehnstundenschicht noch so fluffig aussehen zu lassen. Meine Haare machen die Küchendämpfe fertig. Und das Haarfärbemittel. Außerdem fühle ich mich in der kurzen Uniform an schlechten Tagen unwohl, weil ich das Gefühl habe, alle starren mich an. Aber was will man machen – Jimmy mag mich, er hat mich zur Schichtleiterin gemacht, obwohl (oder gerade weil?) die Gäste nicht so auf mich fliegen. Ich bekomme zwei Dollar mehr pro Stunde und kann damit doch nicht annähernd ausgleichen, was Eleni an Trinkgeld zusätzlich kassiert, weil sie so vortrefflich mit den Augen klimpern und einen Schmollmund machen kann. Die Welt ist ungerecht. Sie hat die großen, dunklen Augen eines Stummfilmstars und ich erinnere mit meinen farblosen, langweilig hellgrauen Augen vermutlich eher an Aschenbrödel. Und zwar an das ohne den Prinzen. Das im Kamin mit den Tauben auf den Schultern.

»Okay, dann ziehe ich mit denen noch um die Häuser.«

Ehe ich weiß, wie mir geschieht, hat Eleni meinen Block geschnappt und tippt auch meine Bestellung ein. Ich schaue zur Uhr: noch achtzehn Minuten.

Mir ist es egal, dass sie jetzt die beiden Männer auch bedient. Schade um Mr. Brown Eyes, denke ich. Mit dem hätte ich gerne geflirtet.

Aber ich flirte nicht. Das ist nicht meine Art. War es noch nie, und seit ich hier arbeite, halte ich vor allem meinen Kopf unten und versuche, nicht aufzufallen. Früher war ich anders. Aber die Lea von früher gibt es nicht mehr. Die Lea von früher ist vor acht Monaten gestorben.

Und an einem Mittwochabend im Februar kurz vor meinem Schichtende werde ich diese Lea bestimmt nicht wieder auferstehen lassen.

Die letzten Minuten unserer Schicht vergehen wie im Zeitlupentempo. Ich stehe wieder hinter dem Tresen und kann Mr. Brown Eyes nicht aus den Augen lassen.

Sein Kumpel hat die beiden Stücke Käsekuchen in Nullkommanix verdrückt. Eleni hat beiden Kaffee nachgeschenkt und dreht eine letzte Runde. Eine Gruppe Anzugtypen ist noch gekommen und sitzt an einem der großen Tische. Sie bestellen Burger und Bier. Die Anwälte kommen aus einer der Kanzleien auf der anderen Seite der Brücke. Das erkenne ich sofort. Investmentbanker verirren sich nicht zu uns. Anwälte schon. Bei denen sind wir eine Art Geheimtipp, und diese hier gehören zu unseren Stammgästen. Einer ist neu in der Runde, und er starrt zu mir rüber.

Ich entspanne mich und versuche durchzuatmen.

Alles in Ordnung. Du kennst die Männer, und heute ist nur ein neuer Kollege dabei. Du brauchst keine Angst zu haben.

Außerdem sieht auch sein Anzug *teuer* aus. Ich fürchte mich nicht vor Männern mit teuren Anzügen. Eher vor denen, die so billige, schwarze Polyesteranzüge tragen. Dazu eine schmale, schwarze Krawatte. Die zwanzig Meter gegen den Wind nach FBI riechen. Vor denen würde ich sofort weglaufen.

Trotzdem jagt mir jeder Anzugtyp eine Wahnsinnsangst ein. Dabei kann die Gefahr überall lauern. Meine Nervosität, die mir im letzten Dreivierteljahr mehr als einmal das Leben schwer gemacht hat, ist inzwischen nur noch anstrengend. Es ist nichts passiert. Keine meiner schlimmsten Befürchtungen trat ein. Ich bin ein wildes Tier, das jeden Moment aufspringen und rausrennen könnte, hinein in den Dschungel dieser Großstadt. Es hat lange gedauert, bis ich diesen Job machen konnte, ohne die halbe Schicht unkontrolliert zu zittern. Aber ich brauche den Job, und darum habe ich mich auch daran gewöhnt, ständig auf der Hut zu sein.

Bis ich mich davon überzeugt habe, dass mir keine Gefahr droht.

Ob Mr. Brown Eyes auch manchmal Anzug trägt? Jetzt sieht er ganz harmlos aus – grauer Kaschmirpullover, eine dunkle Stoffhose, Sneakers. Alles vom Feinsten, dafür habe ich einen Blick. Richtig, richtig teuer. Nichts, was sich ein Automechaniker oder ein Fabrikarbeiter leisten kann.

Sein Begleiter ist da ganz anders. Der trägt ein altes, graues T-Shirt und eine Jeans, die schon fast in Fetzen hängt. Die Bikerboots, die er unter dem Tisch hervorstreckt, sind mindestens fünf Jahre alt und sehen aus, als hätte er sie in der ganzen Zeit nie ausgezogen. Naja, nachts vielleicht. Ich will ihm ja nichts unterstellen. Außerdem sieht er ungepflegt aus. Als hätte Mr. Brown Eyes ihn gerade von der Straße aufgesammelt.

Jetzt schaut Mr. Brown Eyes hoch. Eleni guckt gerade in seine Richtung, doch er schüttelt unmerklich den Kopf. Dann dreht er sich zum Tresen um, entdeckt mich dort und hebt die Hand.

Nur widerwillig gehe ich zu ihm.

»Die Rechnung, bitte.«

»Ja, natürlich ...« Ich bleibe wie angewurzelt vor seinem Tisch stehen und starre ihn an.

Er lächelt. »Ist noch was?«

Außer, dass ich keinen Ton herausbringe, weil mein Herz bis zum Hals schlägt und ich mir wünsche, er würde es hören? Außer, dass ich mich danach sehne, ihm irgendwie näher zu kommen? Was so ziemlich das Absurdeste ist, was ich in so einer Situation empfinden könnte. Aber ich möchte ihn nach seinem Namen fragen, nach seiner Adresse, ich möchte seine linke Hand in meine nehmen, weil ich wissen will, ob er einen Ehering trägt. Oder ist er einer dieser Ehemänner, die es nicht nötig haben, einen Ring zu tragen, weil für jeden offensichtlich ist, dass dieser Mann bereits die Frau fürs Leben gefunden hat?

»Die Rechnung?«, stottere ich.

»Genau. Können Sie sie bringen?« Er lächelt nachsichtig.

Ich nicke wie betäubt. Gehe zurück zum Tresen, gebe die Tischnummer ein und ziehe den Kassenbon. Ich lege ihn auf ein kleines Tablett, zusammen mit zwei quietschbunten Kaubonbons in neonpinkem Einwickelpapier, und trage es an den Tisch. Auch das ist Jimmy's Diner – hier gibt's noch einen süßen Absacker für die Gäste. Bisher fand ich das eine charmante Idee, aber bei Mr. Brown Eyes finde ich es absolut albern und unnötig. Hastig schiebe ich die Bonbons in meine Rocktasche, ehe ich ihm das Tablett hinschiebe.

»Danke.« Er sieht nicht auf, sondern hat seine Geldbörse gezückt und zählt das Geld ab. Ich drehe mich um und gehe. Eleni kommt mir entgegen, und wortlos nehme ich ihr die halbvolle Kaffeekanne ab.

»Zisch schon ab«, sage ich.

»Echt?« Eleni strahlt.

»Na klar. Hopp! Wir sehen uns morgen.«

»Ich kassiere grad noch für dich ab.« Sie nickt zu Mr. Brown Eyes, und ich folge ihrem Blick nicht.

»Brauchst du nicht, ich habe ihnen schon die Rechnung gebracht.«

Die Müdigkeit ist verschwunden. Gleich geht Mr. Brown Eyes, und danach beende ich meine Schicht und verlasse das Diner. Bis zu meiner Wohnung ist es ein Fußmarsch von zwanzig Minuten durch die klirrende Kälte. Danach werde ich völlig durchgefroren sein, und es wird noch mal eine Stunde dauern, bis ich die Wohnung und mich genug aufgewärmt habe, um schlafen zu können.

Das ist nicht das Leben, das ich mir gewünscht habe.

Doch es ist das einzige Leben, das ich führen kann.

Eleni hüpft an mir vorbei. Sie grinst breit. Offenbar gab's von Mr. Brown Eyes ein extra dickes Trinkgeld. Na klar ... ich kriege weiche Knie und sie kriegt die Kohle. Mir bleibt nur, hinter den Gästen den Tisch abzuräumen.

Mr. Brown Eyes und sein Kumpel, den ich heimlich Mr. Slack Ass getauft habe, weil ihm die Hose so locker um den Arsch hängt, stehen auf. Sie ziehen die Mäntel an, wickeln sich die Schals bis zur Nase um den Hals und verlassen das Diner. Eleni huscht an mir vorbei. »Gute Nacht!«, ruft sie. Draußen bleibt sie bei den beiden stehen und lässt sich von Mr. Slack Ass Feuer geben. Sie lachen zusammen, und Eleni plappert munter auf sie ein.

Und ich stehe hier drin, ein vollbeladenes Tablett mit dreckigem Geschirr in den Händen. Alles in mir schreit danach, es einfach auf den nächsten Tisch zu knallen, nach draußen zu stürmen und Mr. Brown Eyes bei der Hand zu nehmen. Ihm etwas ins Ohr zu flüstern, das ihn lachen lässt. Mir würde schon was einfallen, das weiß ich ganz genau. Ich bin nicht dumm. Und im Flirten bin ich nicht so ungeübt, wie Eleni denkt. Sie zieht mich manchmal damit auf, dass ich seit acht Monaten in der Stadt wohne und noch kein einziges Date hatte. Für sie ist das ein Beweis dafür, dass ich nicht lebensfähig bin.

Dabei habe ich einfach nur Angst.

Angst, mich fallen zu lassen. Aber auch Angst, die Menschen zu verlieren, die ich liebe. Denn ich weiß, wie sich das anfühlt. Durch diese Hölle bin ich bereits gegangen, und ich bin noch nicht bereit, noch einmal alles aufs Spiel zu setzen. Denn das passiert, wenn man liebt: man riskiert sein eigenes Leben. Ich will mich nie wieder so verlieren wie beim letzten Mal. Nie wieder so viel aufs Spiel setzen. Mein Leben. Mein Seelenheil. Nur um mit leeren Händen an einem Grab zu stehen und zu hören, wie jemand sagt, dass deine beste Freundin »ein guter Mensch« war und diesen Tod nicht verdient hat.

Diesen Tod hat niemand verdient.

Damals vor acht Monaten bin ich entkommen, mit knapper Not und heiler Haut. Doch unter der Haut bin ich versehrt. Ich habe einen hohen Preis gezahlt für das, was ich jetzt bin – eine unscheinbare, kleine Kellnerin in einem Diner, die ein winziges Zweizimmerapartment bewohnt und sich gerade so mit zwei Jobs über Wasser hält. Ich habe mich gerettet und mir damals geschworen, kein zweites Mal in eine Situation zu gelangen, in der mich allein der Schmerz am Leben erhält.

Mr. Brown Eyes ist ein Mann, in den ich mich Hals über Kopf verlieben könnte. Das spüre ich. Etwas zieht mich zu ihm, und ich kann mich gegen dieses Gefühl kaum wehren. Wie gut, dass er mit Eleni flirtet. Wie gut, dass er schon in wenigen Minuten aus meinem Leben verschwindet und niemals wieder auftaucht.

Die drei Hipster, die mit Eleni noch auf die Piste wollen, stehen auf und verlassen das Diner ebenfalls. Jetzt sind nur noch die Anwälte da. Sie bestellen noch mehr Bier. Als ich es ihnen bringe, bemerke ich etwas auf dem Tisch, an dem Mr. Brown Eyes und Mr. Slack Ass ihren Käsekuchen gegessen haben.

Auf dem Rückweg zum Tresen verlangsame ich meine Schritte. Ich schiebe die Papierserviette beiseite. Das Tablett mit der Rechnung liegt darunter, und unter der Rechnung liegen dort, fein säuberlich aufgefächert, fünf druckfrische Hundertdollarscheine. Und zusätzlich abgezählt die knapp 20 Dollar für zwei Stücke Cheese Cake und zwei Kaffee.

Fünf. Hundert. Dollar.

Im ersten Moment schockiert mich das Geld einfach nur. Ich meine, wer lässt denn einfach eine so unfassbar große Summe auf dem Tisch liegen? Noch dazu so hübsch aufgefächert, als sollte man es genau so finden ...

Außerdem hatte ich gedacht, Eleni hätte schon kassiert. Und sie hätte sich so ein dickes Trinkgeld bestimmt nicht entgehen lassen. So viel bekommt man alle Jubeljahre mal, und danach fragt man sich meistens, welcher Filmstar das gerade war, der an dem Tisch gesessen hat, ohne dass man ihn erkannte.

Ich blicke hoch.

Mr. Brown Eyes steht noch draußen neben seinem Kumpel, der mit Eleni in eine angeregte Diskussion vertieft ist.

Er sieht mich an. Er *sieht* mich. Nicht Lea, die Kellnerin, sondern Lea, die Frau. Sein Blick spricht zu mir, und was er mir da gerade sagt, ist so unfassbar viel. *Viel zu viel!*, schreit alles in mir. Unmerklich schüttle ich den Kopf. Er nickt ermutigend. Darum mache ich einen Schritt zurück. Weg vom Tisch, weg vom Geld.

Ich bin nicht käuflich.

Das Geld könnte ich natürlich gut brauchen. Das ist mehr als die halbe Monatsmiete. Oder ich könnte mir endlich neue Winterstiefel kaufen. Oder ein paar Rechnungen bezahlen. Fünfhundert Dollar sind für mich ein kleines Vermögen.

Und deshalb lasse ich die Scheine liegen und nehme nur den anderen Betrag für die Rechnung.

Ich räume das Geschirr ab, bringe alles in die Küche und begrüße Nora. Sie übernimmt die Nachtschicht. Die riesige Mulattin weiß sich zu wehren, falls ein Gast zudringlich wird. Aber die meisten Nachtschwärmer sind friedlich und suchen nur einen warmen Ort, wo sie sich aufwärmen und guten Kaffee trinken können. Eigentlich lohnt es nicht, 24 Stunden geöffnet zu haben. Trotzdem hält Jimmy an dieser Tradition fest. Vor allem in den letzten Wochen kamen oft Penner, die sich einen Dollar fünfzig aufgespart haben und sich in der Wärme für ein paar Stunden an einen Becher Kaffee klammern, den Nora immer wieder auffüllt. Sie knöpft ihnen das Geld ab, immer. »Wer nicht mal einen Dollar für den Kaffee aufsparen kann, hat hier nichts verloren«, sagt sie oft. Aber ich weiß, dass sie das Geld manchmal aus eigener Tasche bezahlt, wenn es sich einer überhaupt nicht leisten kann. Und es geht nicht darum, dass die Kasse stimmt. Für die Obdachlosen ist es eine Art Selbstverständnis, sich nicht von der Güte Noras aushalten zu lassen. Wenn sie ihnen etwas Geld auslegt, kommen sie ein paar Nächte später zurück und geben es ihr zurück.

Erwähnte ich, dass Jimmy schwer in Ordnung ist? Und Nora auch?

»Bist blass um die Nase, Zicklein.« Nora kneift mich in die Wangen. »Hast du Gespenster gesehen da draußen?«

Ich schüttele stumm den Kopf. »Ich glaub, ein Gast hat sein Geld vergessen«, sage ich. »Es liegt auf Tisch 5.«

»Ist er schon lange weg?«

Ich kaue auf meiner Unterlippe. »Er stand eben noch mit seinem Kumpel draußen, aber ...«

Nora seufzt. »Du bist mir wirklich ein Rätsel, Zicklein.« Sie stapft an mir vorbei aus der Küche. Durch die Glasscheibe in der Schwingtür beobachte ich, wie sie an Tisch 5 tritt. Sie nimmt das Geld, zählt es durch und schaut dann zu mir. Ich nicke hinter der Tür. Nora verlässt das Diner. Draußen haben sich inzwischen einige Leute um die Hipster und Eleni versammelt.

Mr. Brown Eyes und sein Freund sind verschwunden.

Nora unterhält sich mit Eleni. Dann fragt sie einen der Hipster etwas. Der schiebt sich verlegen den Hut in den Nacken und schaut sich nach allen Seiten um. Es geht ein paarmal hin und her, ehe Nora wieder reinkommt. Sie stapft den Schnee von den Stiefeln und kommt wieder nach hinten.

»Der war schon weg«, sagt sie. »Aber Eleni meint, wenn das Geld auf dem Tisch lag, war's wohl für dich. Hat der Typ wohl gesagt – ›für die hübsche Kollegin mit den Honiglocken‹.« Sie schnaubt. Niemand ist schön in ihren Augen außer sie selbst. Wir sind zu hellhäutig, zu dünn, haben zu schmale Lippen, keine einladenden Hüften ... die Liste ließe sich beliebig fortsetzen. Vor Noras dunklen Augen können nur wenige Frauen bestehen. Und ich mit meinem geringen Gewicht schon gar nicht.

»Dann kann er mich ja nicht meinen«, versuche ich mich an einem Scherz. Honiglocken, also bitte! Karottenfransen passt besser.

Nora starrt mich finster an.

»Wann lernst du, dich so zu sehen, wie du bist?«, fragt sie.

Interessanterweise darf sie alle anderen kritisieren. Wenn man sich selbst in den Dreck zieht, wird sie stinksauer.

Ich habe eine Menge gelernt, seit ich mit Nora zusammenarbeite. Sie hat mir alles beigebracht, was eine Kellnerin wissen muss. Von ihr weiß ich, wie wichtig gutes Schuhwerk ist, um eine Schicht zu überstehen – und wo man die besten Schuhe bekommt. Sie hat mir Adressen von guten Wohltätigkeitsläden verraten, in denen ich gebrauchte Klamotten bekomme, wenn das Geld nicht reicht.

Aber eines braucht sie mir nicht beibringen – dass ich mich sehe, wie ich bin. Denn das tue ich, ganz bestimmt sogar.

Denn ich bin eine Verlorene. Eine Vergessene. Einst lebte ich in einer anderen Welt, in der ich Nora nicht mal mit einem Naserümpfen bedacht hätte. Ich hätte sie übersehen, weil sie nur eine Kellnerin ist. Meine Champagnergläser hätte ich achtlos auf ihr Tablett gestellt und hätte laut und künstlich gelacht, um meine Überlegenheit zu demonstrieren. Dabei fühlte ich mich schon damals unwohl mit meinem Leben.

Inzwischen schäme ich mich für dieses alte Ich. Dabei habe ich es abgelegt wie eine Schlange ihre Haut, die ihr zu eng wird. Das alte Leben wurde mir zu eng, und ich ließ es einfach auf der Straße liegen, die ich nach Osten ging.

Mich sehen, wie ich bin?

Das wird nie passieren.

Ich habe mich früher anders gesehen.

Ein anderes Leben. Viel zu weit weg, um für dieses noch eine Bedeutung zu haben.

Trotzdem scheint es mich nicht loszulassen ... Die überhebliche Lea, die nur auf ihren Vorteil bedacht ist. Stinkreich und verwöhnt. Damals waren 500 Dollar ein Taschengeld, das ich an einem Nachmittag auf den Kopf hauen konnte. Ich besaß Schuhe, die 500 Dollar pro Paar kosteten – dutzendweise! Nichts von alledem konnte ich in mein neues Leben retten. Mir sind nur Erinnerungen geblieben und ein paar Fotos, die ich in einem einbändigen Lexikon versteckt habe. Alles andere ist zu gefährlich.

»Na, wenn du das Geld nicht willst, ich nehm's wohl.« Nora macht Anstalten, es in den Ausschnitt ihrer Bluse zu stopfen. Doch ich nehme ihr die fünf Hunderter ab und schiebe sie in meine Rocktasche. Dann gehe ich zurück in den Gastraum und wische die Krümel vom Tisch und räume die Papierserviette und das Tablett ab.

»Feierabend, mh?« Jimmy kommt aus der Küche. Er sieht müde aus. Von morgens bis abends steht er ununterbrochen am Herd, kocht, brät und bäckt all die Köstlichkeiten, die das Jimmy's in unserem Viertel so berühmt gemacht haben. Er streicht über das fleckige T-Shirt, das sich über dem dicken Bauch spannt, und sieht sehr zufrieden aus.

»War heute wieder ein langer Tag«, sage ich.

»Hast dich gut eingefunden«, meint er unvermittelt. »Bist ne Gute.«

Ich lächle schmal. Wenn er wüsste ... »Bis morgen«, sage ich.

Er brummt und zieht aus dem Kühlschrank eine Flasche Coke. Die Anwälte rufen nach Nora, die sofort angewatschelt kommt. Obwohl sie weit über fünfzig ist und mehr als das Doppelte auf die Waage bringt als ich, trägt sie auch die knappe lila Uniform. Dank ihrer üppigen Oberweite passt das aber zu ihr. Und sie trägt den knappen Rock mit mehr Selbstbewusstsein als so manche Collegestudentin, die in der Frühschicht aushilft.

»Na Jungs, was kann ich euch denn noch bringen?«

Die Anzugstypen johlen. Bei einem Pitcher wird's nicht bleiben, und sie werden Nora großzügig mit Trinkgeld bedenken. Das finde ich okay; nachts gibt's eh kaum was zu holen. Ich gönne es ihr.

Hinter der Küche führt ein schmaler Gang zum Personalraum. Ich betrete das Kabuff und schließe meinen Spind auf. Rasch schlüpfe ich aus dem Rock und steige in die verwaschene, schwarze Jeans. Den naturweißen Rollkragenpullover von der Wohlfahrt, der nur ein winziges Loch hat, ziehe ich direkt über die knappe Bluse. Dazu die alten Bikerboots statt der flachen Halbschuhe. Das einzige Paar Schuhe, das ich mitgenommen habe. Sie sind inzwischen ziemlich hinüber, weil ich sie täglich trage.

Neue Stiefel, überlege ich. Oder doch lieber einen Wintermantel? Was werde ich mir von den 500 Dollar gönnen?

Ich nehme die kurze Daunenjacke vom Haken im Spind und schnappe mir die Umhängetasche. Den Schal wickle ich dreimal um Hals und Gesicht und streife zum Schluss fingerlose Handschuhe über. In der Jackentasche taste ich nach meinem wichtigsten Utensil – der Schlagring ist noch da. Für einen Moment erlaube ich mir, die Erleichterung zu spüren, die dieses Gewicht in meiner Hand bedeutet. Dann schiebe ich die Finger durch die Öffnungen. Die Hand schließt sich um diese effektive Waffe.

Williamsburg ist bestimmt nicht die sicherste Gegend von

New York, aber es gibt schlimmere. Bisher hat niemand versucht, mich anzugreifen. Aber falls sowas passiert, bin ich vorbereitet. Weil alles andere fahrlässig wäre. Wenn mich jemand angreift, geht es um Leben und Tod.

Die Tür zum Flur geht auf und ich fahre herum. Doch es ist nur Zuko, einer der Köche. Der junge Chinese nickt mir stumm zu und geht zu seinem Spind.

Ich entspanne mich. *Alles in Ordnung. Zuko tut mir nichts.*

Er holt ein Päckchen Zigaretten aus dem Schrank und hält es mir stumm hin. Ich schüttle den Kopf. Das ist inzwischen eine Art Ritual geworden. Wann immer ich in der Nähe bin, wenn er eine seiner Raucherpausen macht, bietet er mir eine Zigarette an. Und ich lehne immer ab.

Vielleicht ist er irgendwie beschränkt. So langsam könnte er ja kapieren, dass ich Nichtraucherin bin.

Mit der linken Hand schiebe ich den Schultergurt der Umhängetasche über den Kopf. »Gute Nacht«, sage ich. Zuko nickt nur, hebt die Hand mit dem Zigarettenpäckchen und starrt auf sein Smartphone in der anderen Hand.

»Gute Nacht, Nora!«

»Gute Nacht, Zicklein! Denk dran, morgen hast du frei!«

»Wie könnte ich das vergessen? Wir sehen uns Samstag.«

Nora schwebt an mir vorbei zu einem Tisch in der Ecke. Dort sitzt Rasputin, einer der nächtlichen Dauergäste, der so heißt, weil er einen pechschwarzen Vollbart hat, der ihm bis auf die Brust reicht. Er bekommt von Nora einen Becher heißen Kaffee und einen Muffin vom Vortag gesetzt.

Ich trete in die eiskalte Nachtluft. Der Schnee knirscht unter meinen Stiefeln, und mein Atem steigt als weißer Dampf von meinen Lippen auf. Sofort beginnt meine Gesichtshaut unangenehm zu brennen. Ich bin diese Kälte einfach nicht gewohnt. Ich komme aus Los Angeles. In Kalifornien gibt es keine Jahreszeiten. Jedenfalls keine so kalten wie hier an der Ostküste.

Aber es musste ja unbedingt New York sein.

Ich habe mich bewusst für diese Stadt entschieden, weil sie groß ist. Weil ich hier untertauchen kann. Weil ich mich ein wenig auskenne, aber mich niemand kennt. Sie ist ideal, um im Hintergrund zu verschwinden. Eine Kellnerin, die keiner sieht.

Mehr will ich nicht sein.

Als ich Schritte hinter mir höre, drehe ich mich nicht um. Scheinbar lässig ziehe ich die Kapuze meiner Jacke über den Kopf. Meine Finger schließen sich fester um den Schlagring, und ich ziehe die Hand aus der Jackentasche. Es sollen schon Passanten überfallen worden sein, die einen Schlagring hielten und ihn im Eifer des Gefechts nicht aus der Jackentasche bekamen. Das passiert mir nicht. Ich bin vorbereitet. Was auch passiert, ich kann mich wehren.

Die Schritte nähern sich schnell. Derjenige läuft nicht, aber er ist eindeutig schneller als ich. Noch dreißig Meter bis zur nächsten Straßenecke. Dort kann ich vielleicht einen Blick riskieren, wenn ich um die Ecke biege.

Zwanzig Meter. Ich werde nervös und beschleunige meine Schritte.

Fünfzehn Meter. Inzwischen bin ich überzeugt, dass mein Verfolger fast rennt. Dass er mich *wirklich* verfolgt und ich mir das nicht nur einbilde.

Zehn Meter. Unwillkürlich halte ich die Luft an. Wenn ich mich jetzt umdrehe, kann ich ihn vielleicht erkennen. Aber vielleicht ist er bewaffnet. Gegen eine Pistole habe ich keine Chance. Gegen einen Baseballschläger vielleicht. Wenn es nur ein Junkie ist, der versucht, mir die Geldbörse zu klauen, muss ich nur Geduld haben. Junkies stellen keine Gefahr dar – jedenfalls nicht, wenn ich auf einen Angriff vorbereitet bin.

Und wenn mein schlimmster Alptraum wahr wird, habe ich vermutlich ohnehin keine Chance.

Fünf Meter. Mein Körper spannt sich an. Ich kann das. Ich habe Kurse besucht, in denen ich Selbstverteidigung gelernt habe. Ich muss mich nur an das erinnern, was ich durch hundertfache Wiederholung verinnerlicht habe.

Drei Meter.

Und da passiert es.

Ich habe das Gefühl, an der Schulter gepackt und herumgerissen zu werden. Im selben Moment reiße ich den Schlagring nach oben und ziele bewusst auf die Augenhöhle meines Angreifers. Das kann schlimmstenfalls den Verlust seines Augenlichts mit sich bringen. Dessen bin ich mir bewusst. Aber wer Frauen auf offener Straße angreift, hat meiner Meinung nichts Besseres verdient.

Er ist kleiner als ich gedacht habe, weshalb mein gerade ausgeführter Schlag nicht sein Auge trifft, sondern nur die Schläfe streift. Aber auch das genügt, um ihn sofort außer Gefecht zu setzen. Er sieht mich ungläubig an, macht den Mund auf und verdreht die Augen, weil mein Schlag bei ihm alle Lichter ausbläst. Dann kippt er einfach um und bleibt liegen.

Ich trete näher. Das ist natürlich vollkommen falsch. In den Kursen haben sie uns immer eingeschärft, den Angreifer niederzuschlagen und dann schleunigst das Weite zu suchen, um einem zweiten Angriff zu entgehen. Aber von diesem hier habe ich nichts zu befürchten. Ich habe ihn ordentlich erwischt.

Er stöhnt und will sich aufsetzen, kippt aber sofort wieder nach hinten weg. Ich bleibe stehen, den Schlagring erhoben, um jederzeit ein zweites Mal zuzuschlagen. Übelkeit steigt in mir hoch, und ich drehe mich hastig um und übergebe mich in den Rinnstein. Da ich den ganzen Tag kaum was gegessen habe, kommt bald nur noch saure Galle. Ich stütze die Hände auf die Knie und versuche, wieder zu Atem zu kommen.

Lauf weg!, rede ich mir ein, doch die Neugier ist stärker. Ich richte mich auf und baue mich vor meinem Angreifer auf, der sich jetzt auf die andere Seite wälzt.

Und jetzt erkenne ich ihn.

Mr. Slack Ass!

»Scheiße«, murmle ich. Das hat mir gerade noch gefehlt.

Er versucht wieder sich aufzusetzen, und diesmal klappt es einigermaßen. Ich weiche zwei Schritte zurück, während er sich an der Hauswand hochzieht und benommen den Kopf schüttelt. Er sieht sich suchend nach mir um.

Jetzt sollte ich spätestens weglaufen. Doch ich bleibe stehen.

Es beginnt zu schneien.

»Scheiße, ey!« Er berührt die Schläfe und zieht die Hand zurück. Blut klebt an seinen Fingern. Er hat ganz schön was abgekriegt, aber offensichtlich ist er nicht so leicht außer Gefecht zu setzen. Komisch. Er sieht gar nicht so aus, als könnte er einstecken.

Ich hole mein Handy aus der Hosentasche. Es ist ein altes Wegwerfhandy, das ich gebraucht gekauft habe und mit einer bar bezahlten Prepaidkarte benutze. Alle vier Wochen schmeiße ich die alte Prepaidkarte weg und kaufe eine neue. Das ist umständlich, gehört aber zu den zahlreichen Vorsichtsmaßnahmen, die ich ergreifen muss.

Wenn ich mich nicht schütze, tut es keiner.

»Was machst du da?«, fragt er.

Ich zögere. Ich sollte die Polizei rufen. Er hat mich angegriffen, und solange er noch groggy ist, kann ich ihn in Schach halten.

Aber wenn ich die Polizei rufe, wird sie Fragen stellen. Meine Personalien aufnehmen. Mein Name wird ins System eingegeben.

Vielleicht geht dann auf der anderen Seite des Landes ein Alarm los.

Und dann wäre ich in New York nicht länger sicher.

Ich stecke das Handy wieder ein und wende mich zum Gehen.

»Ey!«, ruft er hinter mir her. »Du kannst nicht einfach verschwinden!«

Ich verlangsame meine Schritte. Jetzt wird's richtig abgefahren. Er überfällt mich, und als ich verschwinden will, macht er einen Aufstand?

»Jax schickt mich.«

Ich bleibe stehen.

»Wer ist Jax?«, rufe ich über die Schulter.

»Mein Kumpel. Wir ...« Er keucht. »Wir waren vorhin im Diner. Du hast uns bedient. Er hat 500 Dollar auf dem Tisch liegen gelassen.«

Darum geht's also.

Ich zögere. Er hat Eleni gesagt, das Geld sei für mich. Offensichtlich war das nur eine Masche.

Nun gut, dann eben keine neuen Stiefel. Keinen Wintermantel. Es wäre ja auch zu schön, um wahr zu sein.

Ich gehe die fünf Schritte zurück zu ihm und ziehe im Gehen den Reißverschluss meiner Jacke auf. Die fünf knisternden Scheine habe ich vorhin in meine Bluse gesteckt, als ich mich umzog, und sie schmiegen sich an meinen linken Busen. Ich ziehe sie unter dem Pullover hervor und werfe sie ihm hin.

»Du hättest auch einfach fragen können.«

»Wollte ich, aber da hast du mir schon den Schlagring übergezogen.« Er grinst schief. »Jax will ...«

Ich drehe mich um und gehe. Ist mir scheißegal, was dieser Jax will oder nicht will. Er hat seine 500 Dollar wieder und soll mich gefälligst in Ruhe lassen.

Mr. Slack Ass ruft irgendwas hinter mir her, aber da bin ich schon um die Ecke gebogen. Ich beschleunige meine Schritte, und weil ich befürchte, dass er mir folgt, verfalle ich in einen leichten Trab. Die Kapuze rutscht mir vom Kopf, und der eisige Wind packt meine Haare und gräbt sich schmerzhaft in die Gesichtshaut.

Zum Glück ist es nicht mehr weit.

Erst als ich die Stufen zur Haustür des schmalen Apartmenthauses hochsteige, spüre ich das Zittern meiner Knie. Der Adrenalinrausch nach einer bedrohlichen Situation. Mit letzter Kraft schleppe ich mich durchs Treppenhaus bis in den vierten Stock und schließe die Tür zu meiner Wohnung auf. Ich lasse das Licht aus und taste mich im Dunkeln bis zum Sofa vor. Dort breche ich zusammen. Ich streife nicht mal die Stiefel ab, obwohl der Straßendreck mich morgen früh wahrscheinlich unendlich nerven wird. Vom Fußende der Couch ziehe ich die löchrige Häkeldecke bis ans Kinn und schließe die Augen.

Schlafen. Vergessen. Retten.

2. Kapitel

Aufwachen. Erinnern. Fliehen.
Ich schrecke am nächsten Morgen hoch und weiß einen kurzen Moment nicht, wo ich bin. Mir ist kalt. Gestern Abend habe ich vergessen, die Heizung einzuschalten, und durch die undichten Fenster pfeift ein eisiger Ostküstenwind.
Richtig munter werde ich schlagartig, als ich in die Küche schlurfe und auf die Uhr schaue. Ich starre ungläubig auf die angezeigte Uhrzeit. Dann fluche ich und renne in das winzige Schlafzimmer, in dem nur Bett und Kommode Platz haben.
Ich hätte vor einer halben Stunde schon in Manhattan sein müssen!
Während ich mich aus den Klamotten vom Vortag schäle, suche ich die Nummer von Catherine raus. Sie geht nach dem zweiten Klingeln dran.
»Lea! Kommst du bald?« Sie klingt genervt.
»Es tut mir leid, ich hab verschlafen!«, rufe ich. Aus dem Schrank greife ich blind eine neue Jeans und einen Pullover. Ich höre Catherine zetern. »Bin in einer Stunde da!«
Bevor sie mich feuern kann oder etwas anderes sagt, das wir beide anschließend bereuen, drücke ich sie weg und stürze zur Tür. Die Stiefel habe ich die ganze Nacht getragen, und rennen kann ich damit auch nicht. Darum schlüpfe ich jetzt in ein Paar Sneakers – das dritte Paar Schuhe, das ich neben den Bikerboots und meinen flachen Arbeitsschuhen besitze – und verlasse die Wohnung.
Ich schaue nicht nach rechts und links, als ich aus der Haustür komme, sondern verfalle in einen flotten Trab Richtung U-Bahn-Schacht. Hoffentlich muss ich nicht warten. Hoffentlich kommt die Bahn schnell, hoffentlich ist sie nicht so voll.
Und ich hoffe inständig, dass Catherine mich nicht feuert, wenn ich bei ihr auflaufe. Ich brauche den Job. Sie zahlt gut. Könnte ich Vollzeit für sie arbeiten, müsste ich mir keine Sorgen mehr machen.
Ich höre die U-Bahn einfahren, als ich die Stufen runterspringe, und beschleunige meine Schritte. Wenn ich Glück habe, erwische ich sie noch.

Doch auf dem letzten Treppenabsatz kommt mir ein Mann ins Gehege. Er vertritt mir unabsichtlich den Weg, ich will mich vorbeidrängen, er streckt den Arm aus. Ich stolpere und stürze die letzten Stufen der Rolltreppe hinunter und bleibe unten liegen. Einen kurzen Moment bin ich wie benommen, dann rapple ich mich auf und renne hinter der Bahn her.

Die Türen schließen sich vor meinen Augen. Verdammt! Ich hämmere gegen die geschlossene Tür, die Fahrgäste starren mich nur dumpf an. Keiner reagiert. Warum auch – wir wissen alle, dass ich keine Chance habe. Die Türen bleiben geschlossen.

Und auf fünf Minuten kommt es eigentlich auch nicht an, denke ich. Wenn ich nicht so verdammt wütend wäre.

Ich setze mich auf eine der Bänke und stelle mich auf ein wenig Wartezeit ein.

»Hallo.«

Ich blicke hoch.

Mr. Brown Eyes steht vor mir.

Ungläubig starre ich ihn an.

Abgesehen davon, dass er kein Typ ist, der U-Bahn fährt, glaube ich nicht an Zufälle. Die Vergangenheit hat mich gelehrt, dass es sowas nicht gibt. Und wenn Mr. Brown Eyes vor mir steht, nachdem ich gestern Abend seinen Freund vermöbelt habe, ist das kein gutes Zeichen.

Wir sind zum Glück nicht allein. Trotzdem spüre ich die Angst, die mit dem Adrenalin sofort wieder durch meine Adern rauscht. Es sollen schon Leute am helllichten Tag in einem U-Bahn-Schacht erstochen worden sein. Und ich habe keine Lust, zu diesen Leuten zu gehören.

Ganz ruhig. Er wird schon keine Waffe ziehen und um sich schießen.

Ich schiebe die Hand in die Jackentasche. Der Schlagring fühlt sich kalt an. Sofort werde ich ruhiger.

»Hallo?«, sage ich vorsichtig.

»Darf ich?« Er zeigt auf die Bank, und ich rücke ein Stück beiseite, damit er sich setzen kann. Obwohl ich versuche, möglichst viel Distanz zu ihm aufzubauen, spüre ich, dass er mir zu nahe ist.

Mein Nacken kribbelt. Ich möchte von ihm berührt werden. Und das ist so ziemlich das Absurdeste, was mir in so einer Situation einfallen könnte.

»Ich habe Sie vorhin gesehen, als Sie aus dem Haus gegangen sind. Sie hatten es ziemlich eilig.«

Ich zucke mit den Schultern. Zu leicht will ich es ihm nicht machen.

»Kann ich Sie vielleicht mitnehmen? Wollen Sie nach Manhattan?«

Nein, ich sitze nur aus Spaß in der U-Bahn-Station und warte.

»Hören Sie ... Ich habe Ihrem Freund das Geld zurückgegeben, okay? Sie haben also keinen Grund, mir aufzulauern. Es war ein Missverständnis, mehr nicht. Tut mir leid.«

Ich stehe auf. Er starrt mich an, als wäre mir gerade ein zweiter Kopf gewachsen.

Drei Schritte weiter lehne ich mich an eine Säule. Die Lautsprecher krächzen, dann verkündet eine gelangweilte Stimme, die nächsten Züge Richtung Manhattan verzögern sich auf unbestimmte Zeit aufgrund eines Personenschadens. Die anderen Wartenden stöhnen auf und schimpfen. Ich starre nur völlig betäubt auf die Schienen. Kein Zug nach Manhattan. Ich werde so dermaßen spät zur Arbeit erscheinen, dass ich auch gleich anrufen und kündigen kann. Catherine versteht keinen Spaß, wenn es um ihre Kinder geht.

»Sehen Sie? Die Bahn fährt nicht mehr.«

Er ist mir gefolgt und steht mit den Händen in den Manteltaschen neben mir. Ich mustere ihn angewidert, obwohl mir das irre schwer fällt, weil ... meine Güte, weil er eben unglaublich heiß aussieht!

Die braunen Augen wirken sanft und ruhig. Normalerweise lassen braune Augen mich völlig kalt. Ich stehe eher auf Männer der Sorte Thor – blonde Hünen mit blauen Augen, die mir zeigen, wo der Hammer hängt. Dieser hier ist völlig anders. Groß, ja. Zumindest um einiges größer als ich. Aber seine Schultern wirken nicht so breit (allerdings auch nicht so schmächtig wie bei seinem Kumpel) und er scheint sich sehr wohl in seiner Haut zu fühlen. Und in den teuren Maßschuhen, der Jeans, dem Kaschmirpullover und dem Wollmantel. Ich kann für jedes seiner Kleidungsstücke ganz genau einen Preis benennen. Unter 2.000 Dollar hat er sich nicht eingekleidet.

»Danke, ich komme zurecht.«

Wenn ich ein Taxi nehme, sind 50 Dollar futsch. Mit Catherines Job kann ich das abfedern, aber ohne ...

Die 500 Dollar wären jetzt gut. Hätte ich sie Mr. Slack Ass lieber nicht zurückgegeben. Zumal Mr. Brown Eyes ja offenbar Kohle ohne Ende hat.

Zu spät.

»Ist doch kein Ding. Aber mehr als anbieten kann ich es Ihnen nicht.«

»Verschwinden Sie.«

Er bleibt stehen. Ich starre an ihm vorbei. In meinem Kopf arbeitet es. Fieberhaft überlege ich, wie ich aus dieser Situation rauskomme. Mir wird wohl nichts anderes übrig bleiben, als ein Taxi zu nehmen.

Aber wenn ich jetzt aus dem U-Bahn-Schacht trete, wird er mir folgen. Es ist im Grunde egal, was ich mache. Er klebt wie eine Klette an mir.

»Warum machen Sie das hier?«, frage ich herausfordernd. »Erst lassen Sie 500 Dollar auf dem Tisch liegen und sagen meiner Kollegin, das Geld sei für mich. Und dann schicken Sie mir ihren Freund hinterher, der es mir wieder abnehmen soll? Ich hoffe, er hat heute einen ordentlichen Brummschädel, nachdem ich ihm eine verpasst habe.«

Ich verhaspele mich fast und vor Aufregung zittere ich. Nein, ich bin alles andere als tough. Ich versuche nur, meine Haut zu retten.

Er ist überrascht. »*Sie* haben ihn so zugerichtet?«

»Sag ich doch.«

»Aber das mit dem Geld ist ein Irrtum. Ich habe ihn nicht ...« Er schüttelt lachend den Kopf. »Das hat er wohl für sich behalten, tut mir leid. Warten Sie ...«

Er zückt seine Brieftasche und zieht ein Bündel Hundertdollarnoten heraus. Ich starre ihn wütend an. Er scheint wirklich zu glauben, ich sei käuflich. Zugleich kann ich es mir nicht leisten, sein Geld *nicht* anzunehmen ...

»500 Dollar, ja? Hier, passt so.« Er schiebt mir Scheine in die Hand. Ich stehe stocksteif da und spüre, wie meine Finger das Geld umschließen. Es sind mehr als 500 Dollar, das spüre ich sofort. Deutlich mehr.

Renn weg!

Aber ich kann nicht. Alles in mir ist wie erstarrt.

»Warum machen Sie das?«, frage ich ihn misstrauisch.

Er zuckt mit den Schultern. »Keine Ahnung. Ihr Lächeln gefällt mir. Aber Sie lächeln ziemlich selten, kann das sein? Dabei strahlen Ihre grauen Augen dann, und Sie haben ein hübsches Grübchen, hier ...« Er hebt die Hand und zeigt auf meine linke Wange.

Hastig drehe ich den Kopf weg, bevor er mich berührt. Das darf er nicht. Wenn er mich berührt ...

Ich will mich nicht verlieren. Ich darf nicht!

»Die Haare allerdings ...« Er schnalzt mit der Zunge. »Das ist nicht Ihre natürliche Haarfarbe, stimmt's?«

»Was geht's Sie an?«

»Ich mag Natürlichkeit«, sagt er nur. Und dabei sieht er mich an, dass ich nicht weiß, wohin mit mir.

Verdammt! Ich darf mich nicht verlieren, ich darf einfach nicht ...

Am liebsten würde ich mich in einer dunklen Ecke verkriechen und losheulen. Aber das geht nicht. Ich stopfe die Geldscheine in die linke Jackentasche und schiebe zugleich die rechte Hand in die andere. Der Schlagring beruhigt mich sofort.

»Ich bringe Sie jetzt nach Manhattan.«

Er duldet keinen Widerspruch, das spüre ich.

Aber ich lasse mich nicht herumkommandieren.

»Vielen Dank, ich komme allein zurecht«, erwidere ich kühl. Das Geld in der Jackentasche hat eine ebenso beruhigende Wirkung auf mich wie der Schlagring. Ich lasse Mr. Brown Eyes einfach stehen und gehe Richtung Ausgang.

Auf der Rolltreppe drehe ich mich um. Er folgt mir nicht.

Ein bisschen schade finde ich das schon. Aber dann sage ich mir, dass das echt Quatsch ist. Nur weil er attraktiv ist, muss ich mich ja nicht Hals über Kopf in ihn verlieben.

Liebe wird ohnehin überschätzt.

Mit dem Taxi bin ich vierzig Minuten später da. Das Taxi hält vor dem Wohngebäude in der Fifth Avenue. Während ich den Fahrer bezahle, merke ich erst, was für einen Haufen Geld Mr. Brown Eyes mir in die Hand gedrückt hat. Das sind weit über 2.000 Dollar. Ein Wintermantel, neue Schuhe und ein Notgroschen, falls die Waschmaschine kaputt geht, die im Wandschrank immer so wimmert, als hätte ihr letztes Stündlein geschlagen, sobald sie in den Schleudergang schaltet. Mit der hat mein Vormieter mich beschissen, als er mir anbot, sie für 300 Dollar zu übernehmen. Aber damals hatte ich ja keine Ahnung. Damals wusste ich nicht, wie viel 300 Dollar sind und wie lange man dafür schuften muss.

Ich haste zum Haus. Der Portier kennt mich und winkt mir zu, während ich zu den Fahrstühlen laufe. In der golden verspiegelten Kabine versuche ich, meine Haare zu glätten, die völlig durcheinandergeraten sind. Dabei fällt mir auf, dass man den Ansatz schon wieder sieht. Kein Wunder also, dass Mr. Brown Eyes mir drauf gekommen ist, dass karottenhonigblond nicht meine natürliche Farbe ist. Sie sind pechschwarz. Heute Abend muss ich also dringend nachfärben.

Die Lifttüren gleiten lautlos auseinander. Am Ende des linken Gangs befindet sich die Tür zu Catherines Wohnung. Sie steht einen Spaltbreit offen.

»Hallo?«

Ich schiebe die Tür auf. Irgendwo weiter hinten in der Wohnung höre ich ein Kind singen. Aus der Küche dringt das Klappern von Geschirr.

Ich gehe weiter in die Küche. Dort bietet sich mir ein absurder Anblick. Die kleine Rosa, gerade mal fünf Jahre alt, steht auf einem Küchenstuhl, den sie sich an den Herd gezogen hat. Mit einem Pfannenwender rührt sie in dem großen Wok, in den sie ein halbes Dutzend Eier geschlagen hat. Als sie mich hört, dreht sie sich um.

»Hallo«, sagt sie würdevoll.

Rosa trägt ein fliederfarbenes, kurzes Kleidchen mit Pelzkragen. Echtpelz. Das weiß ich, ohne ihn zu berühren. Catherine findet Kunstpelz falsch, eben weil er künstlich ist. Was sie nicht daran hindert, in jeder anderen Hinsicht künstlich zu sein.

»Hey Süße. Ist deine Mom da?«

»Mom ist einkaufen gegangen. Sie hat gesagt, du kommst gleich.«

»Okay.« Ich schließe für einen Moment die Augen. *Mein Gott, Catherine. Du kannst doch deine Kinder nicht allein lassen.*

»Und ihr habt Hunger. Deshalb hast du Frühstück gemacht?«

Ich bleibe Rosa gegenüber ganz ruhig, doch innerlich verfluche ich Catherine. Was fällt ihr ein, ihre fünfjährigen Zwillinge allein in der Wohnung zu lassen? Was hätte sie denn gemacht, wenn ich gar nicht gekommen wäre?

Rosa schüttelt heftig den Kopf. »Alles für dich«, flüstert sie. »Aber es gelingt nicht.« Sie spricht sehr gespreizt. Ein bisschen ist sie schon wie ihre Mutter. Gekünstelt und würdevoll. Ich habe noch nie so wohlerzogene Kinder erlebt, die zugleich so kreuzunglücklich waren.

Rosa ähnelt mir. Als kleines Kind war ich genauso.

Ich trete hinter Rosa und ziehe sanft den Wok von der Herdplatte. Es ist zum Glück ein Induktionskochfeld. Eins von der modernen Sorte, die man nur mit einem Code einschalten kann.

»Das macht doch nichts.«

»Hast du Hunger?«, fragt Rosa.

Diese Frage stellt sie, wenn sie selbst Hunger hat. Ihre Mutter kritisiert ständig an ihr herum, weil sie zu dick ist. Oder droht, dicker zu werden. Ich finde das unverantwortlich, zumal Rosa ein ganz normales, kleines Mädchen ist. Ich kann aber nichts dagegen tun außer aktiv gegenzusteuern.

Ich hebe sie vom Stuhl. »Schon. Du auch, hm?« Ich kneife sie in die Wange. »Wo ist dein Bruder?«

»Im Spielzimmer.« Sie verzieht das Gesicht, als wäre ein Spielzimmer für ein Mädchen ihres Alters unter ihrer Würde.

»Dann suchen wir ihn. Und danach gehen wir raus. Was hältst du von einem Muffin im Starbucks?«

Das Geld in der Jackentasche knistert verheißungsvoll. Ich kann nicht anders; ein bisschen Luxus muss ich mir gönnen, und den Zwillingen schadet es nicht, wenn sie mal vor die Tür kommen.

Juri steht im Spielzimmer am Tisch, auf dem seine Holzeisenbahn aufgebaut ist. Er zischt leise, während er die Lokomotive über die Schienen rollen lässt. Als ich reinkomme, lässt er sofort davon ab und läuft mir entgegen. Er umarmt mich, und anders als Rosa ist er von der Idee begeistert, dass wir jetzt nach draußen gehen.

Ich packe die beiden dick in Anoraks und wickle ihnen Schals um den Hals. Catherine besteht immer darauf, ihnen die kleinen Pelzmützen aufzusetzen, die sie von ihrer letzten Reise nach Moskau mitgebracht hat. Aber das bringe ich nicht übers Herz. Ich wähle für Rosa eine Strickmütze mit Ohrenklappen und buntem Fair-Isle-Muster aus. Juri mag am liebsten eine dunkelblaue Rippenmütze, wie Fischer auf einem Trawler sie tragen.

Sie gehen brav an meinen Händen zum Fahrstuhl. Heute ist Rosa an der Reihe, die Knöpfe zu drücken, aber sie tritt das Recht gerne an Juri ab, der daran mehr Spaß hat. Das ist ihre Art, sich ihm überlegen zu fühlen. Auch das hat sie vermutlich bei ihrer Mutter abgeschaut – den Männern das geben, was sie wollen, um später dafür Gefallen einfordern zu können.

Dass ich von Catherine schlecht denke, hat gute Gründe – und das nicht nur, weil Pelz für sie ganz normal ist und sie ihre Kinder allein in der Wohnung lässt. Sie heißt eigentlich Katarjina Orloff und stand viele Jahre als Elevin beim Bolschoi-Theater auf der Bühne. Dann lernte sie ihren Mann kennen, einen reichen Investmentbanker aus London. Sie heirateten und zogen nach New York. Die Zwillinge kamen zur Welt, und nur wenige Monate später ließ Katarjina (inzwischen bekannt als Catherine Ward) sich von ihrem Mann scheiden. Sie klagte auf Unterhalt und bekam von einem New Yorker Gericht die Hälfte seines Vermögens zugesprochen. Seitdem lebt sie in der Fifth Avenue und genießt die Millionen auf ihrem Konto. Für die Kinder hat sie ein Kindermädchen, und wenn sie ihren freien Tag hat, springe ich ein.

Mit dem Kindermädchen Consuela verstehe ich mich gut. Wir sind uns insofern einig, dass wir uns für die Zwillinge eine gute Kindheit wünschen und alles dafür tun. Manches machen wir, ohne dass Catherine davon erfährt.

Mit Rosa und Juri in den nächstgelegenen Starbucks zu gehen, damit sie dort zum Frühstück Muffins bekommen, würde bestimmt nicht ihre Zustimmung finden. Zu fett, zu viele Kohlenhydrate, zu viele fremde Menschen.

Aber sie ist nicht da. Und solange eine Frau ihre Kinder alleine lässt, weil sie lieber shoppen geht oder sich mit ihren Freundinnen Champagner und Kaviar im Separee eines Kaufhauses servieren lässt, während Models vor ihr die neueste Mode präsentieren, werde ich mir von ihr sicher keinen Vortrag über Verantwortung halten lassen.

Inzwischen weiß ich, warum Rosa so begeistert für mich kocht und bäckt, wenn ich zu Besuch komme. Sie ist seit der Geburt auf Diät und wird seit einigen Monaten außerdem mindestens dreimal pro Woche zum Ballettraining geschleift. Aus ihr soll ein Weltstar werden wie die Mutter. Deren krankhafter Ehrgeiz macht auch vor Juri nicht Halt, doch er verweigert sich einfach. Nach ein paar Wochen gab sie nach, und er darf wieder Kind sein und muss kein neuer Rudi Nurejew werden. Auch seine Ernährung wird nicht halb so streng überwacht wie die von Rosa.

Die Kleine will vor allem ihrer Mom gefallen. Sie hat schon den Verlust des Vaters kaum verwunden, der vorher ihr Ein und Alles war. Die Gunst der Mutter zu verlieren, kann sie sich nicht leisten.

Und mir bricht es das Herz, wie dieses kleine Mädchen alles für ihre Mutter tut und auch sonst jedem gefallen will. Ich versuche alles, damit sie ein gesundes Selbstbewusstsein entwickelt.

Wir gehen zum nächstgelegenen Starbucks, und die beiden dürfen sich Muffins aussuchen. Für mich bestelle ich den größten Caramel Macchiato mit dreifachem Espresso, den sie haben. Die Nacht auf dem Sofa steckt mir noch gewaltig in den Knochen.

Wir setzen uns in eine Sofaecke direkt am Fenster, und ich lasse Rosa und Juri raten, welche Jobs die Menschen haben, die draußen hastig vorbei eilen.

Für Juri sind alle Männer Lokomotivführer oder Investmentbanker – er vermisst seinen Vater also auch. Rosa schaut auf die Frauen, und sie werden entweder als Mütter, Models oder Kinderfrauen einsortiert. Ich genieße meinen Caramel Macchiato und denke an Mr. Brown Eyes.

Ja, tatsächlich. Er geht mir nicht mehr aus dem Kopf. Sein Lächeln, seine warme Stimme ... Ich bin überzeugt, dass er mir nichts Böses will. Trotzdem habe ich ihm unmissverständlich deutlich gemacht, dass ich kein Interesse an ihm habe.

Und das ist eine Lüge.

Mein ganzes Leben besteht aus Lügen. Keiner meiner Kollegen weiß, dass mein Nachname an der Westküste eine Mischung aus Angst und Ehrfurcht verbreitet. Niemand weiß, welches Leben ich geführt habe, bevor ich vor acht Monaten nach New York kam.

Und dabei soll es auch bleiben. Keine Komplikation, keine engere Beziehung. Keine Freundschaften. Ich kann mir nichts von alledem leisten. Der freundschaftliche Kontakt mit Kolleginnen wie Eleni ist die maximale Nähe, die ich zulasse. Mehr ist zu gefährlich für sie ...

»Lokomitivbanker!«, ruft Juri hoch erfreut. Er sagt immer Lokomitive statt Lokomotive, was ich so niedlich finde, dass ich es aufgegeben habe, ihn zu korrigieren. Er zeigt aufgeregt mit seinem schokoladigen Finger nach draußen.

Ich hebe den Blick.

Braune Augen, die mich belustigt ansehen. Ein Lächeln, das mich erstarren lässt.

Keine Komplikation, keine Beziehung ...

Offensichtlich bin ich die Einzige, die dieser Auffassung ist. Denn da steht er, der Mann meiner Gedanken, von dem ich nicht lassen kann. Mr. Brown Eyes.

Er hebt fragend die Brauen. Darf ich?, scheint er zu sagen, und ich zucke ergeben mit den Schultern. Was soll ich machen? Wir leben in einem freien Land. Wenn er in den Starbucks kommt, kann ich ihn kaum daran hindern.

Und irgendwie freue ich mich, ihn hier zu sehen. Was vor allem deshalb verrückt ist, weil seine Anwesenheit bedeutet, dass er meinem Taxi gefolgt ist. Er kennt innerhalb von 24 Stunden die drei Orte, wo ich am häufigsten zu finden bin: meine Wohnung (von der er mir zur U-Bahn gefolgt ist) und meine beiden Arbeitsplätze.

In mir erwacht der unbändige Wunsch, wegzulaufen.

Und zugleich bin ich neugierig. Was will er von mir? Hat er gemerkt, dass er mir wieder zu viel Geld gegeben hat?

»Verfolgen Sie mich?«

Er lacht. »Möchten Sie das gerne?«

»Ich möchte vor allem meine Ruhe haben. Bitte«, füge ich hinzu.

Mr. Brown Eyes lässt mich nicht aus den Augen. Rosa hat ihren Cranberrymuffin inzwischen auseinander gepult und die Krümel großzügig um den Teller herum verteilt. Ich beginne, die Reste mit einer Serviette einzusammeln. Sie hat kaum was gegessen, aber das wundert mich nicht. Es macht mich nur traurig.

»Tut mir leid, das fällt mir schwer. Sie sind hübsch ... Lea.«

Ich sammle unbeirrt weiter. Rosa steht auf und hilft mir. Sie schmiegt sich an mich.

»Ich mag den Mann nicht«, flüstert sie mir zu.

Ich streichle ihr über den Kopf. »Ich auch nicht, Spätzchen. Wir gehen jetzt nach Hause.«

Leider habe ich nicht mit Juri gerechnet. Er schaut Mr. Brown Eyes treuherzig an und fragt: »Bist du Lokomitivbanker?«

»Wenn du möchtest, bin ich das.«

Sofort hellt sich die Miene meines kleinen Schützlings auf. »Wie heißt du?«

»Ich heiße Jackson. Meine Freunde nennen mich Jax.«

»Der Name gefällt mir. Ich bin Juri.«

»Hallo Juri.«

»Er guckt so böse«, flüstert Rosa so laut, dass Jackson es hören muss.

Ich antworte nicht.

»Möchtest du ein Schinkensandwich, Juri?«

Der Kleine nickt begeistert. »Schinkensandwich, ja!«

Bevor ich protestieren kann, stimmt Rosa ein. »Ja, Schinkensandwich!«

Offensichtlich ist den Kindern eher nach Deftigem. Kein Wunder, dass meine Muffins verschmäht wurden.

»Sie müssen das nicht tun«, sage ich.

»Ich möchte aber gerne. Ich mag Kinder. Ihre?«

Ich sehe ihn entgeistert an. Dann schüttle ich heftig den Kopf. Mir gefällt nicht, wie er ganz beiläufig all die Informationen über mich sammelt.

Ich möchte mit ihm allein sein. Ich stelle mir vor, wie er

nackt aussieht.

Angeblich soll das ja helfen, um keine Angst mehr vor seinem Gegenüber zu haben. Bei mir bewirkt es eher das Gegenteil. Ich drohe, in Panik zu verfallen. Pure Angst erfasst mich, weil der Gedanke daran, wie er nackt vor mir steht, mich vollkommen beherrscht. Mich willenlos macht. Und das darf nicht sein.

Ich darf mich nicht verlieben. Nicht verlieren. Keine Beziehung, nichts Kompliziertes ...

Noch immer bin ich von diesem Gedanken beseelt.

»Kommt, wir müssen gehen.« Ich packe die Hände der Kinder und ziehe sie gewaltsam hoch. Juri heult los. Nur Rosa ist fügsam.

Jackson steht auf. »Entschuldigung, das war wohl falsch«, sagt er. »Tut mir leid. Ich wollte Ihnen nicht zu nahe treten.«

Er steht uns im Weg. Ich starre ihn wütend an, damit er beiseite tritt.

»Lassen Sie sich nie wieder hier blicken«, sage ich mit kaum verhohlener Abscheu. »Sehen Sie nicht, dass Sie den Kindern Angst machen?«

Dabei wissen wir beide, dass das nicht stimmt. Meine Nervosität überträgt sich auf die Kleinen. Die haben ein sehr feines Gespür dafür, was mit uns Erwachsenen los ist.

»Entschuldigung«, wiederholt Jackson. Er steht etwas belämmert vor mir, und erst als ich ihn streng anblicke, macht er uns Platz.

Wir verlassen den Starbucks. Rosa hat ihre Mütze vergessen und jammert, während Juri nur stumm neben mir herstolpert. Erst als wir an einer Fußgängerampel stehen bleiben, blickt er zu mir hoch. »War der Lokomitivbanker mein Dad?«

Die Kinder sind völlig verstört. Ich verfluche Jackson. Scheiß auf die braunen Augen, scheiß auf sein Lächeln! Er hat sich gestern Abend einfach in mein Leben gedrängt und lässt mich seither nicht in Ruhe. Was soll das?

»Nein, Juri. Du weißt doch, wer dein Dad ist.«

Der Mann, der nur alle Jubeljahre vorbei schaut. Der euch mit Geschenken überhäuft und verschwindet, kaum dass ihr euch an den Gedanken gewöhnt habt, dass er da ist. Der Mann, der euch regelmäßig das Herz bricht.

Aber Jackson – oder Jax, wobei ich nicht weiß, ob ich ihn überhaupt so nennen *will* – hat etwas in mir angerührt. Nicht nur die beiden Kinder sind verstört. Auch mir drängt sich die Frage auf: Wie soll ich darauf reagieren?

Gar nicht. Weil ich ihn nie wiedersehe.

Wenn ich es mir nur oft genug sage, wird es wahr. Obwohl ich ahne, dass Jackson nicht einfach so verschwinden wird, wie er in meinem Leben aufgetaucht ist.

Am späten Nachmittag ist Consuela wieder da. Den Rest der Zeit habe ich mit Juri im Spielzimmer verbracht, während Rosa sich in das Ballettzimmer zurückzog und an der extra für sie installierten niedrigen Ballettstange ihre Posen übte. Das macht sie sonst nie. Offensichtlich wollte sie damit ihr schlechtes Gewissen beruhigen.

Wir alle sind von der Begegnung mit Jackson aufgewühlt. Nachdem Consuela mir wie gewohnt einen Umschlag mit Geld ausgehändigt hat, verabschiede ich mich von den Zwillingen.

Sie sollen nicht wissen, dass ich heute zum letzten Mal bei ihnen war. Ich weiß nicht, wie ich es ihnen beibringen soll.

Die Entscheidung fiel, als ich Jackson vor dem Starbucks entdeckte. Gestern Abend hatte ich bereits darüber nachgedacht, aber dann redete ich mir erfolgreich ein, dass das nur eine panische Reaktion war. Doch heute Morgen hat sich alles verändert.

Er kennt meine Wohnung und weiß, wo ich arbeite. So viel darf niemand über mich wissen. Es ist zu gefährlich. Nicht mal Eleni und Nora wissen, wo ich wohne. Jimmy habe ich eine falsche Adresse angegeben, aber das ist kein Problem, weil er mir die Gehaltsschecks jede Woche persönlich gibt.

Jackson kennt meine Wohnung, meine beiden Arbeitsplätze. Und alles in mir schreit danach, zu verschwinden. Dabei will ich bleiben. Will wissen, ob er weiter versuchen wird, an mich heranzukommen. Auf eine verdrehte, düstere Weise würde mir das gefallen. Es ist lange her, dass ein Mann mit mir geflirtet hat. Und so wie er war keiner.

Ich habe keine Ahnung, wie es weitergehen soll. Ob ich New York verlasse? Vielleicht. Es ist ohnehin zu kalt für mich. Ich bin seit meiner Kindheit an die Sonne Kaliforniens gewöhnt.

New Orleans wäre ein schöner Ort, denke ich. In The Big Easy könnte ich problemlos untertauchen.

Ich komme aus dem U-Bahn-Schacht, als mein Handy klingelt. Es ist Nora.

»Zicklein, ich brauche dich!« Sie klingt fröhlich wie immer, doch ich lasse mich nicht täuschen. Wenn Nora jemanden braucht, ist es dringend.

»Was ist los?«

Ich bleibe stehen. Die Berufspendler strömen um mich herum wie um einen Fels in der Brandung. Manche murmeln etwas darüber, dass man ja auch nicht überall im Weg stehen muss.

»Eleni. Sie ist heute nicht zur Arbeit gekommen.«

Ich seufze. Typisch Eleni. Sie ist vermutlich auf die Piste gegangen und danach mit einem der Hipster im Bett gelandet. Aus dem sie sich am Morgen nicht hatte quälen können. Dann ruft sie bei Nora an und entschuldigt sich mit heiserer Stimme.

Und jetzt braucht Nora Ersatz für Elenis Spätschicht.

Ich schaue auf die Uhr. Inzwischen ist es halb fünf; in einer Stunde geht der allabendliche Rummel im Diner los.

»Ich kann in einer halben Stunde da sein.«

»Es reicht, wenn du bis zehn bleibst.« Nora klingt erleichtert. Ich verspreche ihr, mich zu beeilen.

In der U-Bahn bekomme ich nur einen Stehplatz, aber ich lehne mich gegen die Stange und versuche, ein wenig Kraft zu schöpfen, während ich zwischen die Pendler gedrückt Richtung Brooklyn schaukele. Das wird meine letzte Schicht im Jimmy's. Mr. Brown Eyes – Jackson – ist mir viel zu nahe gekommen.

Ich habe Angst, mich zu verlieren.

Es liegt nicht nur daran, dass er da ist. Mich ansieht, als wüsste er mehr über mich. Nein, auch die Tatsache, dass er innerhalb von 24 Stunden so verdammt viel über mich erfahren hat, versetzt mich in Panik. Was, wenn er nicht aus eigenem Antrieb handelt? Wenn jemand ihn auf mich angesetzt hat?

Plötzlich scheint allein die letzte halbe Schicht im Diner eine dumme Idee zu sein. Aber ich kann Nora nicht hängen lassen. Ich habe ihr versprochen zu kommen.

Außerdem hoffe ich auf den letzten Gehaltsscheck. Wenn ich fliehe, kann ich jeden Cent brauchen.

Weil meine zweite Bluse mit der Uniform ohnehin im Spind hängt, gehe ich auf direktem Weg ins Diner. Nora ist schon da. Sie schäkert mit drei Mädchen und einem Jungen, denen sie gerade Burger mit Zwiebelringen serviert. Fast jeder Tisch ist besetzt, und sie ist allein.

Hier ist wirklich Not am Mann.

Im Personalraum steht Zuko vor seinem Spind. Als ich hereinkomme, zuckt er zusammen und wirft etwas in das oberste Fach. Dann dreht er sich zu mir um und hält mir lächelnd sein Zigarettenpäckchen hin. Ich schüttle den Kopf. »Später vielleicht«, sage ich. Er grinst.

Das mit Zuko ist merkwürdig. Er hat ungefähr zur selben Zeit hier angefangen wie ich. Doch er spricht kaum, macht nur seine Arbeit (und Jimmy lobt ihn oft, weil er sie wirklich gut macht) und versucht nicht, mit den anderen Mitarbeitern Kontakt aufzunehmen. Ich bin die Ausnahme. Obwohl ich keine Ahnung habe, wie ich zu dieser Ehre komme.

Ich ziehe mich rasch um und stürze mich drei Minuten später ins Getümmel. Die meisten Bestellungen hat Nora schon aufgenommen. Jetzt geht es vor allem darum, möglichst schnell die Speisen zu den Gästen zu bringen. Ich nicke Rita zu, die hinter der Theke die Getränke zubereitet. Sie ist Jimmys Freundin und hilft immer dann aus, wenn es Engpässe gibt. Ein bisschen wundere ich mich schon. Offenbar ist nicht nur Eleni ausgefallen.

Eine halbe Stunde später kommen Nora und ich für einen Moment zum Durchschnaufen. Wir treffen uns am Terminal und geben Bestellungen ein. »Wer fehlt denn noch?«, frage ich.

»May ist heute früh überfallen worden, als sie auf dem Weg hierher war«, sagt Nora. Grimmig hämmert sie die Bestellung ein. »Ehrlich, langsam reicht es mir mit dieser Stadt. Hier ist doch niemand mehr sicher.«

Ich starre sie mit offenem Mund an.

May und ich arbeiten selten zusammen. Aber zwei Dinge weiß ich über sie. Erstens lebt sie nur zwei Straßen von meinem Apartmenthaus entfernt. Und zweitens sieht sie mir sehr ähnlich. Rotblonde, glatte Haare, die sie meist zu einem Pferdeschwanz hochbindet, während ich meine Haare meist offen trage. Und sie ist ungefähr so groß und auch so schlank wie ich.

Außerdem kommt sie immer schon in ihrer Kellnerinnenuniform zur Arbeit.

Ich beginne zu zittern.

Was, wenn Jackson es tatsächlich auf mich abgesehen hat? Wenn er seinen Kumpel noch einmal losgeschickt hat – oder einen anderen »Freund« – damit dieser mich zusammenschlägt? Und dann musste er feststellen, dass es mir immer noch gut geht ...

Ich erinnere mich an seinen Blick. Darin lag nicht nur eine gewisse Faszination (die ich ja ebenso verspürte), sondern vor allem etwas Kühles, Berechnendes. Als sollte ich nicht dort sein. Als hätte er gedacht, ich wäre längst außer Gefecht.

Oder bilde ich mir das nur ein?

»Wie ...« Ich räuspere mich. »Wie schlimm ist es?«

»Sie wird's überleben. Aber Jimmy sagt, es hat sie echt übel erwischt. Er ist ziemlich sauer.« Sie nickt zu der Küche, wo Jimmy gerade Zuko zusammenstaucht, weil dieser angeblich eine Portion frittierte Zwiebelringe verdorben hat. Zwischen ihnen steht eine Schüssel mit perfekt gebräunten, köstlich duftenden Zwiebelringen.

»Warum tut jemand sowas?«

Nora zuckt nur mit den Schultern. »Das ist New York, Zicklein. Daran sollten wir uns so langsam wohl gewöhnen.« Sie wirkt nachdenklich. »Obwohl ich mich gar nicht dran gewöhnen möchte ...«

»War das ein Raubüberfall?«, frage ich.

»Ich weiß auch nicht mehr als du. Komm, wir müssen weitermachen.«

Und das tun wir. Das Diner ist an diesem Abend noch voller als sonst, und als ich gerade zwei älteren Damen ihren Schokoladenkuchen serviere, den sie als Nachtisch bestellt haben, höre ich die eine sagen: »Und sie wurde nur zusammengeschlagen?«

»Nur! Sie hat ein Schädelhirntrauma und mehrere gebrochene Rippen.«

Ich erstarre mitten in der Bewegung. Erst jetzt bemerken sie mich und senken betreten den Blick.

Statt sie zu fragen, ob sie von May sprechen, renne ich fast zurück in die Küche. »Jimmy?«, rufe ich.

Er taucht auf. »Was denn?«

»May ... der Überfall. Sind deshalb die ganzen Leute hier?«

Mit anderen Worten: hat es sich etwa schon in ganz Williamsburg herumgesprochen, dass eine Kellnerin von Jimmy's Diner zusammengeschlagen wurde?

Er wirkt verlegen. »Von mir haben sie das nicht«, sagt er. »Online sind wohl ein paar Fotos vom Tatort aufgetaucht, und man konnte ihre Uniform erkennen.«

Ich lehne mich gegen den Tresen, auf dem die Köche immer die fertigen Speisen aufreihen. Mir ist schwindelig. Kein Wunder, dass der Laden heute so voll ist. Katastrophentourismus.

Hoffentlich tauchen keine Journalisten auf, die uns interviewen wollen. Hoffentlich macht keiner Fotos von uns ...

»Lea, Tisch 7!«, ruft Nora, bevor ich mich noch mehr in was reinsteigern kann. Ich gebe mir einen Ruck. Wahrscheinlich ist meine Sorge völlig unbegründet ...

An Tisch 7 sitzt eine vertraute Gestalt. Nein, sogar zwei mir bekannte Personen. Meine Schritte verlangsamen sich, und ich schaue mich nach Nora um. Doch sie ist gerade auf der anderen Seite des Raums und kassiert an einem Tisch ab. Ihr Lachen hebt sich über das allgemeine Stimmengewirr und die Fünfzigerjahre-Musik.

»Hallo«, sage ich. »Willkommen in Jimmy's Diner. Heute ist der Pensacolaburger mit Süßkartoffelspalten unser Tagesgericht.«

Ich gebe Jackson und Mr. Slack Ass die Speisekarten und ziehe aus der Schürzentasche Block und Bleistift.

»Hey Lea.« Jackson lächelt mich an. Ich starre wütend zurück, obwohl mein Herz bis zum Hals klopft. Und das hat nichts mit der Aufregung zu tun, sondern vielmehr damit, dass seine Gegenwart mich völlig durcheinanderbringt.

Wenigstens ist sein Kumpel wieder so sehr in sein Smartphone vertieft, dass er nichts mitbekommt. »Bestell mir was mit«, sagt er.

»Was möchten Sie trinken?«

»Bier. Bringen Sie einen großen Pitcher. Und dann nehme ich ...« er überfliegt die Speisekarte. »Können Sie den Pensacola-Burger empfehlen?«

»Er ist sehr gut.«

»Okay, dann nehme ich den. Und für meinen Freund auch eine Portion. Er musste ganz schön einstecken gestern Abend, da hat er was Gutes verdient. Nicht wahr?«

Er klapst Mr. Slack Ass auf die Schulter, und der zuckt zusammen und hebt den Kopf. An seiner Schläfe trägt er ein Pflaster über der Beule, die ich ihm verpasst habe. »Drei Stiche«, knurrt er nur.

Ich starre ihn entgeistert an. Schlimm genug, dass Jackson schon wieder hier auftaucht und damit meinen zuvor gefassten Plan, noch heute Nacht die Stadt zu verlassen, bestätigt. Aber dass er die Dreistigkeit besitzt, Mr. Slack Ass anzuschleppen, nachdem dieser mir gestern Nacht aufgelauert hat ...

»Okay«, sage ich nur. Ich nehme die Speisekarte an mich und gehe wie eine aufgezogene Puppe Richtung Küche. Ein Kind läuft quer durch den Raum, ich verharre kurz und lasse es passieren.

Erst in der Küche bleibe ich stehen. Ich gebe die Bestellung ein.

Nora kommt herein. Sie sieht sofort, dass mit mir irgendwas nicht in Ordnung ist. »Brauchst du eine Pause?«, fragt sie.

Ich nicke stumm und drücke ihr meinen Block in die Hand. Eine völlig unsinnige Aktion. Dann lege ich die Schürze ab und gehe durch die Küche und den schmalen Gang nach hinten.

Neben dem Personalbüro führt eine Tür direkt in den Hinterhof, wo die Müllcontainer stehen. Ich lasse die Tür einen Spalt offen und lehne mit dem Rücken an die Wand. Es ist eiskalt, und sofort fange ich an zu zittern. Aber das ist gut. Es holt mich langsam zurück in die Realität, wenn die Kälte in mir hochkriecht.

Es dauert keine zwei Minuten, bis Zuko nach draußen tritt. Stumm hält er mir das Zigarettenpäckchen hin, und zum ersten

Mal seit acht Monaten nicke ich und nehme eine. Es ist eine Filterlose, ziemlich stark. Doch ich nehme einen tiefen Zug und blinzle die Tränen weg, die mir in den Augen brennen.

Zuko raucht schweigend.

»Was mache ich denn jetzt?«, frage ich.

Er sieht mich von der Seite an. Irgendwie wirkt er anders. Selbstbewusster. Die Kochjacke hat er halb aufgeknöpft und die schwarzen Haare fallen ihm in die Stirn. »Vor wem hast du Angst?«, fragt er.

Ich blicke ihn überrascht an.

»Wie kommst du darauf, dass ich Angst habe?«

Er zuckt mit den Schultern. »Weil es mein Job ist?«

Ich ziehe an der Zigarette und antworte nicht. Meine Gedanken rasen. Was meint er damit?

Zuko spricht ungerührt weiter. »Hast du wirklich gedacht, dein Vater lässt zu, dass du einfach verschwindest? Er wollte sicher sein, dass es dir gut geht. Darum hat er mich hergeschickt. Du solltest besser aufpassen, was um dich passiert, wenn du wegläufst«, fügt er hinzu.

Was soll ich darauf erwidern?

Habe ich wirklich geglaubt, dem Einfluss meines Vaters entkommen zu können?

Ja, das habe ich. Bei meiner Flucht habe ich so vieles bedacht. Ich habe mein Aussehen verändert, habe sogar versucht, gefälschte Papiere zu bekommen, obwohl ich wusste, dass es in Los Angeles fast unmöglich war, ohne dass mein Vater oder mein Bruder davon erfahren. Ich bin mit Greyhounds durchs ganze Land gefahren und fand in New York eine Wohnung, die ich bar bezahlen konnte. Die einzige Spur ist mein Arbeitsvertrag mit dem Diner, denn dafür habe ich meine Sozialversicherungsnummer angeben müssen.

Und diese winzige Spur hat genügt. Von Anfang an wusste mein Vater, wo ich stecke.

»Du erstattest ihm Bericht?«

»Einmal die Woche ruft er an. Was soll ich ihm beim nächsten Mal sagen?«

Ich überlege. »Ich habe Geld«, sage ich. »Ein paar tausend Dollar. Wenn du ihm berichtest, ich sei einfach verschwunden ...«

Zuko lacht bitter. »Wir wissen beide, dass er diese Ausrede nicht gelten lässt. Dafür bin ich zu gut.«

Das stimmt. Wenn mein Vater jemandem zutraut, dass er auf mich aufpasst, ist er nicht nur gut, sondern hat sich dieses Vertrauen auch schon vorher verdient.

»Dann kann ich nichts machen?«

»Du kannst immer noch zur Polizei gehen.« Er weiß, dass ich das niemals tun werde. Ich kann meinen Vater nicht verraten. Oder meinen Bruder ...

Ich drücke die Zigarette aus und stoße mich von der Wand ab.

»Es ist nie zu Ende, nicht wahr?«

Zuko zuckt mit den Schultern. »Wenn du wieder nach Hause gehst. Dann vielleicht.«

Und das kann ich nicht.

Es wird nie zu Ende sein ...

Ich binde mir die Schürze wieder um und nehme die beiden Teller für Tisch 7, die Jimmy gerade hergerichtet hat. Mit dem Rücken drücke ich die Schwingtür auf.

Jax sitzt mit dem Rücken zu mir. Ich stürme auf den Tisch zu. Mr. Slack Ass blickt von seinem Handy auf und zuckt zusammen, als er mich wie eine Furie auf sich zukommen sieht.

»Was denn? Angst, dass ich dir wieder eine verpasse?«

Ich kann nicht mehr höflich sein. Dafür fehlt mir die Zeit. Und vielleicht mache ich den Fehler meines Lebens, aber ich muss irgendwas unternehmen. Das Gespräch mit Zuko hat mich auf den Boden der Tatsache zurückgeholt.

Ich knalle die beiden Teller auf den Tisch. Dabei stößt mein Ellenbogen gegen Jax' Glas, das umkippt. Kühles Bier ergießt sich in seinen Schoß.

»Das tut mir leid«, sage ich, ohne es zu meinen.

Jax springt auf und starrt mich an. Nicht wütend, sondern prüfend.

»Die Waschräume sind da hinten«, sage ich. Die Tür liegt direkt neben der Küche.

»Bin gleich wieder da«, sagt er.

Ich wische die Bierpfütze auf, während Mr. Slack Ass sich bereits die ersten Süßkartoffelspalten in den Mund stopft. Er gießt mit der anderen Hand Bier in sein Glas. Ich haste zur Theke und hole einen Lappen, um die Reste des Biers zu entfernen. Mir bleibt nicht viel Zeit.

Sobald die Bierpfütze aufgewischt ist, gehe ich wieder Richtung Küche und ignoriere dabei die erhobenen Hände von mindestens drei Gästen. Dafür habe ich jetzt keine Zeit. Ich betrete den kurzen Flur. Geradeaus geht es zum Damenklo, links zum Herrenklo. Ich öffne die linke Tür einen Spalt und spähe hinein.

Jax steht am Waschbecken. Den Pullover hat er ausgezogen und das Hemd aufgeknöpft. Darunter sehe ich seine muskulösen Brustmuskeln. Ich habe mich nicht getäuscht - er ist wirklich sehr kräftig und sieht echt heiß aus.

Aber darum habe ich ihn nicht mit Bier überschüttet.

Ich zögere. Dann trete ich durch die Tür und schiebe sie hinter mir zu. Mit dem Rücken zur Tür verhindere ich, dass weitere Gäste die Herrentoilette betreten. Was ich jetzt tue, kann mich den Job kosten. Aber das ist inzwischen auch egal, denke ich. Heute ist definitiv mein letzter Tag bei Jimmy's.

Jax blickt auf. »Lea!« Er ist sichtlich überrascht, mich zu sehen.

»Das mit den Klamotten tut mir leid«, sage ich. »Wenn ich für die Reinigung aufkommen soll ...«

»Ach was.« Er mustert mich neugierig, und ich spüre, wie ich rot werde.

»Kann ich sonst noch was für Sie tun?«, fragt er.

Ich schlucke schwer. »Ja«, sage ich leise und senke den Blick. Ich kann ihm nicht in die Augen sehen.

»Und was?«, fragt er amüsiert.

Ich blicke auf. Meine Stimme zittert, doch dann erkläre ich: »Rette mich.«

3. Kapitel

»Wie bitte?« Er sieht mich belustigt an. Doch dann merkt er, wie ernst es mir damit ist. Gegen meinen Willen schießen mir Tränen in die Augen und ich muss einmal tief durchatmen.

»Rette mich«, wiederhole ich. »Bitte.«

Meine Stimme klingt flehend. Jax knöpft langsam sein Hemd zu und steckt es wieder in die Hose. Wäre die ganze Situation nicht so absurd, würde ich Bedauern verspüren.

»Ich fürchte, das musst du mir erklären.«

Wenigstens lacht er mich nicht aus.

»Ich brauche Hilfe«, sage ich. Jemand drückt von außen gegen die Tür, weshalb ich hastig hinzufüge: »Meine Schicht geht bis um zehn. Kannst du mich danach abholen?«

Er nickt. »Mache ich.«

Jax stellt keine Fragen. Ich bin unendlich erleichtert. Für Erklärungen habe ich keine Zeit.

Ich schlüpfe aus dem Waschraum. Inzwischen warten zwei Gäste vor der Tür und mustern mich verwirrt. Ich lächle unverbindlich und kehre an meine Arbeit zurück.

Jax und sein Kumpel bleiben die ganze Zeit im Diner. Zwischendurch verschwindet sein Kumpel nur zum Rauchen vor die Tür, während Jax sich einen Kaffee genehmigt. Sie bestellen zweimal Nachtisch und umgarnen Nora, damit sie ihnen nicht grollt. Immerhin besetzen sie am turbulentesten Abend seit langem permanent einen Tisch für vier.

Kurz vor neun wird es ruhiger, und ich helfe Rita, die Zuckerstreuer und Ketchupflaschen nachzufüllen. Ab halb zehn ist es deutlich leerer, und um viertel vor zehn kommen die ersten Obdachlosen und suchen sich ein stilles Plätzchen. Nora bringt ihnen die Reste aus der Küche – nicht ganz perfekte Süßkartoffelspalten und etwas verkohlte Burger. Diese Leute sind so dankbar, dass ich demütig werde. Sie sind mit so wenig zufrieden. Und ich? Ich habe das Gefühl, mein ganzes Leben lang unzufrieden gewesen zu sein.

Um zehn winkt Jackson mich zu sich, und ich bringe ihm die Rechnung. Inzwischen sind die beiden die letzten regulären Gäste. Ich kassiere ab, und er steckt mir einen Zwanziger zu. »Für deine Kollegin.« Er lächelt, und ich erwidere sein Lächeln.

Nora schnaubt, als ich ihr das Geld zustecke. Doch ihr altes Gesicht wird ganz weich. »Gehört der zu dir?«, fragt sie mich.

»Keine Ahnung«, sage ich. »Frag mich das morgen noch mal.«

Sie grinst. »Pass auf dich auf, Zicklein.«

Das habe ich vor.

Ich gehe mich umziehen. Natürlich ist es kein Zufall, dass Zuko wieder im Personalraum steht. Er mustert mich prüfend. »Tisch 7?«, fragt er.

»Was soll mit Tisch 7 sein?«, schieße ich zurück.

»Ist er dein neuer Beschützer?«

Ich zucke mit den Schultern. »Vielleicht.«

Er presst die Lippen zusammen, sagt aber nichts.

Ich schultere meine Tasche. »Schönen Abend!«

Draußen steht eine dunkle Limousine direkt vor dem Diner. Mr. Slack Ass lehnt lässig am Kotflügel. Als ich aus dem Diner komme, hält er mir die hintere Tür auf.

Ich zögere. Doch ich habe es so gewollt, nicht wahr? Also gleite ich auf den Rücksitz, wo Jackson bereits auf mich wartet.

»Hi«, sagt er leise.

Der Schlag fällt zu, wir sind für einen Moment allein.

»Hallo«, flüstere ich.

Bevor er etwas fragen kann, schüttle ich den Kopf. Ich weiß, dass er vermutlich darauf brennt, mehr zu erfahren. Aber ich habe mich ihm ausgeliefert. Weil ich dem verlängerten Arm meines Vaters entkommen will.

Ich bin wieder auf der Flucht, und irgendwie werde ich Jackson das erklären müssen. Aber nicht jetzt. Erst muss ich in Sicherheit sein. Ich kann ihm nicht alles erzählen, solange ich das Gefühl habe, jeden Augenblick von ihm fortgerissen zu werden.

Mr. Slack Ass setzt sich hinter das Steuer und startet den Motor. Doch er fährt nicht los, sondern wartet; die Hände ruhen auf dem Lenkrad.

»Wohin?«, fragt Jackson.

»Nicht in meine Wohnung.«

Er nickt und tauscht im Rückspiegel einen Blick mit seinem Kumpel. Wir fahren los.

»Ich kenne ein Hotel in Manhattan. Dort hat Marcus für uns eine Suite reserviert.« Er nickt nach vorne zu unserem Fahrer. Mr. Slack Ass hat also einen Namen. Ich dachte schon, ich würde ihn nie erfahren.

Ich will mich entspannen, doch das ist nicht so leicht. Es war dumm von mir, mich Jackson einfach an den Hals zu werfen. Aber ich wusste mir nicht anders zu helfen.

»Danke«, sage ich wider besseres Wissen. Ich schnalle mich an und schaue aus dem Fenster. Es hat begonnen zu schneien. Ich bin froh, hier im Warmen zu sein, doch zu vieles ist ungewiss. Vor allem weiß ich zu wenig über den Menschen, der neben mir sitzt.

Ich habe mein Leben in seine Hände gelegt. Ich bin einem Gefühl gefolgt, einer Ahnung. Und ich vertraue ihm, weil ich sonst niemandem trauen kann. Sogar im Diner wurde ich permanent beobachtet. Zuko hat ja unumwunden zugegeben, dass mein Vater immer noch die Finger im Spiel hat.

Darum bleibt mir nur diese Flucht ins Ungewisse. Alles andere würde mein Vater sofort erfahren.

Jackson beobachtet mich von der Seite. Ich lächle ihn kurz an.

»Möchtest du erzählen, was los ist?«, fragt er.

Ich schüttle den Kopf. »Später«, vertröste ich ihn.

Das genügt ihm für den Augenblick, und ich bin darüber erleichtert.

Die Fahrt nach Manhattan dauert eine Dreiviertelstunde. Das Hotel liegt in der Nähe des Central Parks in einer Seitenstraße. Bevor ich den Schlag öffnen kann, ist Marcus schon ausgestiegen. Jackson ergreift meine Hand.

»Was ist los?«, fragt er.

Ich zögere. Aber er hat ein Recht auf die Wahrheit. Was er für mich tut, kann auch ihn in große Gefahr bringen.

»Ich fliehe vor meinem Vater«, erkläre ich.

»Und dein Vater ist wer?«

Ich beiße mir auf die Unterlippe. Wenn ich ihm die Wahrheit sage ... Wird er mir dann noch helfen?

»Mein Vater heißt Damien Tevez. Er kontrolliert den Drogenhandel in weiten Teilen Südkaliforniens.«

Jackson zuckt nicht mal mit der Wimper, sondern sieht mich aufmerksam an. »Okay«, sagt er gedehnt. »Und warum bist du auf der Flucht?«

»Es gab kein Zeugenschutzprogramm, das mich aufnehmen wollte.« Ich lache über meinen eigenen Witz. »Weil ich nicht gegen ihn aussagen werde.«

Bevor er noch eine Frage stellen kann, reißt Marcus den Schlag auf. Ich steige aus und Jackson folgt mir.

»Du weißt, dass ich mehr wissen will«, sagt er, als wir Seite an Seite auf die Rezeption zugehen.

»Das habe ich mir schon gedacht.«

Die Suite liegt im Penthouse und ist riesig – drei Schlafzimmer, jeweils mit einem eigenen Badezimmer. Jemand hat dafür gesorgt, dass in meinem Schlafzimmer eine Tüte mit allem Notwendigen wartet – Zahnpasta und Zahnbürste, Duschgel, Shampoo und Conditioner, frische Kleidung zum Wechseln und sogar eine neue Jeans in einer leidlich passenden Größe. Ich vermute, dass Marcus sich darum während seiner Zigarettenpausen gekümmert hat.

Jackson fragt, ob ich noch was brauche, ehe er mich allein lässt. Er warte nebenan im Wohnzimmer, sagt er.

Ich bin von diesem Hotelzimmer völlig geflasht. Nicht nur, weil es mich mit seinem Luxus an mein früheres Leben erinnert, sondern weil es wieder mehr Fragen aufwirft als beantwortet. Als ich Jackson das erste Mal sah, dachte ich, er sei ein typischer Büromensch. Nachdem er mir 500 Dollar Trinkgeld gab, vermutete ich schon, dass da mehr ist als nur das Einkommen eines Verlagsmitarbeiters oder Journalisten. Aber in den letzten 24 Stunden hat er mir außerdem einen dicken Batzen Geld zugesteckt, ich weiß, dass er einen Fahrer beschäftigt und es ihm nichts ausmacht, eine Suite zu reservieren, die bestimmt pro Nacht 3.000 Dollar inklusive Butlerservice kostet.

Höchste Zeit, dass er mir ein paar Fragen beantwortet. Zum Beispiel die, womit er sein Geld verdient.

Ich dusche mir rasch den Dreck des Tages von der Haut, wasche die Haare und ziehe dann die frischen Sachen an. Zur

Jeans gibt's einen roten Schlabberpullover und Seidenunterwäsche. Merkwürdige Kombination, aber besser als wieder in meine alten Sachen zu schlüpfen. Die Klamotten fühlen sich teuer an. Völlig anders als alles, was in meinem Apartment in Williamsburg im Schrank hängt. Ich betrachte mich im Spiegel, und mir gefällt, was ich sehe.

Im Wohnzimmer gibt es einen offenen Kamin, vor dem zwei Sessel stehen. Als ich hereinkomme, kniet gerade ein Mann in Butleruniform davor und entfacht ein Feuer. Auf einem Servierwagen steht eine Silberkanne neben zarten Porzellantassen.

»Da bist du ja.« Jackson kommt aus einem anderen Zimmer und schließt die Tür. Der Butler ist fertig und bekommt von ihm einen Geldschein zugesteckt. Dann weist Jackson einladend auf die beiden Sessel vor dem Kamin.

»Ich wusste nicht, ob du Hunger hast. Darum habe ich uns erstmal nur Kaffee bestellt.«

Da dieses Gespräch länger dauern könnte, nehme ich gern eine Tasse.

Ich setze mich, und Jackson gießt zwei Tassen Kaffee ein. Ich trinke meinen mit zwei Stückchen Zucker und Sahne. Er genießt ihn schwarz, bemerke ich.

»Ich nehme an, du möchtest mehr über mich erfahren.« Seine Stimme klingt wieder warm und schokoladig. Ich erschauere wohlig und kuschle mich in den Sessel.

»Ich kenne dich gar nicht.«

»Trotzdem hast du mich um Hilfe gebeten.« Er studiert meine Miene und gibt sich einen Ruck. »Ich bin Jackson Bennett. Möchtest du nach mir googlen oder soll ich dir erzählen, wer ich bin?«

Ich halte das Handy hoch, das ich vorhin aus dem Zimmer mitgenommen habe. »Ich habe kein Internet mit dem hier.«

»Oh, das wusste ich nicht.«

Ich nicke. »Wegwerfhandy. Vorsichtsmaßnahme.«

»Okay, dann erzähle ich es dir, und du kannst später gerne meine Aussagen überprüfen.«

Er versucht, mein Vertrauen zu gewinnen, und das ehrt ihn sehr. Ich nicke, und er beginnt zu erzählen.

»Ich verdiene mein Geld mit Investments. Immobilien,

Aktien, die Beteiligung an einer Filmfirma. Außerdem gehören mir Anteile am Zusammenschluss mehrerer Industriebetriebe.«

»Also bist du Investmentbanker?«, frage ich. Typisch. Gerate ich ausgerechnet an so einen Typen, den ich überhaupt nicht leiden kann.

»Nein, nein. Ich handle auf eigene Rechnung. Das Geld, das ich einsetze, gehört nur mir.«

»Wie alt bist du?«, will ich wissen.

»29. Und du?«

»23.« Ich werde rot, weil ich ihn jünger eingeschätzt habe. Ich dachte, er wäre einfach ein junger Mann, der das Geld seiner Eltern geerbt hat und es sinnlos verprasst. Aber er scheint tatsächlich für seinen Lebensunterhalt zu arbeiten.

»Ziemlich jung, um sich mit einem Drogenboss anzulegen.«

Schon sind wir wieder bei meiner Vergangenheit. Doch ich lasse den Themenwechsel zu. In den letzten acht Monaten konnte ich mit niemandem darüber reden und bin froh, weil mir jetzt jemand zuhört.

(Ehrlich gesagt konnte ich vorher auch nicht darüber reden. Was sollte ich meinen Freundinnen an der Privatschule sagen? »Mein Dad ist Drogenboss«, klingt einfach nur unglaubwürdig.)

»Er ist mein Vater.«

»Umso schlimmer. Hast du keine Angst, ich könnte dich jetzt gefangen nehmen und an ihn ausliefern?«

»Nein«, erwidere ich überrascht. Der Gedanke ist mir tatsächlich noch nicht gekommen. Ich weiß nicht, warum das so ist, aber ich empfinde tiefes Vertrauen zu Jackson. Als würde ich ihn schon lange kennen.

Als wäre er ein Teil von mir.

»Das habe ich auch nicht vor.«

Ich lächle. Zum ersten Mal seit Monaten empfinde ich Geborgenheit. Ich bin sicher, dass ich heute Nacht so gut schlafen werde wie schon lange nicht mehr.

»Wie geht es jetzt weiter? Oder lass es mich anders formulieren: was erwartest du von mir?« Er beobachtet mich.

»Ich muss New York verlassen. Und das möglichst ohne dass mein Vater davon erfährt.« Ich zögere. Soll ich ihm von

Zuko erzählen? Aber wer weiß, was Jackson dann macht. Vielleicht schlägt er vor, die Polizei zu rufen. Das wäre fatal. Ich bin immer noch die Tochter meines Vaters, weshalb ich der Polizei großes Misstrauen entgegen bringe. Ich bin nicht bereit, mit ihnen zusammenzuarbeiten.

Sie haben schon meine Mutter auf dem Gewissen. Dasselbe darf mir nicht passieren.

»Und vorher möchte ich einfach nur eine Nacht lang durchschlafen. Ohne fürchten zu müssen, dass jemand in meine Wohnung einbricht oder ich auf offener Straße überfallen werde.«

»Du weißt dich ja zu wehren. Marcus kann ein Lied davon singen. Es tut ihm übrigens Leid, dass er dich so erschreckt hat. Sein Auftrag lautete wirklich nur, dir zu folgen und deine Adresse herauszufinden.«

»Du hättest fragen können.« Ich lächle.

»Hättest du sie mir denn genannt? Wie ich dich einschätze, hättest du mir deine Handynummer gegeben und das Handy in den nächstbesten Mülleimer geworfen.«

Damit könnte er sogar Recht haben.

Ich trinke hastig einen Schluck Kaffee, um meine Verlegenheit zu übertünchen. Jackson beobachtet mich.

»Was hat dein Vater dir angetan, dass du vor ihm fliehst?«

»Du meinst, außer dass er in Los Angeles den Drogenhandel kontrolliert?«

Das bringt ihn zum Schweigen.

Aber er hat auch in diesem Fall Recht. Wenn ich mit 23 vor meinem Vater fliehe – warum habe ich das nicht schon mit 22 oder mit 21 getan?

Ich entscheide mich für eine Notlüge.

»Er hat meine Mutter umgebracht. Das ist lange her, aber mir hat er immer erzählt, es sei ein Unfall gewesen. Ich wuchs behütet auf. Die besten Privatschulen, Tennisstunden, ein eigener Bodyguard – das Leben eines reichen, verwöhnten Mädchens in L.A. Nur dass mein Vater nicht in der Filmindustrie Millionen scheffelte, sondern auf der Straße durch seine Dealer.«

»War deine Mutter drogenabhängig?«

Ich nicke. Genau, drogenabhängig. Das denkt jeder, dem

49

ich die Geschichte erzähle. Dabei ist Jackson erst der Zweite, dem ich mich anvertraue.

Aber wenn ich versuche, die ganze Geschichte zu erklären, glaubt man mir nicht. Darum belasse ich es dabei. Meine Mom war kein Kind von Traurigkeit; sie hat sicher auch gelegentlich Drogen genommen.

Außerdem starb meine Mutter, als ich fünf war. Aber das alles braucht Jackson nicht zu wissen. *Noch* nicht. Es genügt, wenn er weiß, wie verzweifelt meine Lage ist und dass er mir helfen will.

»Puh, das ist heftig. Warst du bei der Polizei?«

»Klar. Aber die tun nichts für mich. Die sagen, was ich ihnen liefere, ist zu wenig.«

»Hm«, macht Jackson. Ich spüre, wie er mir entgleitet. Er *will* mir glauben, aber ich verstehe, warum es ihm schwerfällt.

»Stell dir vor, wie ich zur Polizei gehe. Ich bin in ihr Präsidium marschiert, habe nach dem Drogendezernat gefragt und habe ihnen erklärt, ich könnte ihnen Damien Tevez liefern. Daran waren sie natürlich interessiert. Aber als ich mit zwei Polizisten im Verhörraum saß, konnte ich ihnen nur sagen, dass mein Dad der größte Drogenboss der Stadt ist. Mehr wusste ich nicht. Er hat seine Geschäfte natürlich immer vor mir geheim gehalten. Und das reichte ihnen nicht. Sie wollten mehr. Sie schlugen vor, mich zu verkabeln. So sollte ich zu meinem Vater und ihn aushorchen. Aber da bekam ich es mit der Angst zu tun. Mehr konnte ich nicht für sie tun, und sie meinten, für ein Zeugenschutzprogramm reicht das nicht. Darum hab ich meine Sachen gepackt und bin geflohen.«

Es ist mehr passiert, aber ich bin noch nicht bereit, alles zu erzählen.

Später. Wenn ich Jackson vertraue.

»Das tut mir leid. Und warum musst du New York verlassen?«

Ich lache verbittert. »Zuerst dachte ich deinetwegen. Du warst komisch. Hast in nur 24 Stunden so viel über mich herausbekommen, dass ich es mit der Angst zu tun bekam. Aber dann erfuhr ich außerdem, dass mein Dad jemanden auf mich angesetzt hat, der ›aufpasst‹, dass mir nichts passiert. Darum muss ich untertauchen.«

»Ich kann dir dabei helfen.«

»Ich weiß ...« Nervös kaue ich auf meiner Unterlippe und starre ins flackernde Feuer.

»Aber du weißt nicht, inwieweit du mir trauen kannst, richtig?«

»Kann ich dir vertrauen?«

Er hebt gespielt unschuldig die Hände. »Ich kann nur beteuern, dass mein Interesse an dir von Anfang an rein romantischer Natur war.«

Fast muss ich lachen.

Es ist lange her, dass ein Mann Interesse an mir zeigte und nicht sofort mit der Macht meines Vaters konfrontiert wurde. Aber siehe da – hier ist es genauso wie früher in L.A. Er muss sich mit Dad auseinandersetzen.

»Bin ich dir nicht zu gefährlich?«, necke ich ihn.

»Für dich nehme ich jede Gefahr auf mich«, erklärt er ernst.

Ich werde ganz ruhig. »Das ist ... gut«, sage ich leise. »Du weißt ja nicht, wie schön das für mich klingt ...«

Er stellt die Kaffeetasse ab. Seine braunen Augen mustern mich prüfend, als ob er versucht abzuschätzen, wie viel er mir zumuten kann. »Ich kann dir helfen, Lea«, sagt er. »Wenn du mir vertraust ...«

Ich schlucke. Was habe ich zu verlieren?

Mein Leben. Mehr nicht. Und das ist für einige Menschen nichts mehr wert.

»Woher weiß ich, ob ich dir vertrauen kann?«, frage ich.

Er steht auf und streckt die Hand nach mir aus. »Das weißt du nicht. Du kannst es nur versuchen.«

Zögernd nehme ich seine Hand. Er zieht mich hoch, und als nächstes spüre ich, wie er meinen Kopf an seine Brust zieht. Wir stehen dicht voreinander, und mit jedem seiner Atemzüge hebt und senkt sich mein Kopf. Mein Ohr ruht auf dem Hemd. Er riecht sauber und männlich. Das Blut rauscht mir in den Ohren, doch ich höre sehr deutlich seinen Herzschlag.

Seine Arme umschließen meinen Oberkörper. Er hält mich einfach fest, und ich genieße dieses Gefühl, gehalten zu werden.

Erst in diesem Moment wird mir bewusst, wie sehr ich die Berührung anderer Menschen vermisst habe. Seit Monaten hat mich niemand umarmt oder festgehalten. Ich habe mich anfangs gegen jede freundschaftliche Umarmung von Eleni gewehrt, und später hat sie nicht mehr versucht, mir näher zu kommen. Sie akzeptierte, dass ich anders war.

Ich war all die Monate allein. Und wäre es auch jetzt noch, wenn ich mir nicht einen Ruck gegeben und Jackson um Hilfe gebeten hätte.

Er hält mich nur fest. Versucht nicht, mich zu küssen. Spürt er, wie sehr mich diese Umarmung bereits aufwühlt? Ich horche in mich hinein. Da ist unbändige Freude, in diesem Moment nicht allein zu sein. Und etwas, das ich lange nicht gespürt habe, zupft an meinem Verstand.

Mir werden die Knie weich.

Was ich spüre, ist Begehren.

Damit habe ich nicht gerechnet. Ich glaubte wohl, wenn ich mich auf Jackson einlasse und ihn um Hilfe bitte, wird das ein freundschaftlicher Umgang. Er ermöglicht mir unentdeckt die Flucht, und ich verschwinde danach auch aus seinem Leben ... Die Anziehungskraft könnte ich ignorieren. Aber das ist ein Irrtum.

Begehren lässt sich nicht ignorieren. Begehren verlangt nach der ihr gebührenden Aufmerksamkeit. Sie lenkt unsere Schritte, bis wir uns in etwas verstrickt haben, das uns nicht mehr loslässt.

Ich schließe die Augen. Seine Hände streicheln beruhigend meinen Rücken. Er versucht nichts, sondern lässt mir einfach Zeit. Er wartet, dass ich den ersten Schritt mache.

Oder er hat kein Interesse an mir.

Doch hat er nicht selbst gesagt, er sei an mir interessiert?

Ich hebe den Kopf und sehe ihn an.

»Wohin führt das hier?«, frage ich.

Er schaut auf mich herab. Sein Lächeln ist warm, und als er spricht, durchfährt es mich wie ein Stromschlag. Jedes seiner Worte ist eine Liebkosung, jede Berührung Teil eines Vorspiels, von dem ich nicht wusste, dass es geschieht.

»Wir machen, was du willst«, sagt er.

Ich stöhne auf und vergrabe mein Gesicht an seiner Brust.

Wie soll ich diese Entscheidung bloß treffen?

»Hey.« Er umfasst mein Gesicht mit beiden Händen und hebt es sanft an. »Hast du Angst?«

Ich nicke.

»Wovor?«

»Dass ich mich verliere«, flüstere ich.

Dass wir uns auf etwas einlassen, das wir später bereuen. Dass ich dich nicht loslassen kann. Dass ich dich in Gefahr bringe.

So vieles, wovor ich mich fürchte.

»Das brauchst du nicht.«

Und dann küsst er mich. Ganz sanft zuerst. Seine Lippen schmecken sogar wie Schokolade, und ich stöhne erneut. Doch diesmal ist es die Lust, die mich von einer Sekunde zur anderen völlig überwältigt. Er muss mich festhalten, damit ich nicht einfach zu Boden sinke. Das Begehren, das mich so überrumpelt hat, verwandelt sich. Es wird zu einer hemmungslosen, gedankenlosen Lust, die alle Zweifel über Bord werfen will.

Ich will ihm vertrauen. Ich will mich in ihm verlieren.

»Lass uns in dein Schlafzimmer gehen«, flüstere ich. »Bitte ...«

Er mustert mich forschend. Spürt er, wie sehr ich mit mir ringe? Vielleicht. Er scheint mehr über mich zu wissen als ich selbst.

»Nein«, sagt er und macht zwei Schritte nach hinten. »Das wäre nicht richtig.«

Ich beiße mir auf die Unterlippe und balle die Hände zu Fäusten. Wieso glaubt er, für mich entscheiden zu dürfen, was richtig ist und was falsch?

»Bitte«, flehe ich. »Ich halte es allein nicht aus. Ich brauche dich ...«

Wir erstarren beide im selben Moment. Ich starre ihn an, und er erwidert meinen Blick scheinbar ungerührt. Dann wendet er sich ab und geht in sein Schlafzimmer.

Ich möchte vor Frust aufheulen und mache bereits zwei Schritte auf seine Tür zu, ehe ich stehenbleibe. Wenn ich jetzt hinter ihm herrenne, verliere ich das letzte bisschen Würde, das ich mir noch bewahren kann.

Meinem Hilfegesuch hat er ohne Zögern entsprochen. Er

hat mich im Hotel untergebracht, mir saubere Sachen gekauft und mir zugehört. Bis zu diesem Punkt sind wir wie zwei Erwachsene, bei denen der eine dem anderen hilft. Doch wenn ich jetzt mit ihm schlafe, kann ich unmöglich wissen, ob es aus Dankbarkeit geschieht, weil er mich über Nacht aufgenommen hat oder ob ich wirklich etwas für ihn empfinde.

Es ist richtig von ihm, dass er an diesem Punkt einen Rückzieher macht. Damit schützt er vor allem mich.

Trotzdem kann ich nicht anders. Ich gehe auf seine Tür zu und klopfe leise.

Drinnen bleibt es still. Ich drehe den Türknauf und betrete den Raum.

Jackson steht mit dem Rücken zu mir am Fenster. Er dreht sich zu mir um, als ich eintrete. Plötzlich sieht er müde aus.

»Lea, nicht ...«

Ich schüttle den Kopf und gehe auf ihn zu. Zwei Meter von ihm entfernt bleibe ich stehen.

»Ich vertraue dir«, erkläre ich fest. »Ich will heute Nacht bei dir schlafen.«

»Das ist keine gute Idee, Lea.«

Ich ziehe den roten Schlabberpulli über den Kopf und werfe ihn auf einen Sessel. Darunter trage ich das schwarze Seidenhemdchen. Ich fröstle, weil ich Jacksons Blick auf mir spüre.

Dann zeige ich auf das Bett am anderen Ende des Raums.

»Ich bin ohnehin zu müde, um etwas anderes zu tun als schlafen. Also mach jetzt kein Drama aus der Sache. Ich will einfach nicht alleine sein.«

Wieder dieser prüfende Blick. »Willst du mich auf die Probe stellen? Riskierst du deinen Seelenfrieden, weil du denkst, mir etwas schuldig zu sein?«

Ich atme tief durch.

»Du musst das nicht tun, Lea. Wir können morgen darüber reden. Jetzt bist du vielleicht einfach zu müde für ein vernünftiges Gespräch.«

»Das ist nicht wahr!«

Er bleibt vor dem Fenster stehen und sieht mich so feindselig an, dass ich bereits zweifle, ob ich mich nicht geirrt habe und mir sein Begehren nur einbilde. Doch dann gibt er sich einen Ruck.

»Jeder bleibt auf seiner Seite des Betts«, sagt er streng. »Und du ziehst dir was anderes an. In diesem Fummel da kann ich für nichts garantieren.«

Fast hätte ich vor Erleichterung gelacht. Er soll ja für gar nichts garantieren. Mir wäre es lieb, wenn er alle Bedenken über Bord wirft. Aber ich kann seine Entscheidung auch respektieren, wenn ich dafür nicht allein schlafen muss.

Er tritt an seinen Kleiderschrank und holt ein großes, schwarzes T-Shirt heraus. Ich sehe noch andere Sachen in dem Schrank. Das hat Marcus für ihn sicher nicht auf die Schnelle organisiert.

»Wohnst du hier?«, frage ich.

»Manchmal.« Er zuckt mit den Schultern, als wäre eine Suite für 3.000 Dollar pro Nacht für ihn ein Schnäppchen.

Ich muss wohl meine Meinung über seinen Reichtum deutlich nach oben korrigieren.

Ich fange das T-Shirt auf, das er mir zuwirft. Er zeigt aufs Badezimmer und ich verschwinde dort. Erst nachdem ich die Tür hinter mir zugezogen habe, atme ich für einen Moment auf.

Zurück im Schlafzimmer sehe ich, dass er sich inzwischen auch umgezogen hat. Er trägt eine seidene Boxershorts und ein T-Shirt, das meinem ähnelt. Nur mit dem Unterschied, dass es ihm wie angegossen passt, während meins mindestens drei Nummern zu groß ist. Plötzlich fühle ich mich neben ihm sehr klein.

Er liegt auf dem Bett, ein halbes Dutzend Kissen unter den Kopf gestopft und zappt durch die Hotelkanäle. Doch offensichtlich läuft nichts, das ihn interessiert, denn er schaltet den Fernseher sofort aus, als ich aus dem Badezimmer komme.

»Alles okay?«, fragt er.

Ich nicke. Inzwischen bin ich echt müde und will nur noch schlafen. Um alles andere können wir uns auch morgen Gedanken machen.

»Ich muss noch was erledigen.« Er steht auf und schlüpft in einen dunkelblauen Seidenbademantel. »Aber du kannst dich gerne schon schlafen legen.«

Ich lege mich ins Bett und ziehe die Decke bis zur Nasenspitze hoch. Mir ist kalt und ich ziehe die Beine an. Jackson löscht bis auf eine Nachttischlampe alle Lichter, als er den Raum verlässt.

Durch die Tür höre ich seine Stimme. Er telefoniert. Erst nur Gemurmel, dann wieder Stille. Ich kuschle mich in die weichen Kissen und schließe die Augen. Diese Nacht wird anders als alle in den letzten acht Monaten. Ich bin nicht allein. Er passt auf mich auf.

Ich habe mich lange nicht mehr so gut gefühlt.

Und eigentlich könnte ich jetzt selig einschlummern, wenn ich nicht durch die geschlossene Tür Jacksons Stimme hören würde.

»Sie ist jetzt bei mir«, sagt er.

Stille. Dann: »Ich kümmere mich darum. Mach dir keine Sorgen.«

Ich richte mich im Bett auf und halte den Atem an.

»Nein. Sie glaubt, ich sei ein reicher Geschäftsmann. Und das soll auch erstmal so bleiben.«

4. Kapitel

Ich bin wie erstarrt. Was soll das heißen? Hat er mich belogen? Dabei habe ich ihm vertraut ...

Bevor ich aus dem Bett springen und das Weite suchen kann, geht die Tür wieder auf und Jackson kommt herein. Er lächelt. »Du schläfst ja noch gar nicht.«

»Ich ... hab noch Hunger.« Fieberhaft überlege ich, wer er ist. Inszeniert er gerade eine Entführung? Bringt er mich zurück zu meinem Vater? Irgendwas führt er im Schilde. Sonst hätte er wohl kaum draußen telefoniert. Kann ja keiner ahnen, dass in einem Luxushotel die Wände so dünn sind ...

»Dann bestelle ich dir was. Worauf hast du Hunger?«

»Kannst du mir nicht aus dem nächsten Starbucks einen Muffin holen?«, platze ich heraus. »Darauf hätte ich gerade am meisten Hunger.«

»Okay«, sagt er. »Dauert nicht lange.«

Er zieht die Jeans über die Boxershorts, einen Kaschmirpullover über das T-Shirt und streift Strümpfe und Schuhe über. Keine zwei Minuten später nimmt er den Mantel, der über einem Sessel liegt und verlässt das Zimmer. Ich lächle zum Abschied.

Er hat kaum die Tür zur Suite ins Schloss gezogen, als ich schon auf den Beinen bin. Ich flitze in mein Schlafzimmer, ziehe meine alten Klamotten an und nehme die Umhängetasche, in der das Geld ist. Kurz überlege ich, ob ich ihm einen Zettel dalassen soll. Aber das Beste wird sein, wenn ich keine Spuren hinterlasse.

Vor der Suite liegt der Flur still da. Ich habe keine Schlüsselkarte für den Aufzug und muss das Treppenhaus nehmen. Es geht immerhin neunzehn Stockwerke in die Tiefe. Im Erdgeschoss warte ich hinter der Tür. Ist er schon wieder unterwegs nach oben? Hoffentlich. Es wäre äußerst blöd, wenn ich ihm in der Lobby über den Weg laufe.

Ich atme tief durch, zähle in Gedanken bis drei und reiße dann die Tür auf. Mit gesenktem Kopf durchquere ich die Lobby und trete nach draußen.

Der eisige Wind bläst mir ins Gesicht. Ich brauchte einen Moment, um mich zu orientieren. Dann laufe ich in Richtung der nächstgelegenen U-Bahn-Station. Die Straßen sind menschenleer – es ist nach Mitternacht an einem Wochentag. Da treibt sich kaum jemand draußen herum, vor allem nicht bei Schneesturm.

Mit der Metro fahre ich zur 42. Straße, wo sich eines von vielen Fernbusterminals in New York befindet. In der Wartehalle ist es angenehm warm, und an einem Schalter bekomme ich ein Busticket, das mich morgen Früh um fünf Richtung New Orleans aus der Stadt bringt.

Danach rolle ich mich auf einer Bank ein, die Tasche an meine Brust gedrückt. So hoffe ich, wenigstens ein bis zwei Stunden Schlaf zu bekommen.

Doch bevor ich einschlafe, ziehe ich aus meiner Tasche das Tagebuch, das mich schon seit über einem Jahr begleitet. Es ist unglaublich kitschig. Pink mit einer aufgestickten Hello Kitty und Glitzersteinchen. Ich weiß noch genau, wann ich es geschenkt bekam.

»Für meine allerbeste Freundin!« Mit diesen Worten überreichte Chrissa mir das Buch. »Damit du all unsere schönen Erlebnisse darin festhalten kannst.« Sie lachte albern.

Es war einer der letzten schönen Tage für uns. Wir waren am Santa Monica Pier, ich machte Fotos von uns und versprach ihr Abzüge für ihr eigenes Tagebuch. In das Hello-Kitty-Büchlein schrieb ich nichts; es war eine alberne Geste, die ich damals nicht ernstnehmen konnte.

Eine Woche später war Chrissa tot. Und mit ihr die letzte Illusion, dass ich als Tochter meines Vaters vom Drogenkrieg gänzlich unberührt bleiben konnte.

Ich sitze im Wartesaal des Busterminals und schlage das Tagebuch auf. Vorne liegen die Abzüge der Fotos. Das Riesenrad im Hintergrund leuchtet bunt, und Chrissa lacht. Sie sieht glücklich aus auf diesem Foto; ich hoffe, sie war glücklich bis zum letzten Moment.

Bis jemand ihr eine Kugel in den Schädel jagte und ihrem Leben viel zu früh ein Ende bereitete.

Als ich sie so fand, ging ich zur Polizei, weil ich wusste, wer der Mörder war. Aber weil ich denen meinen Vater nicht ausliefern konnte, verschwand ich aus Los Angeles. Meine beste Freundin war tot. Danach konnte ich nicht länger bei meinem Vater im Haus leben und so tun, als wäre alles in bester Ordnung.

Wenn deine Familie dir das Wichtigste nimmt, wenn du nichts mehr hast außer dein eigenes, nacktes Leben, kannst du nur noch eines tun. Du rennst los. Du rennst, bis du keine Luft mehr bekommst. Du rennst, bis du nur noch ein Schatten deiner selbst bist. Bis du glaubst, alles hinter dir gelassen zu haben. Du rennst, weil du nicht stehen bleiben darfst. Wenn du verharrst, verlierst du dich.

Ich weine, als Jackson mich findet. Es hat nicht mal eine Stunde gedauert.

Er kommt in den Wartesaal. Außer mir wartet noch eine chinesische Großfamilie, die sich am anderen Ende des Raums aus zwei Bänken, Decken und Koffern ein behelfsmäßiges Lager gebaut hat. Die Alten schnattern unentwegt, während die Kinder schlafen. Sie blicken neugierig zu uns herüber, als Jackson vor mich kniet.

Ich blicke auf. Das Foto von Chrissa ist inzwischen völlig durchnässt.

»Willst du mir erzählen, was los ist?«

Stumm schüttle ich den Kopf. Noch fühle ich mich nicht bereit dafür.

Er drückt mir eine Papiertüte in die Hand. Muffins von Starbucks.

»Ich wusste nicht, welche du am liebsten magst. Darum habe ich alle verfügbaren genommen. Außerdem hast du mir nicht gesagt, dass die meisten Starbucks weit vor Mitternacht zumachen. Ich musste ziemlich lange suchen.«

Ich starre ihn wortlos an.

»Kaffee konnte ich leider nicht mitbringen. Der wäre inzwischen auch kalt. Im Hotel gibt es Besseren.« Er schaut sich um. »Wollen wir über Nacht hier bleiben? Oder kann ich noch mal versuchen, dich von meiner Hotelsuite zu überzeugen?«

Ich räuspere mich. Bevor ich was sagen kann, drückt er mir ein Päckchen Taschentücher in die Hand. Er wartet, bis ich mich beruhigt habe.

»Hast du Angst vor mir, Lea?«

Ich schnäuze mich und stecke das Taschentuch in die Manteltasche. Dabei berühren meine Finger den Schlagring.

Ein Stückchen Sicherheit in einer Welt aus Angst.

»Ich habe dein Telefonat belauscht«, sage ich schließlich.

Einen Moment lang weiß er nicht, was er darauf erwidern soll. Schließlich sagt er: »Ach so.«

»Und es klang so, als wärst du ... nicht der, der du vorgibst zu sein.« Ich atme tief durch. Vom Heulen brennen meine Augen. »Ich kann mir keine Fehler mehr leisten. Meine Freundin hat bereits mit dem Leben bezahlt, weil ich einen Fehler gemacht habe ...«

Mir kommen wieder die Tränen. Jackson setzt sich neben mich auf die Bank.

»Ich verstehe dich«, sagt er. »Vielleicht war das alles zu viel.«

»Nein!«, protestiere ich. »Aber wenn du nicht ein gewöhnlicher Geschäftsmann bist, muss ich das wissen. Für mich steht zu viel auf dem Spiel. Wer bist du, Jax? Was wird mir Google über Jackson Bennett nicht verraten?«

Er sieht mich lange an. Ich sehe, wie es hinter seiner Stirn arbeitet. Wie er mit sich ringt, ob er sich mir anvertrauen kann.

»Ich habe dir auch erzählt, wer ich bin«, erinnere ich ihn sanft.

»Das stimmt. Aber du hattest nie eine Wahl, oder? Du bist in diese Welt hineingeboren.«

»Hattest du eine Wahl? Hast du falsche Entscheidungn getroffen?«, will ich wissen.

»Gut möglich. Aber ich will nicht, dass dir irgendwas passiert. Ich weiß nur nicht, wie ich dir das beweisen kann. So beweisen, dass du mir vertraust und ich auf dich aufpassen darf.«

»Erzähl mir alles.«

Er seufzt. »Das kann ich nicht, Lea. Noch nicht.«

»Ich soll also einfach drauf vertrauen, dass mir schon nichts passiert, wenn ich mit dir komme. Es klang nämlich anders. Als wäre ich deine Gefangene. Als würdest du mit meinem Vater telefonieren, um mich ihm morgen auszuliefern. So klang das.«

»So ist es nicht.« Er wirkt ziemlich betroffen.

»Und wie ist es dann? Sprich mit mir, Jax! Sag mir die Wahrheit!«

»Noch nicht, Lea. Bitte vertrau mir. Du kannst gehen, wann immer du willst.«

»Aber du hast nach mir gesucht.«

»Es war nicht schwer, dich zu finden.«

Offensichtlich ist das heute einer der Tage, an denen ich permanent doof aus der Wäsche schaue, weil mir etwas nicht klar ist.

Er zuckt nur mit den Schultern. »Marcus. Er hat aufgepasst, während ich einen Starbucks gesucht habe.«

Und sich bei meiner Beschattung dieses Mal deutlich schlauer angestellt als noch gestern Abend. Ich seufze ergeben.

»Was machst du, wenn ich hierbleiben will?«, frage ich.

»Dann bleibe ich bei dir. Wenn du unbedingt auf einer harten Holzbank und nicht im weichen Bett neben mir schlafen willst.«

»Ich kann dich nicht fortschicken?«

Er schüttelt den Kopf und lächelt. Dann nimmt er mir die Papiertüte wieder aus der Hand und öffnet sie. Ich nehme ein Muffin, als er sie mir hinhält. Blaubeer. Meine liebste Sorte.

Er nimmt eins mit Schokolade, pellt das Papier ab und beißt hinein. »Du hast mich um Hilfe gebeten, vor nicht mal sechs Stunden. Ich wäre ein schlechter Beschützer, wenn ich mich jetzt von dir verjagen ließe.«

Das stimmt natürlich.

Vielleicht fürchte ich mich so sehr vor ihm, weil ich mich zu ihm hingezogen fühle. Das Begehren ist stärker als mein Überlebensinstinkt. Ich *will* neben ihm einschlafen, neben ihm aufwachen, ich *will*, dass er mich so ansieht, wie er es jetzt tut. Wissend und zugleich ein bisschen scheu.

Schweigend vertilgen wir unsere Muffins. Dann steht Jackson auf und hält mir die Hand hin. »Komm«, sagt er.

Ich leiste keinen Widerstand. Ich kapituliere.

Eine halbe Stunde später sitze ich wieder in seinem T-Shirt im Bett. Jackson kommt aus dem Badezimmer. Er wirft den Morgenmantel achtlos auf den Sessel und setzt sich zu mir auf die Bettkante. »Alles okay?«, fragt er.

Ich schüttle den Kopf. »Aber ich komme klar.«

»Du bist wirklich tapfer.« Er hebt die Hand und streicht

eine Strähne aus meiner Stirn. Ich schließe für einen winzigen Moment die Augen. So fühlt es sich also an, wenn man sich fallen lässt. Ich habe immer davon geträumt.

»Mit wem hast du telefoniert?«, frage ich schläfrig.

»Das willst du nicht wissen.«

»Mit meinem Dad?« Plötzlich bin ich wieder hellwach.

Er zieht die Hand zurück. »Nein. Das habe ich dir schon gesagt.«

»Warum kannst du es mir dann nicht sagen?«

»Es wäre gefährlich. Für dich ...«

»Mein Leben ist wohl schon gefährlich genug.«

Er nimmt meine Hände. »Vertrau mir«, sagt er. »Ich werde dir alles erzählen, sobald ich kann.«

»Okay.« Meine Stimme droht zu brechen. Ich lege mich hin und drehe ihm den Rücken zu. Es ist sehr spät geworden. Mit meinem Fluchtversuch habe ich uns beide um einen Großteil des Nachtschlafs gebracht.

»Ich passe auf dich auf.« Er löscht das Licht. Ich lausche in der Dunkelheit. Dann spüre ich, wie er sich auch hinlegt. Sein Körper ist meinem jetzt ganz nah, und ich rücke noch ein bisschen näher. Das fühlt sich gut an. Wir berühren uns fast – aber nur fast.

Es ist gerade das Maß an Nähe, das ich zulassen kann.

Trotzdem kann ich nicht einschlafen.

»Schläfst du?«, flüstert Jackson nach einigen Minuten.

»Nein«, antworte ich.

Er lacht in der Dunkelheit, und mir wird die Brust eng vor lauter Sehnsucht. Vielleicht kann ich doch etwas mehr Nähe zulassen. Vielleicht ...

Ich schiebe mich etwas in seine Richtung, und dann spüre ich ihn. Er richtet sich auf und ich drehe mich auf den Rücken. In der Dunkelheit blitzen seine Augen auf. Er betrachtet mich, als könnte er nicht fassen, dass ich neben ihm liege.

»Möchtest du schlafen?«

Ich lache. Meine Stimme klingt zittrig. »Ich glaube nicht.«

Wir liegen ganz still. Er auf den Ellenbogen gestützt, beobachtend. Ich auf dem Rücken liegend, den Blick ihm zugewandt, während ich überlege, was denn falsch daran wäre, diesem Begehren nachzugeben. Was ist so falsch daran, wenn es mich tröstet?

»Wenn wir noch lange darüber nachdenken, tun wir es gar nicht«, flüstert Jackson mir zu.

Ich muss kichern.

Dann vergeht mir das Kichern. Und alles andere auch.

Er küsst mich. Nicht so zärtlich und behutsam wie vorhin, sondern grob, beinahe gewalttätig. Er überrumpelt mich damit. Hilflos hebe ich die Hände, aber er packt meine Handgelenke und drückt sie in die Matratze.

In diesem Moment geschieht etwas mit mir. Ich spüre das Verlangen, das schon den ganzen Tag unter der Oberfläche gebrodelt hat. Das mich schier um den Verstand bringen wollte. Jetzt steigt es auf wie eine Welle und flutet über mich hinweg.

Ich begehre Jackson. Mehr als mein Leben.

Darum hebe ich mich ihm entgegen. Mein Oberkörper drückt sich gegen ihn, und dann liegt er auf mir. Er lässt meine Handgelenke los und fährt mit einer Hand unter mein T-Shirt und findet dort meinen Bauch. Meine Flanke. Meine Brüste.

Ich stöhne in seinen Mund. Das Verlangen ist vollends entbrannt. Aufhören ist keine Option; ich will ihn. Ohne Kompromisse. Ohne einen Gedanken an das Morgen.

Und ich spüre, wie sehr er mich will.

Seine Erektion drückt hart gegen meinen Oberschenkel. Meine Hand sucht ihn, und durch die Boxershorts streichle ich ihn. Jackson flucht leise. »Lass das«, höre ich ihn keuchen, was mich nur noch mehr anspornt.

»Verdammt, Lea ...« Er hält inne, und ich heule frustriert auf, weil seine Finger gerade meinen Nippel gefunden haben. Zischend atmet er ein. »Das ist nicht fair«, flüstert er.

»Wer hat gesagt, dass wir fair spielen?«

Er knurrt und schiebt das T-Shirt weit nach oben. Sein Mund senkt sich auf meine Brüste. Erst küsst er die eine Brustspitze, dann die andere. Und dann umschließen seine Lippen meinen Nippel und er saugt daran. Ich schreie auf.

»So spiele ich fair.« Er grinst.

Ich versetze ihm einen spielerischen Klaps.

Er packt wieder meine Handgelenke und biegt meine Arme über meinen Kopf. Dort umfasst er beide Hände mit einer und drückt mich so in die Matratze. Zugleich schiebt er mit der anderen Hand meinen Seidenslip nach unten. Ich zittere.

Die Situation überfordert mich.

Er ist ein Fremder. Ich bin ihm ausgeliefert.

Sein Atem streicht über meinen Bauch. Er lässt meine Hände los. Jetzt könnte ich mich aufrichten, könnte ihn von mir stoßen.

Doch ich öffne die Beine für ihn. Heiße ihn willkommen, weil ich mich den ganzen Tag danach gesehnt habe.

Zuerst spüre ich nur seinen heißen Atem, der über den Venushügel streicht. Dann seine Hände. Sie wandern an meinen Oberschenkeln nach oben, streicheln die Innenseite, bis ich mich noch weiter für ihn öffne. Ich spüre sein Lächeln. Meine Hände umklammern das Kopfteil des Betts. Das Zittern wird heftiger, doch ich weiß, warum es da ist.

Als seine Zunge das erste Mal auf meine Spalte trifft, schreie ich auf. Er blickt streng zu mir hoch. »Ich kann so nicht arbeiten«, flüstert er, und ich unterdrücke ein Lachen. Himmel, wie schafft er das bloß? Dieser Tag hat mich völlig erledigt, ich habe ein Wechselbad der Gefühle erlebt. Ich habe gearbeitet, bin nach Mitternacht durch die Stadt geirrt, es ist spät, ich bin viel zu müde, um auch nur an Sex zu *denken* ...

Und jetzt gebe ich mich ihm hin. Weil ich nicht länger darauf warten kann, ihn zu spüren. Weil alles andere zu wenig wäre ...

Er senkt den Kopf. Wieder spüre ich seinen Atem. Er taucht die Zunge tief in mich ein, stößt ein paarmal zu und leckt dann genüsslich bis hinauf zu meiner Klit. Dort verharrt er einen Moment, lässt die Zunge kreisen und drückt gleichzeitig mit den Händen meine Hüften nach unten, weil ich mich ihm entgegenheben will.

Das ist fast zu viel für mich. Zu intensiv, zu heftig. Ich will mich von ihm wegdrehen, doch er hält mich fest, während seine Zunge mich sanft bearbeitet. Ich spüre, wie das Begehren sich in pure, flüssige Lust verwandelt. Wie alles in mir weich und nachgiebig wird, bis ich nur noch aus dieser Lust bestehe.

Und ich gebe nach.

Jemand hämmert an die Tür.

Das zarte Band, das wir geknüpft haben, zerreißt. Jackson

hebt den Kopf, er lässt mich los. Er gleitet vom Bett und wirft sich den Morgenmantel über, während ich nur frustriert aufstöhne und die Bettdecke nach oben ziehe. Verdammt, das kann doch nicht wahr sein! Wer stört uns jetzt?

Ich habe eine Ahnung. Trotzdem spitze ich die Ohren, als Jackson die Tür öffnet. Er redet leise mit jemandem, dann fällt die Tür wieder ins Schloss und er kehrt ins Bett zurück.

Er schaltet die Lampe auf dem Nachttisch ein, und ich blinzle.

»Was ist passiert?«

»Nichts.« Er sitzt auf der Bettkante und scheint nicht zu wissen, was er jetzt tun darf und was nicht. Ich rücke etwas näher, doch er streichelt nur flüchtig meine Haare. »Tut mir leid, das war Marcus.«

»Musst du noch mal weg?«

Er schüttelt den Kopf. »Es war nichts Wichtiges.«

»Warum stört er dann?«

Jackson antwortet nicht. In Gedanken scheint er ganz woanders zu sein.

»Komm wieder ins Bett, ja?« Ich taste nach seiner Hand, doch er schiebt mich sanft weg.

Unser beider Begehren wurde nicht gestillt. Und ihm scheint die Lust vergangen zu sein. Doch wir können wenigstens in einem Bett schlafen, oder?

»Komm her«, flüstere ich.

Nur widerstrebend legt er sich wieder zu mir. Er dreht mir den Rücken zu und löscht das Licht.

Und nun liege ich im Dunkeln. Hellwach. Meine Vagina pulsiert. Ich finde keine Erfüllung, und er hat sich unendlich weit von mir entfernt.

Als wäre ihm eingefallen, dass es falsch ist, mich zu begehren. Dass es falsch ist, Lust zu empfinden.

Aber warum? Was um alles in der Welt steht zwischen uns?

5. Kapitel

Als ich aufwache, ist das Bett neben mir leer, und draußen ist heller Tag. Ich setze mich auf und greife nach meinem Wegwerfhandy auf dem Nachttisch. Es ist schon kurz nach zehn.

Ich habe himmlisch geschlafen! Dunkel kann ich mich daran erinnern, wie Jackson im Halbschlaf näher an mich heranrückte und die Hand auf meine Hüfte legte. Wie Löffelchen schliefen wir – ganz friedlich.

Als gebe es das Begehren nicht. Und keine Probleme jenseits dieser Suite, die mir gestern Abend noch unüberwindlich schienen.

Aber jetzt bin ich wach und munter, und ich bin bereit, mein Schicksal in die Hand zu nehmen. Heute Abend will ich New York hinter mir gelassen haben. Schweren Herzens und für immer ...

»Du bist wach.« Jackson kommt ins Schlafzimmer geschlendert und macht das, was er am besten kann – unverschämt gut aussehen. Mit dieser Stimme reden! Er trägt einen teuren Anzug und sieht verflixt wach aus.

»Habe ich lange geschlafen?«

»Wie ein Baby.« Er lacht und setzt sich zu mir auf die Bettkante. Bevor ich weiß, wie mir geschieht, gibt er mir einen Kuss auf den Mund. Er verhält sich vollkommen anders als gestern Nacht, und ich wundere mich. Was ist in ihn gefahren? Woher dieser Stimmungswandel?

»Ich wollte dich nicht wecken. Du hattest den Schlaf wohl nötig, hm?«

Langsam werde ich munter.

»Wenn du mir einen Kaffee besorgst, bin ich aufnahmefähig und wir können reden.«

»Bestelle ich dir. Brauchst du sonst noch was?«

Die Wahrheit, fährt es mir durch den Kopf. Aber das sage ich nicht. »Frühstück wäre nicht schlecht.«

Nachdem ich wieder allein bin, gehe ich ins angrenzende Bad. Nach einer heißen Dusche fühle ich mich halbwegs gewappnet für diesen Tag. Ich komme gerade im Bademantel und mit einem Handtuchturban um die Haare zurück ins Schlafzimmer, als mein Handy klingelt.

Ich zögere. Das kann eigentlich nur Nora sein ...

Doch dann trete ich an den Nachttisch. Das Handy zeigt »unbekannte Nummer«.

Und wenn Nora von woanders anruft?

Ich gehe dran. Obwohl ich es besser wissen sollte.

»Hallo?«

»Wo steckst du, Lea?«

Ich schließe die Augen. Ich habe mit vielem gerechnet. Mit Nora, mit Catherine, vielleicht auch mit Zuko, der meine Handynummer ausfindig gemacht hat.

Aber nicht mit meinem Bruder Dean.

Ich drücke ihn weg. Zitternd stehe ich vor dem Bett, schaue mich um und werfe das Handy dann auf die Matratze. Es fängt sofort wieder an zu vibrieren. Ich greife danach, drücke den Anrufer wieder weg und presse das Handy gegen die Brust.

Das Herz pocht mir bis zum Hals. Ich verharre, warte. Aber jetzt kann er mich ja kein drittes Mal aus der trügerischen Sicherheit reißen, in die ich mich in den letzten acht Monaten offenbar mit meinen zahllosen Vorsichtsmaßnahmen gewiegt habe.

Wie dumm von mir. Hatte ich wirklich geglaubt, meinem Bruder zu entkommen?

Erschöpft sinke ich auf die Bettkante. Das Handy bleibt stumm.

»So, der bestellte Kaffee.« Schwungvoll und gut gelaunt trägt Jackson ein Tablett zum Bett. Er bemerkt meinen Gesichtsausdruck und seine Schritte werden langsamer. »Alles okay?«

Diesmal schüttle ich den Kopf. Mein Handy klingelt erneut.

Verzweifelt blicke ich zu ihm auf. Jackson versteht. Er stellt das Tablett auf der anderen Bettseite ab und nimmt mir das Handy aus der Hand.

»Hallo?«

Ich höre Deans Stimme. Er will wissen, wer es wagt, mit dem Handy seiner Schwester zu telefonieren.

»Ich bin Jackson Bennett. Ja, *der* Jackson Bennett.«

Dann grinst er und lässt das Handy sinken. »Er hat aufgelegt.«

»Das war mein Bruder«, sage ich leise. »Dean. Er ... wie hast du das geschafft?«

Ich möchte ihm sagen, dass mein Bruder sich nicht einschüchtern lässt. Von niemandem. Doch Jackson wirft mein Handy auf den Sessel, als hätte diese Episode gar nicht stattgefunden.

»Ich habe ihm gesagt, wer ich bin.« Er sagt das, als würde das als Erklärung reichen.

In mir keimt ein schrecklicher Verdacht auf. Aber das kann nicht sein, auf keinen Fall ...

»Hast du auch Hunger?«, fragt er munter, als wäre gar nichts passiert.

Ich schüttle den Kopf.

Was passiert hier? Ist es wirklich so, wie es scheint? War meine Flucht all die Monate nur eine Illusion, eine scheinbare Sicherheit, in der mich mein Vater und mein Bruder gewiegt haben?

Ich stelle mir vor, wie sie belustigt die regelmäßigen Berichte von Zuko gehört haben. *Was, jetzt kellnert sie? Verrücktes Huhn. Sieh dir die Fotos ihrer Wohnung an. Die ist ja kleiner als ihr Ankleidezimmer in unserer Strandvilla. Und das alles nur, weil ihre Freundin tot ist. Dabei hat sie keine Freunde. Wir Tevez' sind allein auf dieser Welt. Wann kapiert sie das endlich?*

Oh ja, ich kann jedes ihrer ätzenden, feindseligen Worte hören. Und es widert mich an.

»Wer bist du, Jax?« Zum ersten Mal benutze ich den Spitznamen, mit dem er sich mir vorgestellt hat. »Was verschweigst du mir?«

Die Stille ist laut, als er nicht antwortet. Schließlich gibt er sich einen Ruck und nickt grimmig zu dem Tablett.

»Du hast ja alles«, sagt er und verlässt das Zimmer.

Nein, ich habe *nicht* alles. Ich habe keine Antworten und schon gar keine Ahnung, was hier überhaupt los ist. In meiner Wut packe ich die Tasse mit dem Milchkaffee und schleudere sie quer durchs Zimmer. Der Milchschaum und der Kaffee ergießen sich in einem hohen Bogen über die weißen Bettlaken, den cremefarbenen Aubussonteppich und die dunklen

Holzdielen. Die Tasse schlägt auf den Boden auf, kullert noch ein paarmal hin und her und bleibt liegen.

Aber das reicht noch nicht. Ich will irgendwas kaputtmachen, zerstören, meine Hilflosigkeit an einem toten Gegenstand auslassen können.

Bin ich etwa Jacksons Gefangene? Hat er mich doch eingelullt, bis ich gestern Abend glaubte, aus freien Stücken mitzukommen?

Warum bin ich nur nicht in den Bus nach New Orleans gestiegen ... Ich könnte längst untergetaucht sein. Weit weg von Jackson, von Zuko, vom Zugriff meiner Familie.

Ich springe vom Bett auf, rutsche fast auf der Milchkaffeespur aus und schlittere zur Tür. Dort kicke ich die Tasse wieder Richtung Bett. Sie bleibt auf dem Teppich liegen. Auch gut. Ein bisschen hat es geholfen, dass ich mich abreagieren konnte.

Ich betrete das Wohnzimmer der Suite. Jackson sitzt vor dem Kamin in einem der Sessel, eine Tasse Kaffee in der Hand, die Stirn nachdenklich gefurcht. Er sieht *besorgt* aus, und als er den Kopf hebt, hellt sich seine Miene nicht auf. Er bleibt sitzen, während ich zum anderen Sessel gehe.

»War das Polter da drin gerade dein Milchkaffee?«

Ich zucke mit den Schultern. »Irgendwas muss ich gegen meine Wut tun«, sage ich nur.

Er seufzt.

»Jackson, ich brauche Antworten! Warum hat mein Bruder aufgelegt, als er deinen Namen gehört hat?«

Jetzt lächelt er gequält. »Ich nehme an, du wirst keine Ruhe geben, bis ich dir antworte?«

»Oder ich verlasse jetzt dieses Hotelzimmer. Und dann kannst du mich nicht mehr so lange bequatschen, bis ich glaube, bei dir in Sicherheit zu sein.«

Eine steile These. Ich bin selber nicht sicher, ob ich das durchhalte. Vielleicht, wenn er mich nicht so ansieht. Oder wenn er nicht mit mir spricht. Denn sobald seine braunen Augen und seine schokoladige Stimme mich wieder einlullen ...

Nein, nein, nein! Es geht hier um mein Leben, verdammt noch mal.

Und falls es einen bestimmten Grund dafür gibt, warum

mein Bruder Dean, der härteste Kerl von ganz Orange County, es mit der Angst zu tun bekommt, wenn ein Mann ihm seinen Namen sagt, will ich das wissen.

Denn warum sollte er sonst aufgelegt haben? Die beiden kennen sich. Und das wirft mehr Fragen auf als es beantwortet.

»Okay.« Er stellt die Kaffeetasse auf das Tischchen zwischen uns. »Versprich mir, erst zuzuhören, ja? Du kannst danach gehen – ich halte dich nicht gefangen.«

Ich funkle ihn wütend an.

»Was denn? Glaubst du, ich wüsste nicht, wovor du dich am meisten fürchtest? Aber wenn ich dich wirklich entführen wollte, würde ich das nicht in einer Hotelsuite machen. Und da du so flüchtig bist wie ein Flaschengeist und mir das auch eindrücklich beweisen wolltest, hätte ich dich spätestens in der Nacht ans Bett gefesselt, wenn ich das wirklich wollte.«

»Oder du bist einfach nur geschickter als andere.«

»Willst du jetzt wissen, woher dein Bruder mich kennt? Oder willst du so lange diskutieren, bis ich dir zeige, dass ›ans Bett gefesselt‹ nicht das Schlimmste ist, was dir passieren kann?«

Mir rinnt ein erregter Schauer über den Rücken. Ich setze mich gerade hin und lege die Hände auf die Oberschenkel. »Bitte.«

»Ich kenne deinen Bruder aus Las Vegas«, beginnt Jackson. »Dort sind wir uns vor ein paar Jahren begegnet. Dein Vater hat ihn dort hingeschickt, weil er expandieren wollte.«

»Dann bist du ...«

»Ich gehöre zu den Black Swans. Genauer gesagt bin ich der erste Mann von Raimund Swan hier in New York.«

Ich erstarre.

Jetzt ergibt alles einen Sinn.

Für die illegalen Geschäfte meines Vaters habe ich mich nie interessiert. Es schien mir immer klüger zu sein, wenn ich nicht zu viel darüber wusste. Trotzdem ließ es sich manchmal natürlich nicht vermeiden, dass ich Dinge erfuhr, die ich gar nicht wissen wollte.

Die Sache mit Las Vegas gehört eindeutig dazu.

Es muss drei oder vier Jahre her sein, dass mein Vater meine Brüder Dean und Vic für ein paar Monate nach Las

Vegas schickte. Damals, als es Vic noch gut ging, als er bereits die Geschäfte führte und jeder davon ausging, dass er eines Tages als ältester Sohn von Dad alles übernehmen würde. An einem Wochenende flogen auch wir hin. Ich war so aufgeregt! Damals war ich noch am College, und viele Mitstudenten schwärmten immer von ihren Kurztrips nach Vegas.

Wir mieteten uns im Bellagio ein. Am Samstagabend fand ein Boxkampf statt, für den Dad Karten hatte – direkt am Ring in der ersten Reihe. Die meiste Zeit blieb ich aber allein, denn Dad und meine Brüder trafen sich mit Geschäftsleuten, wie sie es mir gegenüber nannten.

Dabei wusste ich, dass es um Drogengeschäfte ging. Ich ahnte wohl auch, dass Dad damals expandieren wollte. Das war nur insofern problematisch, da Las Vegas seit Jahrzehnten in der Hand der Black Swan war – eine Organisation, die nicht nur Drogengeschäfte betrieb, sondern auch Menschenhandel, Glücksspiel und einiges mehr. Dads Plan war im Grunde von Anfang an zum Scheitern verurteilt. Doch er ließ sich nicht beirren. Er wollte wachsen, um jeden Preis.

An diesem Wochenende sah ich meine erste Leiche. Ich verlor meine Unschuld, wenn auch nicht in sexueller Hinsicht (dafür hatte im Herbst zuvor ein Kommilitone gesorgt und das war nicht annähernd so beängstigend wie das hier).

Seither verkörpern die Black Swans für mich das Böse. Natürlich ist mein Vater auch alles andere als gut, aber ich rede mir immer ein, er werde schon niemanden grundlos ermorden.

Bis er meine Freundin ermorden ließ.

»Deinem Gesichtsausdruck entnehme ich, dass die Black Swans für dich keine Unbekannten sind.« Jackson beugt sich vor.

»Du siehst gar nicht aus wie ein ... Adjutant.«

Er sieht aus, als wüsste er nicht, wie er darauf reagieren soll. Schließlich lehnt er sich zurück und nimmt die Kaffeetasse vom Tischchen zwischen uns. »Und du siehst nicht aus wie die Tochter des größten Drogenbosses von Los Angeles.«

»Touché.«

Ich denke fieberhaft nach.

»Dann war das gestern am Telefon Raimund Swan?«

Jackson nickte. »So ist es. Er weiß, dass du bei mir bist.

Aber du bist nicht Teil des Problems. Es geht um deinen Vater.«

»Wollt ihr über mich an ihn rankommen?«

»Wir wollen nur, dass er uns in Ruhe lässt.«

»Also benutzt ihr mich.«

Jackson antwortet nicht. Das ist gar nicht nötig. Inzwischen bin ich völlig durcheinander. Wem kann ich vertrauen? Jackson offensichtlich nicht, denn er benutzt mich nur. Mich und meine Erregung ...

Ich denke an gestern Abend. Wie wir gierig übereinander herfielen und es fast zu wildem, animalischem Sex gekommen wäre, wenn Marcus uns nicht unterbrochen hätte. Plötzlich bin ich ganz froh, dass er mich vor so einem Fehler bewahrt hat. Ich ekle mich vor Jackson und möchte am liebsten noch mal duschen.

»Seid ihr deshalb im Jimmy's aufgetaucht?«, frage ich stattdessen. »War das Teil eures Plans?«

»Bitte, Lea ...« Er will meine Hand nehmen, doch ich entziehe mich ihm. Ich fühle mich verraten. Himmel Herrgott! Ich habe wirklich gedacht, er interessiert sich für mich. Die erotische Spannung, die zwischen uns brodelt – habe ich mir das etwa auch nur eingebildet?

Doch ich begehre ihn noch immer. Das spüre ich unter all der Wut.

Am liebsten würde ich mich verstecken. Weglaufen.

Aber dieses Mal laufe ich nicht weg. Wohin auch? Zurück in mein winziges Apartment, wo Zuko als verlängerter Arm meines Bruders auf mich aufpasst?

»Sag mir, dass es für dich mehr bedeutet«, sage ich leise. »Bitte.«

»Als ich dich in Jimmy's Diner gesehen habe, wusste ich nichts über dich. Glaub mir das bitte! Raimund Swan hat mich dorthin geschickt. Angeblich, damit ich einen Dealer treffe, der auf unsere Seite wechseln will.«

»Jimmy's als Jobbörse für Kriminelle?« Ich runzle die Stirn. Das wird Jimmy nicht gefallen. »Macht ihr sowas häufiger?«

»Das war das erste Mal. Ich fürchte, Raimund wusste schon mehr, als er mich dorthin schickte ... Jedenfalls kam der

Mann nicht, und dann habe ich dich gesehen. Du bist so ... anders. Es war ein Fehler, dir so ein dickes Trinkgeld zu geben, aber ich glaubte wohl, damit könnte ich dich beeindrucken.«

Ich schnaube. »Und Marcus hinter mir herzuschicken? War das auch Kategorie ›beeindrucken‹?«

»Das war dumm. Wie oft soll ich mich dafür noch entschuldigen?«, fragt Jackson gereizt.

»Bis ich dir glaube.« Warum kapiert er nicht, wie wichtig das für mich ist? Ich seufze. Das Gefühl, die Kontrolle über mein Leben verloren zu haben, ist übermächtig. Ich habe das Gefühl, eine Marionette zu sein, und die Fäden haben sich verheddert, weil nicht nur mein Bruder daran zieht, sondern auch Jackson und die Black Swans. »Gestern wurde eine Kollegin von mir brutal zusammengeschlagen. Sie sieht mir sehr ähnlich. Soll ich das nach der Sache mit Marcus für einen dummen Zufall halten oder steckt mehr dahinter?«

»Das weiß ich nicht.« Er ist plötzlich sehr in sich gekehrt. Die Sache mit May scheint jedenfalls neu für ihn zu sein.

»Für mich sieht eben alles danach aus, als hätte man es auf mich abgesehen. Ich soll dir vertrauen, und ... das will ich ja. Aber es ist schwierig für mich. Vor allem, nachdem ich weiß, wer du in Wahrheit bist.«

»Das kann ich dir kaum verübeln.«

Wir sitzen einen Moment schweigend nebeneinander. Schließlich gibt Jackson sich einen Ruck und steht auf.

»Du willst die Stadt verlassen? Dann mach dich fertig.«

Er wirkt geschäftsmäßig, fast kalt. Ich starre hinter ihm her.

Schön, dass wir dieses Gespräch geführt haben. Danke auch.

Wenn er mit mir spielen will, kann er das gerne haben. Ich bin nicht an ihn gefesselt. Er hat mir für eine Nacht ein Dach über dem Kopf geboten, und ja, ich war so dumm zu glauben, dass er dafür nichts erwartet.

In diesem Moment kommt Mr. Slack Ass in das Wohnzimmer der Suite geschlendert. Ich frage mich, ob er die ganze Nacht da war und sich in einem der anderen Schlafzimmer eingerichtet hat.

»Der Boss hat angerufen.« Er sieht mich misstrauisch an,

als wüsste er nicht, ob er in meiner Gegenwart von Raimund Swan sprechen dürfe.

»Ist schon okay«, sagt Jackson. »Sie weiß Bescheid.«

Ich weiß gar nichts, aber das muss ich den beiden wohl kaum auf die Nase binden.

»Er will uns sehen. Und sie auch.«

Damit habe ich nicht gerechnet. Überrascht blicke ich von Jackson zu Marcus.

»Nein, das wird er nicht.« Jackson klingt ganz ruhig. »Sag ihm das. Ich bringe sie heute aus der Stadt.«

»Wird dem Boss nicht gefallen«, erklärt Marcus. Doch er zuckt nur mit den Schultern, als wäre es ihm egal, wem etwas gefällt oder nicht gefällt.

Ich stehe auf und räuspere mich. Ich habe eine Entscheidung getroffen. »Lasst mich zu ihm«, sage ich. »Wenn er mir etwas zu sagen hat, will ich es hören.«

»Das halte ich für keine gute Idee«, wandte Jackson ein.

Ich lächle ihn zuckersüß an. »Ich weiß. Dumm nur, dass ich nicht mehr auf dich höre.«

In diesem Augenblick treffe ich eine Entscheidung.

Ich werde mich nicht länger verstecken.

Jackson gibt nach. »Also gut. Bekommt ihr eben beide euren Willen.« Er sieht nicht besonders glücklich aus.

Das ist mir aber gerade scheißegal.

Angriff ist die beste Verteidigung? Vielleicht.

Das Dumme ist nur: Kaninchen greifen nicht an. Sie erstarren vor der Schlange, und dann hat die Schlange leichtes Spiel.

Ich brauche sicher nicht zu erklären, wie ich das meine. Falls doch: natürlich bin ich *nicht* die Schlange. Den Job hat Raimund Swan inne.

Seit acht Monaten lebe ich in New York, aber bisher habe ich nur einen winzigen Bruchteil dieser niemals ruhenden Metropole kennengelernt. Und die dunkle Seite, jene Orte also, an denen illegale Geschäfte abgewickelt und Morde in Auftrag gegeben werden, kenne ich noch gar nicht.

Das ändert sich an diesem Tag.

Jackson sitzt diesmal nicht mit mir hinten im Wagen, sondern vorne neben Marcus. Sie reden leise, aber ich verstehe nur Bruchstücke von dem, was sie sagen. Und das, was ich höre, ergibt absolut keinen Sinn für mich. Vermutlich ist auch das Absicht.

Er grenzt sich bewusst von mir ab. Ich bekomme Angst vor meiner eigenen Courage. Kaninchen sollten doch einfach in ihrem Bau hocken bleiben.

Wir fahren zurück nach Brooklyn. Dort landen wir in einem ziemlich verlotterten Industriegebiet direkt am Red Hook Container Terminal – einer von vier Häfen in New York, von denen Container verschifft werden. Ich vermute, die Nähe zu einem Containerhafen ist nicht zufällig gewählt. Vermutlich ist die Fabrikhalle, vor der der schwarze Mercedes hält, ein großer Drogenumschlagplatz.

Und du wagst dich direkt hinein in diesen Moloch. Prima! Wenn sie einen Grund brauchen, dich umzubringen, können sie sich ja einreden, du wüsstest zu viel.

Auch wenn man beschließt, vor dem eigenen Schicksal nicht länger wegzulaufen, ist es schwierig, diesem neu gewählten Weg zu folgen; mir zittern jedenfalls gewaltig die Knie, als Jackson mir den Wagenschlag aufhält und ich aussteige.

»Wir sind da«, sagt er.

Ich will ihn anfauchen, wie überflüssig das sei. Doch dann bemerke ich etwas, das mir Halt gibt.

Jackson ist mindestens so nervös wie ich.

Obwohl die Sonne an diesem Februartag nur wenig Kraft hat und hinter milchigen Schleierwolken kämpfen muss, trägt er eine dunkel, verspiegelte Pilotensonnenbrille. Er sieht mich nicht an, doch als ich an ihm vorbei Marcus zum Eingang folge, streift seine Hand für einen winzigen Moment meine und drückt sie.

Was nicht gerade meine Angst verringert. Wenn er Angst hat, ist es wirklich ernst, denke ich.

»Hereinspaziert in die gute Stube!«

Marcus hingegen ist ausgezeichneter Laune. Warum wohl? Er glaubt bestimmt, wenn er mich bei Raimund Swan abgeliefert hat, ist er eine Sorge los.

Ich bin aber kein FedEx-Paket, das man einfach irgendwo abstellt. Oder im Hudson versenkt, nachdem man keine Verwendung mehr dafür hat.

Wie viele Leichen sie wohl schon auf diese Weise entsorgt haben ...

Schluss jetzt! Es bringt nichts, wenn du dich verrückt machst. Warum sollen sie dich ermorden? Dafür hätten sie dich nicht herbringen müssen.

Marcus öffnet die schwere, rostrot gestrichene Metalltür und führt uns ins Fabrikgebäude. Es geht von einem winzigen Vorraum über eine Metallwendeltreppe nach oben. Dort folgen wir ihm durch eine weitere Metalltür. Dahinter liegt ein hell erleuchteter Flur mit blassblauem Teppich und cremefarbenen, edel wirkenden Tapeten.

Ich bin verblüfft, denn von meinem Vater weiß ich, dass Drogenumschlagplätze immer nüchtern gehalten werden.

Links und rechts stehen Türen offen, und ich sehe in Büros. Hinter Schreibtischen sitzen Männer und Frauen. Viele tragen schicke Businesskleidung. Sie telefonieren, tippen etwas in ihren Computer ein, stehen zusammen und diskutieren. Eine Frau steht am Kopierer und sortiert die Papierstapel, die das Gerät im Sekundentakt ausspuckt. In einem Konferenzraum haben sich ein Dutzend Männer in Anzügen versammelt und diskutieren hitzig über einen Flipchart, an dem einer von ihnen mit einem roten Stift Zahlen ausstreicht.

»Wo sind wir?«, flüstere ich Jackson zu.

Er lächelt flüchtig. »Das wirst du schon sehen.«

Am Ende des Korridors gibt es einen Vorraum, und dort sitzen hinter zwei Schreibtischen zwei Sekretärinnen. Die eine trägt Kopfhörer und lässt ihre Finger zum Diktat über die Tastatur fliegen. Die andere greift zum Hörer, sobald sie uns sieht. Sie nickt Jackson zu. Doch es ist Marcus, der vorangeht. Er steuert zielstrebig die Doppeltüren an, hinter denen vermutlich das Chefbüro liegt.

Er stößt beide Türflügel schwungvoll auf und ruft: »Wir sind da, Onkelchen!«

Ich kann Jackson nur kurz von der Seite ansehen, ehe wir ihm folgen.

Onkelchen? Das hätte er mir ja auch früher sagen können, dass Marcus sich Swan verwandtschaftlich verbunden fühlt ...

Das Büro ist riesig. Ich fühle mich an Dads Büro daheim

in L.A. erinnert.

Raimund Swan sitzt hinter einem wuchtigen Schreibtisch aus poliertem Kirschholz, der aussieht, als habe schon George Washington daran gearbeitet. Unter anderen Umständen hätte ich die Schnitzereien sicher bewundert.

So verlangsame ich jetzt nur meine Schritte und bleibe schließlich zwischen den beiden Besucherstühlen stehen. Ich staune, denn: damit habe ich nicht gerechnet.

Raimund Swan ist alt. Ein verhutzeltes Männlein von mindestens 75 Jahren, das in einem elektrischen Rollstuhl hockt. Sein Gesicht besteht nur aus der Hakennase und stechenden Augen, die mich nun mustern. Die Haare sind schwarz gefärbt; das sehe ich sofort als Expertin auf diesem Gebiet. Man sieht den grauen Ansatz, und ich muss mir mühsam ein Kichern verkneifen.

Der mächtigste Drogenboss von New York färbt sich die Haare.

Ob seine Leute oft über ihn lästern?

»Da ist sie.« Marcus wirft sich in einen der Besucherstühle und hängt die Beine lässig über die Lehne. »Schick, nicht wahr? Wir hatten ein paar hübsche Sachen für sie, aber sie wollte unbedingt so rumlaufen.«

Darüber haben wir uns im Hotel noch gestritten, denn Jackson und Marcus wollten mich in die Designerklamotten stecken, die sie für mich besorgt hatten. Ich fühle mich allerdings in meiner abgewetzten Jeans wohler und habe mich schließlich durchgesetzt. Meine Hand liegt auf der Messengerbag, und ich öffne meine dicke Daunenjacke. Das Büro ist völlig überheizt.

»Maud! Kaffee!«

Er hat die Stimme eines kleinen Jungen. Krächzend und heiser. Doch sein Blick lässt nicht von mir, und ich hüte mich davor, ihn zu unterschätzen.

Er würde nicht auf diesem Stuhl sitzen, wenn er schwach wäre.

Hinter uns kommt die Sekretärin hereingewuselt und verteilt Kaffeebecher an alle. Jackson tritt hinter mich. Er legt mir für einen Moment die Hand in den Rücken.

Ich will mich an ihn lehnen. Will mich in dem Gefühl verlieren, dass er für mich da ist und mich beschützt.

»Ah, die kleine Miss Tevez. Freut mich, Ihre Bekanntschaft zu machen.«

»Ich kann nicht behaupten, dass die Freude auf Gegenseitigkeit beruht«, erwidere ich ruhig.

Jacksons Hand drückt mich Richtung Besucherstuhl, und widerstrebend löse ich mich von ihm. Er bleibt dicht hinter mir, als ich auf das Polster sinke und meine Tasche auf den Schoß lege.

»Mein Neffe sagt, Sie sind auf der Flucht?« Er schlürft geräuschvoll seinen Kaffee.

Ich nippe an meinem Becher.

Pfui Teufel! Offensichtlich gibt es einen guten Grund, warum Jackson und Marcus ihre Becher nur in den Händen halten, ohne daraus zu trinken. Der Alte scheint seinen Kaffee mit einer gehörigen Portion Rum auszuschenken – und zwar im Verhältnis eins zu zwei, schätze ich.

Er lässt mich nicht aus den Augen. Als er merkt, wie mir für einen Moment die Gesichtszüge entgleisen, lacht er leise.

»Ich will nur mein eigenes Leben führen«, erkläre ich ihm. »Ob das heißt, dass ich auf der Flucht bin? Keine Ahnung. Wahrscheinlich schon.«

»Trotzdem haben Sie sich an Jackson Bennett gewendet.«

Ich schweige, denn es ist mir in diesem Moment zu blöd, ihm zu erklären, was Gefühle mit der Unabhängigkeit einer Frau anstellen können. Ich wäre lieber weggelaufen. Aber ich konnte nicht.

Normalerweise habe ich einen guten Überlebensinstinkt. Nur deshalb bin ich hier, nur deshalb lebe ich wahrscheinlich noch. Dass jemand aus seinem direkten Umfeld mit der Polizei redet, ist für meinen Vater ein Affront. Wäre ich nicht seine Tochter, würde ich schon am Grund des Meeres ruhen.

Und der zweite Grund, warum ich hier sitze, ist Jackson. Seine Hand ruht auf meiner Schulter, als wollte er mich festhalten. Aber selbst wenn er nicht den Körperkontakt suchen würde, wäre ich an ihn gefesselt. Seine Berührungen, seine Küsse haben etwas in mir geweckt, von dem ich nicht wusste, dass es in mir schlummert. Ich will mich ihm ganz und gar hingeben. Und wenn ich damit mein Leben aufs Spiel setze, ist das auch egal. Das ist es wert.

»Ich will Sie auch gar nicht mit irgendwelchen Lügengeschichten langweilen«, fährt Mr. Swan fort. »Ihr Vater hat in den vergangenen Monaten alles getan, um Ihre Anwesenheit hier in New York zu verschleiern. Darin war er fast zu gut.«

»Na und?«, erwidere ich angriffslustig. Mich wurmt es immer noch, dass Zuko die ganze Zeit auf mich aufgepasst hat. Das Gefühl von Sicherheit, in dem ich mich gewiegt habe, verdanke ich nur ihm. Und nun muss ich auch noch erfahren, wie mein Vater dafür gesorgt hat, dass kein anderes Kartell von mir erfährt, weil mir dann noch eine ganz andere Gefahr drohen würde.

»Sie ist eine kleine Kratzbürste, eh?«, fragt er an Jackson gewandt. Ich drehe mich zu ihm um. Er besitzt zumindest so viel Anstand, seinen Boss ungerührt anzusehen. Marcus hingegen feixt. Er scheint Spaß an der Sache zu haben.

»Nun gut. Es geht mir nicht um Sie, Miss Tevez. Was Sie hier tun oder lassen, berührt meine Geschäfte nicht.« Er räuspert sich. Es klingt, als würde er einen großen Batzen Schleim hochwürgen. Mühsam beherrsche ich mich, damit er meine Abscheu nicht sieht.

»Ihr Vater und ich hatten vor ein paar Jahren bereits eine unschöne Auseinandersetzung um Las Vegas, falls Sie sich erinnern. Oh ja, ich weiß, dass Sie damals in Vegas waren, und ich weiß auch, dass es für Sie alles andere als schön dort war. Was mit ihrem Bruder Victor passiert ist, tut mir übrigens leid. Aber Ihr Vater wollte mich aus dem Geschäft drängen. Als das nicht geklappt hat, nahm er mir das Wertvollste, was ich damals besaß.«

Er spricht nicht weiter, sondern stiert geschlagene zwei Minuten in seinen Kaffeebecher. Dann nickt er.

»Ich werde ihm daher drohen, dass ihm dasselbe passiert. Wenn er sich nicht aus New York zurückzieht.«

»Soweit ich weiß, hat er nach der Episode in Las Vegas

kein Interesse mehr, seinen Einflussbereich auszuweiten«, sage ich.

Natürlich habe ich keine Ahnung, was er oder mein Bruder plant. Es hat mich auch bisher nicht interessiert, ob sie nach New York expandieren wollen. Trotzdem verteidige ich ihn.

Familienehre, wenn man so will. Mein Blut ist also immer noch dicker als Wasser.

»Das war einmal. Diesen Winter aber ist das hier aufgetaucht.«

Er zieht eine Schublade auf und wühlt darin. Dabei schmatzt er und seufzt, als wäre das alles für ihn eine Zumutung. Vielleicht ist es das auch; er scheint vom Schicksal gebeugt zu sein. Ich frage mich, warum er im Rollstuhl sitzt. Eine Schussverletzung? Oder hat ihn das Alter erwischt?

»Da haben wir's.«

Er wirft ein Tütchen quer über den Tisch. Es schlittert über die Platte und landet vor meinen Füßen. Ich beuge mich runter und hebe es auf.

»Was ist das?«, frage ich.

»Feinstes Meth«, erklärt er. »So fein, dass es nur aus den Laboren in Mexiko kommen kann. Sehen Sie, Miss Tevez, ich werfe Ihrem Vater nicht vor, dass er den besseren Stoff hat. Was übrigens durchaus der Tatsache entspricht. Bisher kam es gelegentlich vor, dass ein paar Pfund davon in meiner Einflusssphäre aufgetaucht sind. Meist in Las Vegas. Seltener in Boston oder New York. Aber im Moment wird der Markt in dieser Stadt mit dem Zeug überschwemmt, als wollte mir jemand damit was sagen. Und das mag ich nicht. Meine Kunden, die mögen das natürlich. Sie schreien nach diesem Zeug und lassen meine tschechische Ware links liegen. Das kann ich nicht tolerieren.«

Ich lege das Tütchen auf den Schreibtisch und stelle den Kaffeebecher daneben. Dann lehne ich mich zurück und falte die Hände auf der Messengerbag.

»Sie wollen mich also benutzen«, stelle ich sachlich fest. »Was wird das hier, Mr. Swan? Eine Entführung, bei der Sie auf die Kooperation der Geisel abzielen? Vielleicht wussten Sie es noch nicht, aber für meinen Vater geht es immer nur um die Menschen, die ihm von Nutzen sind. Was mit seinen Kindern passiert, ist ihm vollkommen egal.«

Raimund Swan schnalzt mit der Zunge. »Aber, aber, Miss

Tevez. Halten Sie uns für solche Monster?«

Mein Schweigen soll ihm als Antwort genügen. Kurz erlaube ich mir den Gedanken an meinen Bruder Vic. Aber das tut mir nicht gut, denn sofort spüre ich, wie bittere Galle meinen Mund ausfüllt.

»Nun gut. Ich gebe zu, das alles würde auf mich auch beängstigend wirken, wenn ich eine junge Frau wäre.« Er lacht keckernd, als hätte er sich einen guten Witz erzählt. »Aber es geht hier nicht um Sie. Ich möchte keine Gewalt gegen Frauen anwenden. Auch wenn Ihr Vater und insbesondere Ihr Bruder in der Hinsicht ja keine Skrupel kennen.«

Ein kalter Schauer rinnt mir über den Rücken. Weiß Mr. Swan, zu welchen Grausamkeiten meine Familie tatsächlich fähig ist?

Warum soll er anders sein? Sicher würde er nicht über den Drogenhandel im halben Land regieren, wenn seine Methoden eher die eines Streichelzoodirektors sind.

Ich atme tief durch.

Vertraue niemandem ...

Bis vor wenigen Tagen bin ich mit diesem Grundsatz wirklich gut gefahren. Doch dann kam Jackson. Und seitdem ist nichts mehr wie zuvor. Er verändert mich wie damals Chrissa alles verändert hat ...

Ich gerate wieder in die Vertrauensfalle. Weil der Mensch vertrauen *will*. Wir alle suchen nach jemandem, auf den wir uns so vollständig verlassen können. Bei dem wir uns in Sicherheit wiegen können. Und zwar nicht in dieser trügerischen Sicherheit, die man sich erfolgreich einredet. Sondern in einer, die tief aus dem Herzen kommt und alles andere überstrahlt.

»Soll Ihre Freundin umsonst gestorben sein, Miss Tevez? Lea?«

»Lassen Sie Chrissa aus dem Spiel«, erwidere ich wütend. »Sie hat mit diesem Kampf nichts zu tun. *Ich* habe damit nichts zu tun. Ich habe die Verbindung zu meiner Familie vor knapp einem Jahr gekappt.«

»Interessanterweise fing etwa zu diesem Zeitpunkt auch das hier an.« Er zeigt auf das Meth-Tütchen. »Wissen Sie, da stellt sich mir schon die Frage, ob Sie wirklich so unschuldig sind wie Sie glauben.«

Zuko.

Er ist etwa genauso lange in New York wie ich. Was, wenn er nicht nur tagsüber auf mich aufpasst, sondern nebenher das Drogengeschäft meines Vaters in der Stadt aufbaut?

Ein Hilfskoch, der aus einem Diner in Williamsburg die Geschicke einer Drogengang leitet.

Ich muss lachen. Das alles ist so absurd!

Habe ich wirklich gedacht, den Klauen meines Vaters zu entkommen?

Zumindest habe ich ein paar Monate lang das Gefühl von Freiheit genießen dürfen ...

»Was wollen Sie von mir?«

»Sehen Sie, so langsam kommen wir zur Sache.« Er nickt zufrieden.

Marcus, der bisher stumm zwischen uns beiden hin und her geschaut hat, trinkt seinen Kaffee aus (die Vorliebe für Rum mit Kaffee scheint also doch in der Familie zu liegen) und meldet sich zu Wort.

»Wir lassen dich verschwinden«, sagt er.

Ich blicke ihn abschätzig an. »Ach, wirklich?«, frage ich und hebe die Augenbrauen. Dabei hämmert mein Herz bis zum Hals. Das ist die pure, nackte Panik.

Ich möchte mich an Jackson wenden und ihn fragen, ob er das zulässt. Ob er wirklich tatenlos mit ansieht, wie das Kartell mich ermordet, um meinem Vater seinen Standpunkt zu verdeutlichen.

Aber Jackson ist erstaunlich still. Geradezu beängstigend. Als hätte er in diesem Raum nichts zu melden.

»Das meine ich nicht so wie du denkst.« Marcus grinst. »Keine Angst. Mein Onkel meint das ernst, wenn er sagt, dass wir gegen Frauen keine Gewalt anwenden.«

Ich verkneife mir die Bemerkung, dass die Tausenden Crackhuren, die allein in New York auf dem Straßenstrich ihren Körper für 20 Dollar pro Fick verkaufen, das vermutlich *etwas* anders sehen.

Jetzt ergreift Jackson das Wort, und ich drehe mich zu ihm um.

»Keine Entführung«, sagt er kühl. »Es ist nur eine Art ... nun, wir entziehen dich ihm. Du bleibst ein paar Tage bei uns, bis er sich unseren Forderungen beugt. Danach darfst du gerne die Stadt verlassen.«

Ungläubig starre ich ihn an. »Das meinst du nicht ernst«, zische ich.

Dann war das alles eine Lüge? Deine Gefühle für mich? Die letzte Nacht? Hast du das nur getan, damit ich mich verliere und du leichtes Spiel mit mir hast? Und was sollte dein Gerede heute Morgen, dass du mich aus der Stadt bringst? Kuschst du wirklich so sehr vor deinem Boss?

Ich bin verletzt. Mehr als das. Ich möchte aufspringen, mit den Fäusten auf ihn eintrommeln und ihn meine ganze Wut spüren lassen.

»Bitte, Lea.« Sein Blick ruht auf mir. Beschwörend fast, als wollte er mich hypnotisieren. Wie war das mit dem Kaninchen und der Schlange?

Ich habe mich ihm ja förmlich an den Hals geworfen. Ich lache auf. Wie praktisch für ihn! Mr. Swan hat Jackson und Marcus damit beauftragt, mich zu entführen. Daran besteht für mich kein Zweifel mehr. Dass ich Marcus vorgestern Abend mit dem Schlagring außer Gefecht setzen konnte, ist für ihn vermutlich nicht mehr als ein dummer Zufall. Glückstreffer! Er hätte mich genauso gut umbringen können.

Und Jackson? Wie soll ich allen Ernstes glauben, dass er an diesem Plan so unschuldig ist, wie er vorgibt?

Was bleibt mir anderes übrig als mitzuspielen? Wenn ich mich gegen ihren Plan zur Wehr setze, werden sie Gewalt anwenden. Und wie übel das ausgeht, kann ich nicht abschätzen. Scheiß auf ihr Gerede, sie würden Frauen nichts antun. Ich glaube denen kein Wort mehr.

Im Moment steht es drei – na gut, zweieinhalb – gegen eine Frau. Und selbst wenn es mir gelingt, das Büro zu verlassen, lauern im Korridor genug Bürohengste darauf, ihrem Chef zur Hilfe zu eilen.

Ich atme tief durch. Zum Kämpfen gehört auch, dass man akzeptiert, wenn man verloren hat.

Und das habe ich. Weil ich mich ausgerechnet in den unpassendsten Mann in dieser Stadt – nein, in diesem Land – vergucken musste. Ein Moment der Schwäche. Einmal nicht aufgepasst, und schon bin ich Gefangene meines Begehrens.

»Wie genau soll das aussehen?«

»Wir überbringen ihm die Nachricht, dass du bei uns bist«, sagt Marcus. »Sein Mitarbeiter wird bestätigen, dass Jackson und ich an zwei Tagen im Diner waren. Und dass du mit uns gegangen bist. Mehr braucht es wahrscheinlich nicht. Er zieht sich aus New York zurück, und wir lassen dich wieder gehen.«

Also doch eine Entführung. Ihr wollt sie mir nur versüßen, indem ihr es anders nennt.

Jackson legt wieder die Hand auf meine Schulter. »Vertraust du mir?«, fragt er.

Ich schüttele seine Hand ab. »Lass mich in Ruhe«, fauche ich.

Er macht zwei Schritte nach hinten. Raimund Swan beobachtet uns belustigt. »Da hast du aber ein Wildkätzchen gefunden, Jax.« Er kichert. »Soll ich euch Turteltäubchen allein lassen?«

Mir kommt eine Idee. Es ist riskant, und vielleicht setze ich damit mein Leben aufs Spiel. Aber ich hasse es, wenn mächtige Männer versuchen, mich auszunutzen. Das habe ich schon meinem Vater nicht verziehen. Und Mr. Swan wird da sicher keine Ausnahme bilden.

»Wird Jackson mitkommen?«

»Wie bitte?« Mr. Swan drückt wahllos Knöpfe auf der Telefonanlage, bis ein Summen ertönt. »Maud, noch so einen Kaffee für mich.« Seine Stimme klingt schleppend. Wenn er den »Kaffee« weiter so runterkippt, hat er sich in zwei Stunden unter den Rollstuhl gesoffen. »Ja, ja, soll er halt.«

»Ich will die Nachricht an meinen selbst Vater formulieren.« Diesen Moment muss ich ausnutzen. Mr. Swan ist abgelenkt, und Marcus traue ich nicht zu, die Gefahr zu erkennen. Lediglich vor Jackson habe ich was befürchten, und ich hoffe einfach, dass er zu sehr von Gewissensbissen zerfressen ist, um zu merken, wie ich heimlich versuche, den Spieß umzudrehen.

»Das ist eine hervorragende Idee!« Mr. Swan strahlt. Er streicht mit zittriger Hand die schwarzen Haare zurück. »Maud!«, brüllt er. Hinter der Tür entsteht Bewegung, und die Sekretärin huscht herein. »Mehr Kaffee. Und das Studio soll sich bereitmachen für unsere hübsche Geisel hier.«

Ich habe keine Ahnung, ob das, was ich jetzt versuche, besonders dumm oder ein genialer Schachzug ist.

Im schlimmsten Fall ist es mein Untergang.

Aber inzwischen habe ich nichts mehr zu verlieren, nicht wahr?

6. Kapitel

Das Fabrikgebäude ist vollständig umgebaut. Unten gibt es neben Lagerräumen und einem Packraum auch ein Fotostudio, in dem die Produkte fotografiert werden, die Mr. Swan unter dem Deckmantel der Legalität verkauft. Es ist tatsächlich ein Internethandel für Kleidung, den er hier betreibt.

Ich folge Jackson in das Studio. Marcus ist dicht hinter mir.

Drei Leute empfangen uns im Studio. Ein Maskenbildner, eine Aufnahmeleiterin und ein Kameramann.

Zunächst kümmert der Maskenbildner sich um mich. Er macht mir die Haare und schminkt mich dezent. Danach legt die Aufnahmeleiterin mir verschiedene Outfits vor. Aber ich möchte meine alten Klamotten anbehalten. Sie bespricht mit mir die Einstellung und führt mich zu einem Sofa, vor dem der Kameramann bereits die Beleuchtung einstellt. Alle arbeiten sehr effizient und entspannt, als wäre es ihr tägliches Geschäft, Videos von Geiseln zu drehen.

Doch bevor der Dreh beginnt, scheucht Marcus die drei nach draußen. »Wir schaffen das auch ohne euch«, erklärt er. Und oh Wunder, er kann sogar charmant lächeln, wenn er will. Die drei ziehen sich ebenso stumm zurück, wie sie mich vorher umschwärmt haben.

»Bist du bereit?«

Ich nicke, puste noch einmal die Backen auf und lege mir in Gedanken die passenden Worte zurecht. Marcus drückt mir einen Zettel in die Hand, damit ich weiß, was ich sagen soll. Ich überfliege die Zeilen.

»Kann ich das ein bisschen umformulieren?«, frage ich.

Er zuckt mit den Schultern. »Hauptsache, dein Dad weiß Bescheid.«

Ich nicke nachdenklich. Das wird er.

Also dann. Marcus nickt mir zu, die Kamera läuft. Die Scheinwerfer sind irre heiß und in meinem billigen Pullover fange ich an zu schwitzen.

»Hi Dad«, beginne ich und blicke unverwandt in die Kamera. »Ich bin's, Lea.«

Meine Güte, das sieht er doch. Aber irgendwie muss ich ja

anfangen.

»Es tut mir leid, was passiert ist. Vor allem die Sache mit Chrissa. Das war ... schlimm.« Ich senke den Blick. Wenn ich mir vorstelle, wie mein Dad das Video sieht, kommen mir die Tränen. Aber jetzt ist keine Zeit für Sentimentalität.

»Mir geht's gut. Man kümmert sich um mich.« Das lese ich vom Zettel ab. »Aber ich will nach Hause kommen. Wenn du das hier siehst, tu bitte alles, was sie von dir verlangen. Aber sei unbesorgt – ich werde Chrissas Schicksal nicht teilen.«

Ich senke den Zettel und blicke ein letztes Mal in die Kamera.

»Alles ist in bester Ordnung«, betone ich. »Mir wird es nicht wie Chrissa ergehen.«

Ich sehe, wie Marcus die Stirn runzelt. Aber er scheint zufrieden zu sein und gibt mir einen hochgereckten Daumen. Ich atme auf. Die größte Hürde habe ich überwunden.

Ich hatte schon befürchtet, dass er einen zweiten Take will. Doch Marcus grinst zufrieden und geht zu einem Schreibtisch, um mit der Bearbeitung des Videos zu beginnen.

»War das okay?«, frage ich Jackson.

»Du warst spitze.« Nachdenklich zupft er ein Haar von meinem Ärmel. »Wer ist Chrissa?«

Er lässt sich nicht so leicht täuschen wie Swans Neffe.

»Eine Freundin«, sage ich. »Sie wurde ermordet aufgefunden.«

»Das tut mir leid.« Er wirkt ehrlich betroffen.

»War das okay, dass ich sie erwähnt habe? Mein Vater war von ihrem Tod damals ... es hat ihn ziemlich fertig gemacht. Ich will nicht, dass er denkt, ich schwebe in Lebensgefahr.« Zumindest hat er das mir gegenüber behauptet. Ich glaubte ihm damals kein Wort. Zu sehr war ich in dem Schmerz gefangen, und seine Beteuerungen, es musste sein, sollten wohl vor allem ihn beruhigen und nicht mich.

Denn das möchte keine junge Frau über ihre Freundin hören. Dass diese Freundin der schädliche Faktor war. Dass sie selbst Schuld ist an dem, was ihr widerfahren ist.

Bis heute glaube ich nicht, dass mein Vater das, was geschehen ist, wirklich gewollt hat. Es waren größere Kräfte am

Werk. Kräfte, die auch auf seinen Sturz hinarbeiten.

»Es klang sehr überzeugend.« Jackson gibt mir die Messengerbag und meine Daunenjacke zurück. »Hast du Hunger?«

Ich nicke. Bis auf einen Schluck von Mr. Swans Spezialkaffee, von dem ich ganz rosige Wangen bekommen habe, bin ich nüchtern. Also dank des Spezialkaffees alles andere als *nüchtern*.

»Dann fahren wir am besten jetzt in das Versteck.« Er geht voran. Ich taste in meiner Tasche nach dem Wegwerfhandy, doch es ist nicht mehr da. Hätte ich mir ja denken können.

»Das ist vermutlich die mit Abstand merkwürdigste Entführung aller Zeiten«, sage ich, als wir im Mercedes sitzen. Diesmal fährt Jackson und ich habe auf dem Beifahrersitz Platz genommen.

»Wieso? Du bist keine Geisel.«

»Sondern?«

Er lacht leise. »So eine Art Gast.«

»Aber ich darf nicht gehen, wohin ich will und mit niemandem reden.«

Jackson seufzt. »Wir wollen nicht, dass es eskaliert«, erklärt er.

»So wie vorgestern, als ich Marcus eine verpasst habe?«

Er blickt konzentriert auf die Straße, ohne zu antworten.

»Sprich mit mir! Habt ihr umdisponiert, nachdem ich dich gestern angesprochen habe?«

Seine Kiefermuskeln zucken. Muss ich etwa Angst vor ihm haben? Nein. Ich lasse mich von ihm nicht einschüchtern.

»Du stellst zu viele Fragen«, erwidert er. Seine Stimme klingt stählern, und ich fahre zusammen. Er ist ein Fremder. Ein Gangster. Ein *Verbrecher*.

Mach dir das klar, verdammt! Er ist nicht besser als Dean oder Dad.

»Hast du schon mal jemanden getötet?«, frage ich leise.

Ich *weiß*, wie dünn das Eis ist, auf dem ich mich bewege. Doch ich kann nicht anders. Ich muss die ganze Wahrheit wissen, obwohl ich spüre, dass sie nichts ändern wird. Ich bin ihm verfallen. Schon am ersten Abend im Jimmy's war es um mich geschehen. Ein Blick von ihm hat genügt.

Er antwortet nicht auf meine Frage, und ich rutsche in

meinem Sitz immer weiter nach unten. Trotz der Daunenjacke und obwohl die Heizung auf Hochtouren läuft und warme Luft ins Wageninnere bläst, ist mir kalt. Ich zittere. Meine Zähne klappern, und ich verschränke die Arme vor der Brust und ziehe die Schultern hoch.

Diese Kälte kommt von innen. Sie haust tief in meinem Bauch und breitet sich bis in jeden Winkel meines Körpers aus.

Jackson wirft mir einen knappen Seitenblick zu. Dann fährt er plötzlich rechts ran, setzt den Warnblinker und wendet sich mir zu.

»Frag schon«, sagt er.

»Ich habe doch vorhin gefragt.«

Er nickt grimmig. »Dann frag noch einmal. Los.«

»Jackson, ich ... Hast du schon mal einen Menschen ermordet?«

Er sieht mich an. Sein Blick ist hitzig, und ich senke nun den Blick und starre auf meine Knie.

»Sieh mich an, Lea.« Seine Stimme klingt rau.

Ich kann nicht. Ein dicker Kloß bildet sich in meinem Hals, und ich spüre, wie mir Tränen in die Augen steigen. Das ist die Angst. Ich kenne sie, denn sie hat mich schon einmal außer Gefecht gesetzt. Wenn kein Wunder geschieht, werde ich in Panik geraten und um mich schlagen. Doch im Moment bin ich wie erstarrt und zähle stumm die Sekunden, in denen nichts passiert.

Als er meinen Arm berührt, zucke ich zusammen. Im nächsten Moment habe ich den Sicherheitsgurt gelöst. Ich stoße die Beifahrertür auf, stolpere aus dem Mercedes und ringe nach Luft. Da ist die Panik. Zu spät. Ich spüre, wie ich die Kontrolle verliere, als die Erinnerung mich völlig überrumpelt.

Ein heruntergekommenes Viertel im Valley, in dem jeder sein winziges Rasenstück hinter dem Haus mit Maschendraht einzäunt. In jedem zweiten Garten rennen Kampfhunde zum Zaun, sobald sich jemand auf dem Bürgersteig nähert.

Ich steuere das Haus mit der Nummer 3512 an – hellgrün gestrichen hebt es sich von den anderen ab. Aber auch sonst unterscheidet es sich von der Nachbarschaft. Im Garten sind an der Hauswand Tomatenspaliere gepflanzt, der Rasen ist gepflegt und sieht aus, als würde jemand ihn regelmäßig wässern, obwohl in Kalifornien schon seit Jahren das Wasser für die Gärten streng rationiert wird. Wicken ranken an dem Zaun hoch und lassen ihn weniger bedrohlich wirken.

Die kleine Veranda ist aufgeräumt. Die blauweiß gestreiften Polster auf der Hollywoodschaukel sind ausgeblichen, aber sauber. Und auf dem Tischchen liegt ein Stapel Bücher.

»Hallo?«

Ich klopfe an die Fliegengittertür. Im Haus bleibt alles still.

»Chrissa? Bist du da?«

Ich warte noch einen Moment, dann ziehe ich die Tür auf und betrete das Haus. Man steht sofort in der Küche. Uralte Küchenmöbel, von denen die weiße Farbe abgeplatzt ist. Der Linoleumboden ist grau und kommt an den Ecken hoch. Doch alles ist sauber und aufgeräumt.

»Chrissa, bist du da?«

Sie würde die Tür abschließen, wenn sie weggeht. Chrissa ist in diesem Viertel aufgewachsen, und die Gang, die hier herrscht, respektiert sie. Von den harten Jungs hat sie nichts zu befürchten, denn im Notfall kann man auf sie zählen. Sie ist ausgebildete Krankenschwester und bezieht aus Kanälen, über die ich lieber nicht Bescheid wissen will, Verbandszeug, Medikamente und sogar einen Defibrillator. Schon mehr als einen Kleindealer hat sie nach einer Schießerei notdürftig zusammengeflickt. Sie hält sich aus den Rivalitäten raus, sie ist für alle da. Trotzdem schließt sie die Tür ab, wenn sie das Haus verlässt. Immer.

Keiner würde ihr etwas tun. Manchmal denke ich sogar, die Gang beschützt sie.

Aber jetzt ist da dieses Gefühl. *Ich komme nicht dagegen an. Ein Unheil liegt in der Luft, während ich die Küche durchquere. Auf der Anrichte steht ein Teller, darauf ein paar Krümel und ein Messer mit Mayonnaise, die in der Wärme schon glasig geworden ist.*

Ich gehe weiter ins Wohnzimmer. Die Häuser sind wirklich winzig klein, es gibt zwei Schlafzimmer und ein schlauchförmiges Bad. Auf einen Flur hat man verzichtet, weshalb die Garderobe im Wohnzimmer neben der Tür zum Garten ist.

Dort hängt ihre hellblaue Strickjacke.

Ich runzle die Stirn. Selbst in der größten Sommerhitze geht Chrissa nicht ohne diese Jacke aus dem Haus. In klimatisierten Räumen friert sie immer. »Zu wenig Körperfett«, sagt sie lachend, wenn man sie darauf anspricht.

Die Tür zum Schlafzimmer ist nur angelehnt. Davor bleibe ich stehen; das Summen der Fliegen, das so allgegenwärtig ist im Sommer, wird lauter. Ich hebe die Hand, lege sie auf die Tür und drücke sie langsam auf ...

»Lea! Verdammt, hörst du mich?«

Jemand packt meine Oberarme und schüttelt mich. Als ich nicht reagiere, lässt er mich los. Das nächste, was ich spüre, ist ein Schlag ins Gesicht. Eine Ohrfeige, so schallend, dass es meinen Kopf herumreißt. Ich stolpere wie benommen einen Schritt nach hinten und höre mich schreien. Aufheulen. Vor Wut und vor Schmerz.

Er packt meine Arme, und ich wehre mich. Will mich gegen ihn auflehnen, doch er zieht mich an seine Brust, hält meinen Kopf fest und drückt ihn gegen das Hemd. Ich vergrabe mein Gesicht dort, presse das Ohr an seine Brust und spüre durch den Stoff die Hitze seiner Haut. Sein Herz wummert, und das Blut rauscht in meinem Kopf.

»Schhh«, macht er. »Ganz ruhig. Alles wird gut.«

Nein, nichts wird gut. Chrissa ist tot. Mein Bruder hat sie ermordet. Weil sie zu viel über ihn wusste. Weil ...

Ich schluchze auf. Der Schmerz dieses Verlusts wiegt schwerer als alles andere.

»Sie war einfach tot«, flüstere ich. »Er hat sie erstochen.«

Jackson fragt nicht, sondern hält mich fest. Ich dränge mich an ihn, und ich spüre, wie auch er sich weiter an mich schmiegt. Meine Hände fahren unter den Mantel und ich zerre an seinem Hemd. Ziehe es aus dem Hosenbund, schiebe die Hände darunter und spüre seine erhitzte Haut. Er murmelt etwas, das ich nicht verstehe.

Unwichtig.

Ich will ihn.

Er soll dafür sorgen, dass der Schmerz endlich aufhört.

Seine Berührungen sollen die Bilder aus meinem Kopf

vertreiben. Ich will nicht länger bis in meine Träume verfolgt werden von ihrer Leiche, ausgestreckt auf dem Bett, wie gekreuzigt. An Händen und Füßen gefesselt, damit es wie ein Ritualmord aussieht. Das Messer, das neben ihrem linken Fuß lag, erkannte ich. Zu oft hatte ich beobachtet, wie Dean es aufschnappen ließ, sich damit beiläufig die Fingernägel reinigte oder auf die nächste Tür zielte. Was ich als Kind immer für ein Spiel hielt, endete in tödlichem Ernst.

»Lea, nicht ...« Jackson versucht, sich aus meiner Umarmung zu befreien. Aber das lasse ich nicht zu; ich klammere mich an ihn wie eine Ertrinkende. Nein, wie eine *Ertrunkene*. Ich bin doch längst verloren.

»Nimm mich ... mit«, wispere ich. »Bring mich fort, rette mich ...« Mein Mund sucht seinen. Er erwidert den Kuss; doch jede seiner Bewegungen ist zögerlich, und sein Kuss so halbherzig, dass es nur ein zusätzlicher Schmerz ist. Den nehme ich auch noch auf mich. Wenn er mich abweisen will, ist das okay.

Dann kann er mich aber auch gleich im Hudson ertränken.

Er schlingt die Arme um mich, und ich spüre, wie er mich hochhebt. Bis zum Auto sind es nur drei Schritte, doch als er mich auf den Beifahrersitz gleiten lässt, merke ich, dass ich nicht mal die hätte gehen können. Ich greife nach seiner Hand, als er sich über mich beugt und den Sicherheitsgurt einrasten lässt.

»Jax ...«, murmele ich.

»Wir fahren zu mir«, sagt er. »Nicht ins Versteck. Bei mir kann ich mich besser um dich kümmern.«

Zu meiner Überraschung meint er damit nicht das Hotel. Es geht nicht zurück nach Manhattan, sondern wir halten bereits nach fünf Minuten vor einem schmalen Wohnhaus, das nur drei Blocks von Jimmy's Diner entfernt liegt. Ich blinzle, als er mir die Beifahrertür aufhält und die Hand entgegenstreckt. Die Tränen sind noch nicht getrocknet, und diese unverschämt *galante* Art, mit der er versucht, seine Unsicherheit zu verbergen, erwischt mich auf dem falschen Fuß.

Kein Wunder ... Wir sind noch immer Fremde. Es besteht diese Anziehung, die wir uns nicht erklären können. Und die wir nicht einfach leugnen können.

Aber ich bin eine Geisel. *Seine* Gefangene, die er so behutsam behandelt, als wäre ich tatsächlich ein Gast und hätte vor ihm nichts zu befürchten.

»Alles okay?«, fragt er.

»Ich weiß nicht ...« Ich atme tief durch. Doch, es geht etwas besser.

Ich stelle jetzt keine Fragen mehr, sondern lasse mich zum Haus führen. Anders als ein paar Straßen weiter, wo ich wohne, scheint es in diesem Haus nicht ein halbes Dutzend winzige Wohnungen zu geben, sondern es steht ihm ganz allein zur Verfügung. Und was die etwas verlotterte Fassade nicht vermuten lässt, entdecke ich direkt hinter der Eingangstür, die lautlos aufschwingt: zeitlose Eleganz. Marmorfliesen im Schachbrett, eine geschwungene Treppe zum Obergeschoss, das Holz der Stufen abgezogen und versiegelt. Das Geländer glänzt von den vielen Händen, die in den letzten Jahrzehnten diese Stufen auf und ab liefen. Linkerhand führt eine Doppeltür ins Wohnzimmer. Parkett in Fischgrätmuster verlegt, ein weißer Teppich vor dem offenen Kamin. Ich bemerke den Schürhaken neben dem Kamin und merke ihn mir.

Nicht, dass ich gegen diesen Mann Gewalt anwenden könnte ...

Aber wer weiß, was noch passiert. Nach wie vor bin ich voller Misstrauen gegen ihn. Ich will ihn, ja. Mehr als mein Leben. Aber zugleich hält mich eine unsichtbare Macht zurück. Selbstschutz? Vielleicht.

Er lässt mich in Ruhe, während ich das Erdgeschoss erkunde. An das Wohnzimmer schließt ein großes Esszimmer an. Dahinter wieder der Flur. Gegenüber vom Esszimmer eine riesige Küche mit Frühstückstheke, viel Edelstahl und weißen Fronten. Jackson steht vor der teuren Kaffeemaschine und bereitet sich einen Espresso zu. Für mich macht er ohne zu fragen einen Cappuccino.

»Geh ruhig nach oben, wenn du dich umsehen willst.«

Das lasse ich mir nicht zweimal sagen. Während ich ihn in der Küche höre, steige ich die Treppe hoch. Die Räume sind hoch und großzügig; nichts daran ähnelt den vielen Apartmenthäusern, die es in dieser Gegend gibt, in denen drei oder vier Wohnungen in ein Stockwerk gequetscht sind, inklusive winzige, fensterlose Bäder.

Oben gibt es drei Zimmer. Ein großzügiges Schlafzimmer mit Ankleidezimmer und angrenzendem Bad, in dem sich wieder die kühle Eleganz der Küche findet. Das Schlafzimmer ist gemütlich; hellgraue Bettbezüge, ein knallroter Teppich vor dem Bett und auf dem Nachttischchen ein Stapel Bücher. Neugierig trete ich näher.

In meinem früheren Leben habe ich auch gern gelesen. Bevor die Realität mich einholte. Bevor ich schlagartig erwachsen werden musste.

Vor Vegas.

Jackson liest offenbar gerne über Management. Außerdem liegt obenauf Sun Tzus »Die Kunst des Krieges«. Eine interessante Auswahl ...

Ich trete wieder in den Flur. Hinter einer Tür finde ich ein Arbeitszimmer. Der Schreibtisch steht vor dem bodentiefen Fenster. Man kann hier direkt tief hinein in die nächste Straße blicken, die sich schnurgerade Richtung Westen erstreckt. Auf dem Schreibtisch herrscht eine geradezu penible Ordnung. Im Regal stehen Ordner mit kryptischen Beschriftungen.

Ich drehe mich um die eigene Achse. Wenn er für Swan so etwas wie der erste Mann ist, der Adjutant – derjenige, der alles übernimmt, was der alte Drogenboss nicht mehr kann – heißt das, dass er sich auch um den Papierkram kümmert? Hat ein Drogenkartell so etwas wie eine Buchhaltung? Und wenn es so ist, würde diese doch nicht in der Privatwohnung eines Mitarbeiters stehen, oder?

Ich zögere. Einerseits juckt es mich in den Fingern, weil ich mehr über Jackson erfahren will. Er ist für mich ein Buch mit sieben Siegeln. Wann hätte ich auch mehr über ihn erfahren können? Wir kennen uns gerade mal seit zwei Tagen.

Ich strecke die Hand nach einem der Ordner aus.

»Lea?«

Ich zucke zusammen. »Hier oben!«, rufe ich und schiebe den Ordner zurück an seinen Platz. Dann verlasse ich das Arbeitszimmer.

Hinter der dritten Tür ist – keine Überraschung – ein Gästezimmer. Nicht so groß wie sein Schlafzimmer, auch nicht so opulent ausgestattet. Das kleine Bad hat nur eine Dusche, aber das wird mir wohl genügen ... Ich blicke mich in dem Raum um, drehe gedankenverloren den Glastürknauf und überlege, ob er mich wohl hier einsperren will.

Über dem Bett liegt eine Tagesdecke. Der Schrank steht offen. Es sieht ordentlich aus, aber ein fremder Geruch hängt zwischen den Möbelstücken. Als wäre erst vor kurzem jemand aus diesem Zimmer ausgezogen, nachdem er es lange bewohnt hatte.

Jackson betritt hinter mir das Zimmer. Ich drehe mich zu ihm um und lächle verhalten. In diesem Moment fällt es mir nicht schwer, meine Gefangenschaft anzunehmen. Wenn ich in dieser Wohnung sein darf und Jackson bei mir ist – kein Problem.

Er hält mir den Becher mit Cappuccino hin, und ich nehme ihn und setze mich auf die Bettkante. Jackson nimmt in dem Sessel Platz, der viel zu klein und feminin wirkt für ihn. Ich beobachte, wie er genüsslich den Espresso schlürft.

»Hast du alles so eingerichtet?«, frage ich.

Er schüttelt den Kopf. »Meine Schwester Caren. Sie kommt alle paar Monate vorbei, wirbelt mein Leben durcheinander, putzt das Haus von oben bis unten und verschwindet genauso schnell wieder.« Nachdenklich fügt er hinzu: »Sie würde dich mögen.«

Ich weiß nicht, was ich darauf antworten soll und mache nur »hm«. Der Cappuccino ist leicht gesüßt und schmeckt köstlich. Wieder wird mir bewusst, wie wenig ich über ihn weiß.

Und ihm willst du vertrauen? Einem Fremden, noch dazu Angehöriger eines Drogenkartells, das mit deinem Vater verfeindet ist?

Ginge es nach meinem Vater, müsste ich schleunigst versuchen zu fliehen. Aber das kann ich nicht.

»Ich will dich nicht nerven, aber ... was war das vorhin?«

Sofort ist die Erinnerung wieder da, und ich stelle den Becher auf den Nachttisch und ziehe die Knie an. Mit den Armen um die Knie und das Kinn aufgestützt beobachte ich Jackson. Ich überlege, wie viel ich ihm anvertrauen kann.

Dass mein Bruder ein Mörder ist? Wird er sich denken können.

Dass er schuld ist am Tod meiner Freundin? Wäre zu viel.

Denn ich vergesse nicht, dass er zum Feind gehört. Wie

könnte ich das vergessen? Ich bin weggelaufen, aber ich bin immer noch eine Tevez. Vielleicht bin ich auch deshalb weggelaufen, damit ich nicht erneut zur Polizei gehe. Um meinen Vater und vor allem meinen Bruder zu schützen.

Sobald Jackson von mir Details über ein Verbrechen meines Bruders erfährt, könnte er der Polizei in L.A. einen Tipp geben. Und dann würde die Polizei Dean ein paar unangenehme Fragen stellen, auf die mein Bruder keine Antwort wüsste.

Zum Beispiel auch die Frage, wo ich bin.

»Ich habe eine Freundin verloren«, sage ich ausweichend.

»Hm«, macht er. »Diese Chrissa, ja?«

»Sie wurde ermordet.«

»Das sagtest du vorhin. Und jetzt fragst du dich, ob ich auch Menschen ermorde, weil es zum Job eines ersten Mannes gehört. Richtig?«

Hilflos zucke ich mit den Schultern.

Er stellt seine Espressotasse neben meinen Becher und steht auf. Als er sich neben mich aufs Bett setzt, legt er den Arm um meine Schultern. Erst jetzt merke ich, dass das Zittern zurück ist. Ich lehne mich an ihn und atme tief durch. Er riecht herrlich ... Sein Hemd verströmt den sauberen Duft nach Waschmittel, und darunter nehme ich dezent seinen männlichen Geruch wahr.

Als er seinen Mund auf meinen legt, lasse ich los. Seine Hände umfassen mein Gesicht, und nur das hilft mir, aus der Erstarrung zu erwachen. Ich hebe die Arme, und seine Hände gleiten nach unten. Er schiebt meinen Pullover nach oben. Es ist ganz einfach. Schon hat er mir den Pullover ausgezogen und ihn beiseite geworfen.

Wir haben den Kuss dafür nur kurz unterbrochen. Jetzt zerre ich wieder an seinem Hemd. Ziehe es aus dem Hosenbund, um seine Haut darunter zu erkunden. Sein Mund liegt wieder auf meinem. Fordernd, aber nicht gierig. Die Zunge umspielt meine Lippen, er schmeckt meinen Mundwinkel und stößt sie langsam in meinen Mund. Ich öffne mich ihm und ziehe ihn zugleich nach unten.

Ich liege auf dem Rücken. Er liegt halb auf mir, während er mit einer Hand meine Jeans aufknöpft und mir mit der anderen die Haare aus dem Gesicht streicht. Ich beobachte ihn. Er hält die Augen fest geschlossen, und ich gebe mich der Vorstellung hin, dass das hier für ihn so echt ist, wie ich es mir für mich wünsche.

Lass endlich los! Glaubst du denn, du hättest eine Chance, wenn er irgendwas anderes vorhat?

Also lasse ich los. Ganz bewusst vertreibe ich alle Gedanken an Gewalt, Schmerz und Tod. Denn nichts von alledem gehört zu Jackson und mir. Wir wurden vom Schicksal zusammengeführt, und was wir in diesem Augenblick erleben, entzieht sich dem, was außerhalb dieses Hauses passiert.

Es gibt nur noch ihn und mich.

Wir haben es eilig. Ich helfe ihm, mir die Jeans auszuziehen. Stiefel, Strümpfe. Nun liege ich nur noch in BH und Slip auf dem Bett. Jackson steht kurz auf und schält sich aus Hemd und Hose. Dann ist er wieder neben mir und küsst mich. Für einen kurzen Moment überwältigt mich das alles. Es ist so unwirklich.

Dann berührt er mit den Fingerspitzen meinen Bauch. Wie ein Schmetterlingsflügelschlag. Ich seufze, und dann küssen wir uns wieder. Es gibt nur ihn und mich. Jax und Lea. Das perfekte Paar. Wir verlieren uns ineinander.

Ich richte mich halb auf, und diese Gelegenheit nutzt er, um meinen BH aufzuhaken. Im nächsten Moment drängt er mich wieder aufs Bett. Seine Hand berührt meinen Venushügel und schiebt sich etwas weiter runter. Durch den Stoff des Slips spüre ich seine Berührung. Und er spürt, wie unglaublich nass ich schon bin.

»Lea ...« Er keucht. »Ich will dir nicht ...«

Wehtun?

»Alles okay«, flüstere ich.

Danach kennen wir kein Halten mehr.

Ich streife seine Boxershorts nach unten und spüre, wie sein Schwanz vorschnellt und heiß gegen meinen Oberschenkel drückt. Jackson hat jetzt keine Zeit mehr; er schiebt einfach meinen Slip beiseite. Seine Finger tauchen kurz in meine Spalte ein, er bewegt sie ein paarmal vor und zurück. Ich stöhne auf, klammere mich an ihn und öffne die Beine noch weiter.

Dann ist er über mir, und seine Schwanzspitze verharrt vor meiner Möse. »Willst du das wirklich?«, fragt er.

Ich quittiere diese selten dämliche Frage mit einem Klaps auf seinen Knackarsch. Er lacht leise, und im nächsten Moment füllt er mich vollständig aus.

Einen Moment liegen wir einfach nur so da und genießen dieses Gefühl, einander nahe zu sein. Dann beginnt Jackson, sich zu bewegen. Ganz langsam zunächst, als fürchtete er, ich müsste mich erst an ihn gewöhnen. Denn was ich vorhin nicht sehen konnte – ich war mit anderem vollauf beschäftigt – spüre ich jetzt. Er ist groß. Sehr groß. Perfekt. Ich lege die Arme um seine Schultern. Blicke zu ihm auf. Er beobachtet mich. Konzentriert, fast nachdenklich. Als er meinen Blick bemerkt, muss er sogar fast lachen. »Du lenkst mich ab«, flüstert er.

Ich kann mir ein Grinsen nicht verkneifen. Um ihn noch mehr in mir zu spüren, schlinge ich die Beine um ihn. »War nicht meine Absicht«, erwidere ich frech.

»Das will ich dir auch geraten haben.« Er hält mitten in der Bewegung inne, und ich kralle die Finger in seinen Hintern und stöhne frustriert auf.

»Halt still«, befiehlt er mir. Ich gehorche.

Einen Moment lang schweigen wir. Ich versinke in seinen braunen Augen und möchte ihm die dunkle Locke aus der Stirn streichen. Doch als ich die Hand hebe, packt er das Handgelenk und biegt meinen Arm über den Kopf. Dasselbe macht er mit dem linken Arm. Mit einer Hand kann er mühelos beide Handgelenke in die Matratze drücken. Völlig hilflos liege ich unter ihm, während er mit der anderen Hand meine Flanke streichelt. Ich zittere. Ihm ausgeliefert zu sein, erzeugt ein noch innigeres Gefühl. Ich gebe mich ihm völlig hin.

Seine Stöße, erst langsam und fließend, werden nun schneller. Ich spüre den Orgasmus, der sich langsam tief in mir aufbaut. Wie ein wildes Tier, das danach hungert, nach so langer Zeit freigelassen zu werden. Ein letztes Mal versuche ich, mich aus seiner Umklammerung zu befreien.

Dann gebe ich auf. Gebe mich hin mit allem, was ich bin. Und ich spüre, wie das wilde Tier an der Kette zerrt, an die es so lange gefesselt war ...

... bis ich mit einem lauten Schrei komme. Mein Körper ist ein einziges Zittern, und ich hebe mich ihm entgegen, weil ich mehr will. Mehr von ihm, mehr von seinem Schwanz, der immer schneller in mich stößt. Mehr von diesem unglaublichen Gefühl, das ich so noch nie erlebt habe.

In diesem Moment ruft Jackson meinen Namen, und ich spüre, wie er kurz noch größer wird, ehe er sich in mir entlädt. Noch ein, zwei Stöße, um die Lust bis zum Letzten auszukosten – dann bricht er über mir zusammen.

Es ist ein magischer Moment, wie ich ihn mir vorgestellt habe, seit ich ihn das erste Mal sah. Den ich so schmerzlich ersehnt habe seit gestern Nacht, als wir gestört wurden. Mein Widerstand war von Anfang an allenfalls bröckelig.

Dass er vermutlich ein Verbrecher ist? Egal.

Dass ich auf unbestimmte Zeit seine Geisel sein werde? Wundervoll.

Er richtet sich auf und küsst mich auf den Mund. »Lea«, flüstert er, und ergriffen streichelt er meine Wange. Als könnte er nicht glauben, was soeben passiert ist.

Das haben wir gemeinsam.

Ich schiebe ihn von mir runter und setze mich auf. »Wir müssen reden«, sage ich und sehe ihn dabei nicht an.

Jackson seufzt.

»Ich weiß.«

Warum tut es weh, wenn es für mich das größte Glück ist, das ich je empfinden durfte?

7. Kapitel

Erstmal reden wir nicht, sondern ich gehe duschen. Jackson räumt die Tassen weg und legt mir ein paar Sachen raus.

»Dass ich keine Kleidung für dich habe, tut mir leid«, sagt er, als ich nach unten komme. »Aber die Sachen stehen dir gut.«

Zweifelnd blicke ich an mir herunter. »Ich weiß nicht«, sage ich. »Meine Wohnung ist nur ein paar Straßen weiter.«

Er zögert.

»Schon okay.« Ich weiß, warum das nicht geht.

Vermutlich ist mein Verschwinden inzwischen bemerkt worden, und Zuko lässt meine Wohnung überwachen. Außerdem könnte meinem Vater das Video bereits zugespielt worden sein – und was dann passiert, kann ich nur sehr schwer einschätzen.

Nein, ich möchte auch nicht zu meiner Wohnung.

Aber ich kann auch nicht den Rest meiner Gefangenschaft – oder meines Gastaufenthalts, ich weiß selbst nicht, wie ich es nennen soll – in einem von Jacksons hellblauen Hemden verbringen. Wenngleich er mir dazu übergroße Wollsocken gegeben hat und im Wohnzimmer der Kamin golden flackerndes Licht und Wärme verströmt. Zumal ich keine Ahnung habe, wie lange dieser Zustand dauern soll.

Jackson hat für uns beim Chinesen bestellt, und wir sitzen auf dem tiefen Sofa, futtern aus den Pappschachteln Ente in Erdnusssauce und Hühnchen Chop Suey, während im Fernseher ein Spielfilm läuft. Fernseher ist natürlich die Untertreibung des Jahrhunderts für den riesigen Flatscreen-TV mit 3D-Funktion und allen Schikanen. Aber wir gucken kaum hin, und der Ton ist leise gedreht.

Es gibt Wichtigeres.

»Wie geht es jetzt weiter?«, will ich wissen.

Bisher hat er darauf immer ausweichend geantwortet oder mich mit Sex abgelenkt, doch dieses Mal lasse ich mich nicht abwimmeln.

»Was meinst du?«

Ich zeige mit den Stäbchen einmal in die Runde. »Ist das hier mein Gefängnis, bis ihr meinen Vater verjagt habt? Und was passiert dann mit mir? Lasst ihr mich frei? Oder lasst ihr mich verschwinden?«

Plötzlich wird Jackson sehr ernst. Er stellt sein Essen auf das Tablett, spült den letzten Bissen mit einem Schluck Lightbier aus der Flasche runter und sucht unter der Wolldecke nach meiner Hand. »Lea«, setzt er an. »Lea, glaubst du, das lasse ich zu?«

Ich zucke mit den Schultern. »Ich weiß nur, was mein Bruder machen würde.«

Er seufzt. »Ich habe keine Ahnung, was dein Bruder für ein Mensch ist. Aber ich bin nicht so einer. Ich ermorde niemanden, weil er im Weg ist. Es ...« Er zögert.

»Aber du hast schon Morde begangen.«

Ich sage es ganz leise. Für mich ist es keine Frage, *ob* er schon Menschen getötet hat. Deshalb war meine Frage vorhin auch unfair. Niemand steigt so weit auf in der Unterwelt, ohne dafür gewisse Opfer zu bringen. Sein Reichtum, dieses Haus, der Fernseher und der dezente Luxus, sind teuer erkauft. Mir geht es vor allem um die Umstände. Hat er es getan, weil er sich selbst oder andere Menschen retten wollte? Oder tat er es, um seine Position zu sichern oder überhaupt zum ersten Mann in Swans Imperium zu werden?

»Wenn es sein musste. Wenn es darum ging, ob er oder ich ...« Er wirkt nachdenklich. Dann schüttelt er den Kopf und lächelt mich wieder an. Auf diese unwiderstehliche Jackson-Art, der ich kaum etwas entgegensetzen kann.

»Erzähl mir davon«, fordere ich ihn auf.

Auch wenn ich mich vor der Wahrheit fürchte, will ich sie hören.

Seine Miene verfinstert sich. »Nein«, sagt er knapp. Dann nimmt er mir einfach die Pappschachtel aus der Hand und trägt das Tablett zurück in die Küche. »Du gehst jetzt besser schlafen.«

»Aber es ist erst neun Uhr!«, protestiere ich.

Er kommt aus der Küche zurück und packt mein Handgelenk. »Genug«, knurrt er. Ich schreie auf, als er mich auf die Füße zerrt, und ehe ich mich versehe, hat er mich gepackt und über die Schulter geworfen.

Auf dem Weg nach oben schreie ich weiter. Er tut mir weh

und mir wird von diesem kopfüber schwindelig. Aber Jackson hört nicht auf mich. Er stößt die Tür zum Gästezimmer auf und wirft mich aufs Bett.

»Halt die Klappe«, herrscht er mich an.

Ich springe auf und will mich auf ihn stürzen, doch er versetzt mir einen Schlag vor die Brust, der mich nach hinten taumeln lässt. Ich stolpere und stürze; dabei schlage ich mit der Schläfe an dem Bettpfosten auf. Benommen versuche ich erneut, mich aufzurichten, aber ich sehe nur Sterne, die wild durch mein Gesichtsfeld tanzen.

»Ich will nichts mehr hören«, sagt er. Dann knallt die Tür hinter ihm ins Schloss.

Ich bin allein.

Das letzte, was ich höre, ist das Geräusch des Schlüssels, der im Schloss gedreht wird.

Dann herrscht eine atemlose Stille, in der mein Schluchzen noch lauter klingt.

Ich hasse ihn. Verdammt, wie sehr ich ihn hasse! Warum tut er mir das an? Eben noch war er so zärtlich zu mir und dann sperrt er mich ein ...

Mir wird schlecht. Er benutzt mich nur. Der Sex, das alles war nur zu seinem Vergnügen, und er nutzt schamlos meine Gefühle aus. Der Gedanke ist so widerlich, dass ich mich an meinen Tränen verschlucke und würge.

Aber jetzt hat er sein wahres Gesicht gezeigt. Es hat nur wenige Sekunden gedauert. Ein paar gezielte Fragen haben mir sein Wesen offenbart.

Und mein Herz, das dumme Ding? Es schlägt wild, und im Rhythmus seines Schlags kann ich nur eines denken: *Er ist nicht so, er ist nicht so, er ist nicht so ...*

Wobei ich nicht weiß, ob ich mir einreden will, dass er nicht das Monster ist, das er gerade gezeigt hat. Oder der sanfte, zärtliche Mann, in dessen Armen ich für wenige Sekunden all mein Elend vergessen durfte.

Ich heule. Weil ich mich wieder in seine Arme zurücksehne und mich gleichzeitig schäme, weil ich so wenig Rückgrat habe.

Es dauert etwa zwanzig Minuten, bis ich mich aufrapple

und ins Badezimmer wanke. Im Spiegel begutachte ich den Bluterguss und die Beule, die ich der unsanften Begegnung mit dem Bettpfosten verdanke.

Habe ich wirklich gedacht, meine Gefühle würden etwas ändern? Oder geglaubt, dass Jackson mich wählen würde, wenn er sich zwischen seinem Job und mir entscheiden müsste?

»Achtundvierzig Stunden«, flüstere ich. Länger kennen wir uns nicht. Und Begehren vermag nicht, das Leben eines gestandenen Verbrechers auf den Kopf zu stellen.

Ich wasche mein Gesicht. Im Spiegelschrank finde ich Jod und tupfe es mit einem Wattebausch behutsam auf die Abschürfung. Der Schmerz macht mich rasend, doch er übertüncht wenigstens für ein paar Sekunden das Wüten in meinem Bauch.

Er hat mich ausgenutzt. Es ist ganz einfach; er hat anfangs nur reagiert. Als ich ihn im Jimmy's ansprach und um Hilfe bat. Danach war es für ihn ein Selbstläufer.

Ich habe mich selbst in diese beschissene Situation gebracht. Und muss nun sehen, wie ich heil wieder herauskomme.

Es ist lange her, dass ich diesen Wunsch verspürt habe, aber jetzt möchte ich gern bei meinem Vater sein.

Ich kehre ins Zimmer zurück. Auf dem Sessel liegt meine Tasche, und für einen kurzen Moment gebe ich mich der Illusion hin, dass mein Handy noch drin ist. Ich erinnere mich, wie Jackson mir die Tasche wiedergab, nachdem ich beim Videodreh kooperiert habe.

Hastig durchwühle ich die Tasche. Aber das Handy bleibt verschwunden. Natürlich ... und mit ihm alle Telefonnummern. Ich kann nicht mal Nora anrufen, wenn ich wollte. Es ist, als wäre ich aus ihrer Welt verschwunden.

Ob Zuko nach mir sucht?

Ein letzter Ausweg bleibt mir vielleicht noch. Ich trete ans Fenster und schiebe es hoch. Drei Meter über dem Boden, das heißt: drei Meter über einem Bürgersteig. Direkt neben einem Schneehaufen.

Und ich trage nur Jacksons Hemd und die dicken Strümpfe. Damit werde ich auch nicht weit kommen. Es sei denn ...

Ich bücke mich und spähe unter den Sessel. Dabei setzt in der Schläfe wieder das schmerzhafte Pochen ein. Trotzdem kann ich nur mühsam einen Triumphschrei unterdrücken. Meine Schuhe! Sie stehen halb unter dem Sessel.

Wenn es mir also gelingt, aus dem Fenster zu klettern und ein Taxi zu finden, das mich schnellstmöglich von hier weg bringt ... Vielleicht habe ich eine Chance.

Und wenn nicht? Wenn Jackson dich findet und zurückbringt? Was wird er dir dann antun? Wird er dich danach ans Bett fesseln? Oder dich vergewaltigen, damit du gefügig bist?

Ich erschauere bei der Vorstellung. Nein, das würde er niemals tun.

Oder doch?

Er hat doch ohnehin schon meine Gefühle gegen mich eingesetzt. Hat mich benutzt. Und ich bin ihm fröhlich in die Falle getappt. Kein Wunder, dass er nicht mit mir über seine Verbrechen reden will. Wahrscheinlich denkt er, ich laufe mit diesem Wissen sofort zu meinem Vater, sobald er mich wieder frei lässt.

Oder zur Polizei.

Ist es das? Versucht er, sich zu schützen?

Ich habe ihm auch nichts über Chrissa erzählt. Und weshalb ich mich an ihrem Tod schuldig fühle ...

Inzwischen ist es eiskalt im Zimmer und ich schiebe widerstrebend das Fenster wieder nach unten. Eine Flucht kommt unter diesen Umständen nicht in Frage. Ich habe niemanden, zu dem ich gehen könnte.

Allein im New Yorker Winter. Eingesperrt in einem hübschen, aber kleinen Gästezimmer als Geisel eines Drogenbosses. Weil mein Vater ihm ins Gehege kam. Übrigens auch ein Drogenboss. Eine Tatsache, die ich nie vergesse. Und ich mittendrin.

Ich will grad einfach nur heulen. Nach Hause. Zu Chrissa. Chrissa! Der große Weltschmerz setzt ein. Die Trauer, die nie genug Platz eingeräumt bekommt.

An diesem Abend weine ich mich in den Schlaf.

Am nächsten Morgen steht die Tür zum Gästezimmer einen Spaltbreit offen, als ich aufwache. Im Haus ist alles still. Ich stehe auf, ziehe meine alte Jeans an und gehe nach unten.

In der Küche sitzt Marcus an der Frühstückstheke und schaut sich irgendwelche witzigen Youtube-Videos auf dem iPad an, während er eine Schüssel Müsli in sich reinschaufelt. Als ich reinkomme, hebt er grüßend den Löffel.

»Wo ist Jackson?«, frage ich.

»Unterwegs.« Er kaut mit offenem Mund und schaufelt einfach weiter Müsli in sich rein. »Kommt in einer Stunde wieder.«

Ich weiß einen Moment nicht, was ich machen soll. Marcus steht auf und weist auf den zweiten Hocker an der Theke. »Hunger?«, fragt er.

Ich nicke. Als ich mich setze, bemerkt er den Bluterguss. Doch er sagt nichts. Als wäre Gewalt gegen Frauen für ihn alltäglich. Er zieht nicht mal die Brauen hoch.

Weil seine Gegenwart mir unangenehm ist, nehme ich die Müslischale und den Kaffeebecher, die er mir hinstellt, mit ins Wohnzimmer, wo ich mich unter der Wolldecke verkrieche und den Fernseher einschalte. Irgendein Nachrichtensender im Viertelstundentakt, damit ich merke, dass die Zeit vergeht.

Die Nachrichtensprecherin mit Betonfrisur und Zahnpastagrinsen verliest gerade zum siebten Mal die Nachrichten des Tages, als Jackson zurückkommt. Er geht zuerst in die Küche. Ich warte.

Als er ins Wohnzimmer kommt, setze ich mich auf und blicke ihn an. Stumm und herausfordernd.

»Du bist wach, gut. Ich habe dir neue Klamotten besorgt.«

Ich nicke knapp. Kein Wort kommt über meine Lippen.

Er sieht mich nachdenklich an. Für einen kurzen Moment glaube ich, er will noch etwas sagen, doch dann schüttelt er nur den Kopf und lässt mich wieder allein.

In der Küche höre ich, wie Marcus und er sich unterhalten.

Ich warte noch ein wenig, dann schleiche ich wieder nach oben ins Gästezimmer. Auf dem zerwühlten Bett liegen drei große Tüten von Macy's. Darin finde ich Socken, Unterwäsche, zwei Jeans in meiner Größe, Hemdchen, eine Bluse, zwei Langarmshirts, zwei Pullover. Alle Schilder sind bereits entfernt, aber ich kenne mich mit teuren Markenklamotten aus und erkenne die Qualität auch ohne Label.

Ich ziehe die sandfarbene Jeans und die hellblaue Bluse an, darüber den marineblauen Kaschmirpullover. Es tut gut, eigene Sachen zu haben. Die restlichen Klamotten räume ich in den Schrank und lege die leeren Tüten auf den Sessel.

Theoretisch könnte ich jetzt fliehen. Ich habe Kleidung, in meiner Tasche ist noch genug Geld, um mit dem Taxi zum Flughafen zu fahren und dort ein Ticket nach L.A. zu kaufen.

Während ich noch meine Optionen abwäge, höre ich Schritte auf der Treppe. Ich weiche vom Fenster zurück und setze mich aufs Bett.

Jackson kommt herein. Er hält mein Handy in der Hand, den Lautsprecher hat er abgedeckt. »Da ist so eine Verrückte. Catherine ...?«

Ich nicke.

»Sie will dich heute sehen. Unbedingt.«

»Ich passe auf ihre Kinder auf. Die Zwillinge«, füge ich hinzu, als er die Stirn runzelt.

»Sie sagt, das Kindermädchen sei krank und sie müsse ins Spa ...«

Mir wird heiß und kalt zugleich.

»Dann lässt sie die Kinder allein zu Hause.«

Jackson starrt mich überrascht an. Ja, ich weiß selber, wie absurd das klingt. Einer Mutter dürfte das Wohl ihres Kinds mehr wert sein als ihr Vergnügen. Aber so ist Catherine nun mal. Sie macht einfach, was sie will. Die Kinder sind ihr egal.

Eigentlich sollte man sie der Fürsorge melden, aber dann wäre ich meinen Job als Kindermädchen los. Darum habe ich bisher versucht, immer da zu sein, wenn sie mich brauchte.

»Wie alt sind die beiden?«

»Fünf.«

Hinter seiner Stirn arbeitet es, das sehe ich.

»Kennt Zuko diese Frau? Weiß er, dass du dort hingehst?«

Ich starre ihn wortlos an.

»Wir sind in einer halben Stunde da«, sagt er ins Handy und drückt Catherine weg, ohne auf ihre Antwort zu warten.

»Du hast mein Handy. Ich möchte es zurück.«

»Wenn dein Vater sich aus New York zurückgezogen hat. Vorher nicht.«

»Habt ihr keine Angst, damit einen Bandenkrieg anzuzetteln? Er könnte zurückkommen, sobald ihr mich gehen lasst.«

Er zuckt mit den Schultern. »Dann gibt es Tote. Auf beiden Seiten. Wenn er das nicht vermeiden will, ist das sein Problem, nicht meins. Kommst du jetzt?«

Ich bin wie erstarrt. Trotzdem nicke ich und folge ihm nach unten.

Juri und Rosa freuen sich, Jackson wiederzusehen. Sie hängen wie Kletten an seinen Beinen, sobald wir die Wohnung betreten. Ich rufe nach Catherine.

»Mama ist weg«, sagt Rosa sehr ernst. »Sie hat gesagt, du kommst. Sie musste shoppen gehen.«

»Und hier bin ich schon, Spätzchen.« Ihr kindlicher Ernst bricht mir das Herz. Ich bücke mich und gebe ihr einen Kuss auf den Scheitel. »Habt ihr schon gefrühstückt?«

»Ich hab Omelett gemacht«, erklärt Rosa stolz.

»Das war voll eklig«, wirft Juri ein und verzieht das Gesicht.

Wir gehen in die Küche. Auf dem Herd steht eine Pfanne, in der Rosa Eier aufgeschlagen und verrührt hat. Leider sind die Schalen auch in der Pfanne gelandet, und Teile vom Eiweiß auf dem Herd, der Anrichte, dem Küchenschrank und dem Stuhl, auf den Rosa geklettert ist. Der Herd ist kalt - Induktionskochfeld mit Code. Trotzdem hat Rosa etwas von dem »Omelett« auf zwei Teller geschaufelt und auf die Küchentheke gestellt.

Ich putze alles weg, hole aus dem Kühlschrank die Packung mit den Eiern und mache richtiges Omelett für alle.

Jackson und Juri sind im Spielzimmer verschwunden. In ihm hat der kleine Junge einen Helden gefunden. Einen Ersatzvater, und sei es nur für wenige Stunden. Ich gönne den beiden ihren Spaß.

Zwanzig Minuten später sitzen wir einträchtig am Tisch im Esszimmer, genießen ein frisches Omelett und danach Obstquark. Für Jackson und mich habe ich Kaffee gekocht und versuche für einen Moment, mir um nichts anderes Sorgen zu machen als um das Wohl der Zwillinge.

»Gehen wir raus?«, fragt Rosa, nachdem sie ihren Teller komplett leergefuttert hat. Ich staune über ihren Hunger und frage sie, ob sie noch mehr möchte. Aber das wäre ihr zu viel; ich merke es an dem Zögern. Auch sie hat einen Narren an Jackson gefressen, der bei der Mahlzeit ständig Faxen für die Kleinen macht und sich ansonsten gänzlich unbeeindruckt von dem Lärm zeigt, den zwei Fünfjährige machen, die ständig was zu erzählen haben.

Ich blicke Jackson fragend an.

»Bitte!«, bettelt Rosa.

»Bitte, bitte, *bitte*!« fällt Juri ein. »Lokomitivbanker gucken!«

»Was sind denn Lokomitivbanker?«, fragt Jackson und lacht.

»Die machen, was mein Dad macht. Und sie fahren Lokomitive!«

»Ihr Dad ist Investmentbanker«, erkläre ich. »Aber heute können wir nicht raus, Spätzchen. Es ist viel zu kalt.«

»Aber letztes Mal waren wir draußen und da war es auch kalt«, wendet Rosa ein.

Wo sie recht hat ...

Hilflos blicke ich Jackson an. Was sollen wir tun? Ich habe Angst, mit den Kindern vor die Tür zu gehen. Was, wenn die Leute meines Vaters uns bereits verfolgen und versuchen, mich mit Gewalt zu befreien? Jackson hat mir auf dem Weg vom Auto zum Haus allerdings nicht das Gefühl gegeben, dass er fürchtet, Zuko könnte jeden Augenblick hinter der nächsten Ecke hervorspringen und uns mit einer Waffe bedrohen. Aber er hatte es eilig und schaute sich mehrmals um.

Er steht auf. »Ich rufe Marcus an«, sagt er.

Ich höre ihn nebenan telefonieren, während ich die quarkverschmierten Schnuten der Zwillinge mit ihren Stoffservietten abputze. Beide stürmen danach ins Spielzimmer. Die Idee, vor die Tür zu gehen, haben sie schon wieder vergessen.

»Marcus kommt in einer Stunde. Dann können wir mit den Kindern raus, wenn du willst.«

Ich sage dazu nichts, sondern räume den Tisch ab.

»Ist das okay für dich?«

»Wenn es für dich okay ist?«

Er packt mein Handgelenk, als ich an ihm vorbeigehe. »Tu das nicht«, sagt er drohend.

»Was denn?« Mit einer heftigen Bewegung mache ich mich los. Ich habe es satt, mir von ihm irgendwas vorschreiben zu lassen. Er regiert über mein Leben. Unter anderen Umständen fände ich das vielleicht sogar reizvoll und würde mich auf das Spiel einlassen. Und ein Teil von mir möchte mir auch vorgaukeln, dass es eben nicht *diese* Umstände sind, sondern andere.

Aber ich bin seine Gefangene. Daran wird sich nichts ändern, nicht wahr? Er hat mich in der Hand. Und wenn ich jetzt aufmucke, weiß ich nicht, was mit den Zwillingen passiert. Wird er ihnen etwas antun? Oder wartet er damit, bis Catherine nach Hause kommt und tut ihr weh?

Beides ertrage ich nicht. Niemand soll meinetwegen leiden. Niemand soll meinetwegen verletzt werden oder sterben.

Das klingt melodramatisch, aber ich habe schon zu oft erlebt, wie man mein Wohl über das Anderer stellte. Zu oft haben Andere gelitten, weil mein Vater und meine Brüder dachten, damit mich zu schützen.

Oder mir meine Grenzen aufzuzeigen.

Chrissa.

Es wird nie aufhören, wehzutun. Niemals.

»Ich ...« Mit hängenden Schultern stehe ich mitten in der Küche. »Ich bin so dumm«, flüstere ich dann.

»Lea.« Jackson tritt zu mir. Er hebt die Hand, doch ich wende mich von ihm ab. Darum steht er nur hinter mir, und ich spüre seinen Atem im Nacken. Ich wünsche, alles wäre so leicht wie vor dem gestrigen Abend. Vor dem Schlag, mit dem er mir diesen hässlichen Bluterguss verpasst hat. Bevor er mein Vertrauen im Keim erstickt hat.

»Lea, es tut mir leid. Was ich gestern getan habe ...«

Ich suche seine Nähe. Mein Körper ist ein Verräter, aber er erinnert sich nicht nur an Jacksons Schlag, sondern auch an unsere Umarmungen. Daran, wie es ist, wenn er in mich eindringt. Wenn er mich fickt.

In diesen Momenten vergesse ich alles. Und das brauche ich jetzt.

»Jax ...« Meine Stimme ist nur ein erstickter Laut.

Trotzdem versteht er, was ich brauche. Er umfängt mich mit beiden Armen. Sein Mund berührt meinen Nacken, und ich drehe mich zu ihm um. Sofort hebt er mich auf die Arbeitsplatte. Er steht zwischen meinen Beinen, und wir küssen uns. Kein raffinierter Kuss mit dem Ziel der Verführung; darüber sind wir längst hinaus. Dieser Kuss ist hungrig, voller Gier. Seine Hände fahren unter meinen Pullover, ungeduldig zerrt er die Bluse aus dem Hosenbund und knöpft die Jeans auf.

»Ich brauche dich, Lea«, keucht er. »Verdammt, ich brauche dich mehr als alles andere.«

»Jax, die Kinder ...« Wir halten in der Bewegung inne und lauschen. Aus dem Spielzimmer dringt das leise Singen von Rosa, und dazu schlägt Juri auf etwas ein. Ich will es gar nicht wissen, was die beiden da treiben ...

»Soll ich aufhören?«, flüstert er. Seine Zunge schlängelt an meinem Hals empor, und ich erschauere.

»Nein.« Ich zerre an seinem Hemd. »Aber wir müssen uns beeilen ...«

Weiter komme ich nicht, denn Jackson bückt sich bereits, um mir die Hose auszuziehen. Ich hebe den Hintern an, um ihm die Sache zu erleichtern. Meine Finger tasten nach seinem Hosenschlitz. Der Reißverschluss sirrt verheißungsvoll, und dann spüre ich ihn heiß und hart gegen meine ungeduldig pulsierende Möse drängen.

»Ein Unding, dass du keine Kleider trägst«, murmelt er. »Und auf Slips könntest du auch mal verzichten ...« Er schieb den Stoff beiseite, und dann dirigiert er mit einer Hand die rot pulsierende Eichel seines harten Schwanzes in meine Spalte. Ich stöhne auf, schiebe mich ihm entgegen und versuche, mich irgendwie auf der Arbeitsplatte festzuhalten.

»Bitte, Jax ...«

Er packt meinen Hintern und stößt zu. Ich muss in seine Schulter beißen, um nicht laut zu schreien. Es ist zu intensiv. Anders als beim letzten Mal. Der zweite Stoß trifft mich ebenso unvorbereitet wie der erste. Als wäre ich völlig entblößt. Als hätte er meine Schattenseite gesehen, und ich seine. Und als wüssten wir beide, dass es nicht funktionieren konnte. Aber voneinander lassen? Nie im Leben.

Ich vergesse alles um uns. Die Küche, die Kinder zwei Räume weiter. Meine Vergangenheit. Den Bluterguss, seinen Hang zur Gewalt. Ich will über das alles nicht nachdenken, denn es gibt nur ihn und mich.

Jax und Lea. Lea und Jax.

Mein Orgasmus kommt rasch. Ich schreie erstickt, und Jackson presst eine Hand auf meinen Mund. Seine Stöße werden immer wilder, und dann stöhnt auch er verhalten und ergießt sich in mich.

Wir verharren noch etwa eine halbe Minute so. Dann gleitet er aus mir heraus, zieht die Hose hoch und reicht mir die Jeans. Ich bringe den Slip wieder in Ordnung und ziehe mich wieder an. Meine Zunge fährt über die Unterlippe und ich schmecke Blut.

Nicht nur er fügt mir Schmerzen zu. Manchmal schaffe ich das ganz allein.

»Was da gestern passiert ist ...«

Ich will nicht darüber reden. »Ich sollte kein Wort mehr mit dir sprechen«, unterbreche ich ihn. »Du hast mich geschlagen, und das ist so ... so ...«

Mir fehlen die Worte. Er lässt den Kopf hängen, und wenn ich nicht noch die Erinnerung an seine letzten Berührungen überall auf meinem Körper spüren würde, könnte ich ihm meine ganze Verachtung entgegen schleudern.

»Unverzeihlich«, sagte er leise. Er strich mir eine Strähne aus dem Gesicht. »Ich kann das nicht ungeschehen machen, Lea.«

Ich atme tief durch. »Lass uns später darüber reden.«

Während wir weiter auf Marcus warten, räume ich die Küche auf, und weil mir danach langweilig ist, räume ich auch in den Kinderzimmern auf und mache die Betten. Aus dem Spielzimmer höre ich die Zwillinge und Jackson.

Ich halte mitten in der Bewegung inne, weil die Tränen so plötzlich fließen. Den ganzen Morgen habe ich mich schon so gefühlt. Und jetzt breche ich zusammen, weil niemand hinsieht.

Ich sacke auf dem Fußboden vor Juris Bett zusammen und drücke seine kleine Strickjacke, die ich gerade zusammenlegen wollte, gegen die Brust. Unkontrollierte Schluchzer dringen an die Oberfläche, und ich klammere mich an dieses kleine Kleidungsstück, als wäre es ein Rettungsanker in allergrößter Not.

Ich kann nicht mehr.

Die Einsamkeit zerreißt mein Herz.

8. Kapitel

Wir waren seit einem guten halben Jahr befreundet, als mein Vater Chrissa und mich einlud, fürs Wochenende nach Vegas zu fliegen.

Ich war schon häufig in Vegas gewesen, weshalb die Vorstellung, noch ein Wochenende in dieser künstlichen, lärmenden Glitzerwelt zu verbringen, mich wenig reizte.

Aber Chrissa bekam glänzende Augen. Wie ein kleines Kind, dem die Eltern zu Weihnachten den Herzenswunsch erfüllten, obwohl dieser Wunsch außerhalb ihrer finanziellen Möglichkeiten lag und alle Beteiligten das wussten. Sehnsüchtig. Ungläubig. Und ein bisschen ängstlich, dass man ihr dieses Geschenk noch einmal wegnehmen könnte.

Nur darum war ich mit Las Vegas einverstanden. Drei Tage im Bellagio in der sündhaft teuren Grand Lakeview Suite waren für mich so gewöhnlich, während meine beste Freundin aus dem Staunen nicht mehr heraus kam. Es begann schon am Morgen mit der Fahrt zum Flughafen. Natürlich beauftragte Dad einen Limousinenservice, und natürlich nahmen wir einen Privatjet. Unterwegs wurden uns kleine Häppchen zu feinstem Champagner serviert, und jede fand auf ihrem Platz eine Einkaufstüte mit hübschen Kleinigkeiten und einen großen Geschenkkarton vor. Darin befand sich für mich ein apricotfarbenes Cocktailkleid und ein Paar silberne Riemchensandalen. Chrissa bekam von meinem Vater ein Abendkleid, dunkelrot und bodenlang. Dazu schwarze Peeptoes und ein Armband mit funkelnden Brillanten.

»Sind die echt?«, fragte sie mich ungläubig.

»Ich fürchte schon.«

Was sollte sie bloß mit einem Brillantarmband? In ihrem Viertel im Valley waren solche Klunker eher eine Gefahr.

»Wow ...« Sie streichelte das Armband andächtig, ehe sie es zurück in den Beutel legte und diesen in die Geschenkschachtel legte. »Sag deinem Dad einen ganz lieben Dank. Dieses Wochenende ist schon jetzt unvergesslich für mich.«

Ich bemühte mich um ein Lächeln, doch es fiel mir schwer.

Schließlich wusste ich, welches Spiel mein Vater da trieb. Er versuchte, meine Freundin zu kaufen.

Seit ich denken konnte, war es so. Sobald ich mich mit einem Mädchen anfreundete, egal ob in der Grundschule oder später an der Highschool, war sofort mein Vater zur Stelle und überhäufte sie und ihre Familie mit Geschenken und Wohltaten. So lange, bis es der Familie des Mädchens unheimlich wurde und sie auf eine andere Schule schickten. Oder andere Mittel und Wege fanden, um den Kontakt zu unterbinden. Irgendwann verstand ich, was da geschah. Mein Vater wollte wirklich nur das Beste für mich. Er versuchte nicht, mich mit diesen Geschenken und Gefälligkeiten zu isolieren. Aber ich wollte mir meine Freunde selbst aussuchen. Und sie sollten mich meinetwegen mögen und nicht, weil mein Vater mit dem Scheckbuch winkte.

Bisher hatte ich gehofft, Chrissa sei anders.

Würde sie wie all die anderen wieder verschwinden?

Vielleicht machte ich an diesem Wochenende in Vegas den entscheidenden Fehler. Danach war nichts mehr wie zuvor. Chrissa trifft keine Schuld. Sie war das Opfer, von Anfang an. Meine Familie brachte ihr den Tod.

Die Suite im Bellagio kannte ich schon von früheren Aufenthalten. Darum überließ ich Chrissa ihrer unbändigen Begeisterung, während ich meine Sachen auspackte und das neue Kleid neben die anderen in den Schrank hängte, die ich für diesen Ausflug mitgenommen hatte. Auf dem Kopfkissen lag ein kleines Samtsäckchen. Ich brauchte es nicht zu öffnen, um zu wissen, dass es Spielchips fürs Kasino im Wert von mehreren tausend Dollar enthielt.

Natürlich bekam Chrissa auch so ein Säckchen, und sie geriet völlig aus dem Häuschen. Sie bestand darauf, dass wir noch vor dem Abendessen ins Kasino gingen und an einem Roulettetisch alles auf Noir setzten.

Was soll ich sagen? Sie gewann. Statt das Geld direkt wieder zu setzen, ließ sie sich die Chips zuschieben und schnipste dem Croupier einen Jeton über zweihundert Dollar zu – gerade so, als würde sie jede Woche an den Spieltischen sitzen. »Das habe ich mal im Fernsehen gesehen«, *flüsterte sie mir zu, als wir das Restaurant ansteuerten.* »Das war doch richtig, oder?«

Ich versicherte ihr, dass sie alles richtig machte, und sie wirkte erleichtert.

»Ich kenne mich doch gar nicht aus mit diesen Dingen«, erklärte sie freimütig. »Du musst mir alles zeigen, versprochen?«

In dem Moment beschloss ich, dass dieses Wochenende für Chrissa das schönste ihres Lebens werden sollte. Warum sollte sie nicht später, wenn unsere Freundschaft längst zerbrochen war, an die schönen Tage in Vegas zurückdenken? Welchen Grund hatte ich, diese Erinnerung schon im Vorfeld mit meiner miesen Laune zu verderben, nur weil ich fürchtete, es wäre ohnehin irgendwann vorbei?

An diesem Wochenende hatte ich so viel Spaß wie nie zuvor in Las Vegas. Ich staunte mit Chrissa. Wir verspielten das Geld, das sie am ersten Abend gewonnen hatte, und wir gewannen sogar ein bisschen was. Als sie sich am Sonntag die Summe auszahlen ließ, protestierte ich nicht, sondern steckte ihr auch den Rest von meinen Spielchips zu. Geld hatte für mich keine Bedeutung. Ihr würden ein paar tausend Dollar zumindest eine Zeitlang das Leben leichter machen.

Außerdem hatte ich ein schlechtes Gewissen. Und ich schämte mich.

Denn Samstagnacht hatte Chrissa in die hässliche Fratze geblickt, die übrig blieb, wenn man die hübsche Fassade herunterriss. Sie wusste jetzt alles. Über mich, meinen Vater, meine Brüder. Sie hatte es mir nicht erzählt, sondern versuchte, ihre Angst zu verbergen.

Aber ich ließ mich nicht täuschen. Ich hatte schon zu oft erlebt, wie meine Freundinnen vor mir zurückwichen, wenn sie mit der Realität konfrontiert wurden.

Als wir uns Sonntagabend verabschiedeten, glaubte ich, sie nie mehr wiederzusehen. Doch sie rief am Montag an, und wir verabredeten uns für den Freitag. Für sie schien das, was in Vegas passiert war, in Vegas geblieben zu sein, denn sie verlor nie mehr ein Wort darüber.

Was wusste ich schon. Drei Wochen später war sie tot, und ich raffte das Geld an mich, das der angebliche Räuber übersehen hatte. Ich kannte die brutale Wahrheit und war seither auf der Flucht.

Diesmal kommt Jackson nicht, um mich zu retten. Er rüttelt mich nicht aus meiner Erstarrung, vielleicht hört er nicht mal mein Heulen. Ich rolle mich auf dem Fußboden zusammen, lege die Hand flach auf den Boden und streichle über den dichten Teppichflor. Hin und zurück, hin und zurück, hin und zurück ... ich mache so lange damit weiter, bis ich von diesem Kribbeln in der Handfläche völlig überreizt bin. Das ist so ziemlich das einzige, was gegen das Weinen hilft. Mich so lange mit einem Reiz überwältigen, bis kein Platz mehr ist für Tränen.

Die Stimmen von nebenan werden leise. Dann höre ich, wie Jackson zur Wohnungstür geht. Er verlässt die Wohnung und kommt kurz darauf wieder. Eine zweite Stimme, Schritte. Jemand ruft leise nach mir.

Ich öffne die Augen. Juri und Rosa stehen vor mir.

»Da sind zwei böse Männer gekommen«, sagte Juri.

Ich nicke.

»Bist du traurig?« Rosa streichelt meine Schulter.

Ich richte mich auf und breite die Arme aus. Bereitwillig werfen sich beide an meine Brust. Sie bekommen nicht besonders viel Zärtlichkeit von ihrer Mutter ...

»Ein bisschen«, sage ich leise. »Ich vermisse meine Freundin.«

»Wo ist deine Freundin?«

Ich atme tief durch. Falscher Zeitpunkt, um zwei Fünfjährige mit dem Tod zu konfrontieren. Ich weiß, dass Catherine bei aller Rücksichtslosigkeit darauf bedacht ist, die Zwillinge vor dem Leben und der harten Realität zu bewahren.

»Sie ist in Los Angeles. Gaaanz weit weg.«

»Besuchst du sie irgendwann?«

Ich nicke wieder und ziehe die beiden an mich. Einen Moment verharren wir so. Dann geht die Tür auf. Jackson steht im Flur, er trägt bereits seine Jacke. »Wollen wir los?«, fragt er.

»Ja, ja!«, rufen die Zwillinge und stürmen auf ihn zu. Mein Kummer ist vergessen, und das tut mir gut. Ich bleibe noch einen Moment sitzen und putze mir die Nase.

Jackson beobachtet mich aus dem Flur. Dann betritt er das Zimmer und schließt die Tür.

»Was machst du da?«, frage ich verärgert. Ich springe auf und will mich an ihm vorbei drängen. Glaubt er etwa, ich lasse Rosa und Juri mit Marcus allein?

Er hält mich am Arm fest. »Keine Sorge. Er kann gut mit Kindern. Vielleicht sogar besser als ich.«

Wütend reiße ich mich los. »Das ist ja toll für euch. Woran liegt's? Richtet ihr kleine Kinder als Drogenkuriere ab? Oder ist das eure Form von Nachwuchsarbeit? Bestimmt könnt ihr schon Elfjährige für euren Stoff begeistern.«

Jackson lässt sich davon nicht beirren. »Lea«, sagte er leise. »Mach das nicht.«

»Was denn?«, gifte ich ihn an. »Die Wahrheit aussprechen? Ich kapiere nicht, wie ihr euch als Philanthropen präsentieren könnt. Ihr entführt Frauen. Ihr richtet die Menschen mit euren Drogen zugrunde. Ihr tötet, wer sich nicht euren Regeln fügt, und ihr kämpft gegen andere Kartelle, weil ihr herrschen wollt. Ihr wollt gewinnen, um jeden Preis.«

Er lässt mich los, doch weil er sich mit verschränkten Armen direkt vor die Tür stellt, kann ich ihm immer noch nicht entkommen.

»Ich nehme an, du hast selbst lange genug von diesem System profitiert«, erwidert er kalt. »Ist doch richtig, oder? Dein Vater hat Geld. Viel Geld. Das wird er nicht aufs Sparbuch gelegt haben für schlechte Zeiten.«

»Fahr doch zur Hölle«, zische ich. »Du bist also viel besser als er? Ich glaube dir kein Wort.«

Ich verschränke ebenfalls die Arme vor der Brust und starre ihn voller Wut und Abscheu an.

Verdammt.

Das funktioniert so nicht.

Wir merken es gleichzeitig. Ich versuche noch, vor ihm zurückzuweichen, doch er macht zwei Schritte auf mich zu. Als er diesmal meine Oberarme umfasst, liegt eine absurde Zärtlichkeit in dieser Berührung. Ich hole Luft und will protestieren, doch mir stockt der Atem, und im nächsten Augenblick liege ich in seinen Armen. Seine Hand streichelt mein Gesicht. Zärtlich schiebt er eine Locke aus der Stirn und sieht mir tief in die Augen. Ich schlucke. Mein Herz rast und springt in der Brust, als wollte es vor ihm fliehen. Doch das lässt er nicht zu.

Ich lasse es nicht zu, denn in diesem winzigen Moment spüre ich, wohin mein Herz will. Zu ihm. Es will beschützt werden von ihm, geborgen sein in seinen Armen. Ich fühle mich ausgerechnet zu dem Mann hingezogen, der für meinen Vater die größte Gefahr darstellt.

Aber ich komme gegen dieses Gefühl nicht an. Darum lasse ich zu, dass er mich küsst. Seine Lippen prallen auf meinen Mund. Dieser Kuss hat nichts Zärtliches mehr, er ist fordernd, drängend. Er will mich mit dem Kuss erobern, will mich an sich ketten für alle Zeit. Seine Hände liegen nun auf meinen Hüften, er drückt mich an sich, und ich spüre seine Erregung. Ich stöhne in seinen Mund und reibe mich an ihm.

Ich will ihn so sehr.

Ich will ihn jetzt.

Nicht heute Abend oder in ein paar Stunden. Er soll mich jetzt ausziehen, und ich will ihm die Kleider vom Leib reißen und ihn auf dem Teppichboden lieben.

Meine Hände tasten nach seiner Jeans. Ich öffne den obersten Knopf.

Jackson hält inne. Er hebt den Kopf und mustert mich. »Lea«, sagt er leise. »Nicht jetzt.«

Seine Finger umschließen meine, er zieht sie sanft fort.

»Bitte«, flehe ich. »Bitte, Jackson, ich brauche dich so sehr ...«

Er drängt mich gegen die Tür. Noch immer hält er meine Hände fest und biegt jetzt meine Arme über den Kopf. Er sieht mir tief in die Augen. Ich versinke. Ertrinke. Mache den Mund auf, doch nur ein erstickter Laut dringt über meine Lippen.

Er hält beide Handgelenke mühelos mit einer Hand fest. Der Zeigefinger der anderen liegt auf meinem Mund. Ich schnappe spielerisch danach.

»Das geht nicht, Lea. Marcus wartet draußen im Flur ...«

Ich stöhne frustriert auf.

»Hast du nicht schon genug bekommen?«

»Ich kann von dir nie genug bekommen«, sage ich atemlos.

»Kleiner Vielfraß«, murmelt er. »Versprichst du, still zu sein?«

Ich nicke atemlos. Ja, ja, ich verspreche ihm alles! Wenn

er nur ...

»Lass die Hände oben«, flüstert er.

Ich gehorche. Er dreht den Schlüssel um. Seine Hände gleiten über meinen Bauch nach unten. Sie schlüpfen unter den Pullover. Kühl fühlen sie sich auf meiner erhitzten Haut an. Ich bewege mich, will ihm entgegenkommen.

»Ich kann dir nicht alles geben, Lea. Nicht jetzt.«

Ich nicke und beiße mir auf die Unterlippe. In mir ist ein Beben, das gar nicht viel braucht, um zur Erlösung zu finden. Wir wissen beide, wie wenig es braucht, damit ich komme.

Mit ihm ist es so anders. Als wüsste er genau, welche Bedürfnisse ich habe.

Im Moment will ich vor allem eins: mich lebendig fühlen. Den Schmerz überwinden. Halt finden.

Er knöpft meine Jeans auf und zieht sie nach unten. Er wirft sie achtlos aufs Kinderbett.

Irgendwo im Haus höre ich Juri und Rosa zanken. Ich schließe für einen Moment die Augen. Es klingt, als ginge es ihnen gut ... Ich vertraue auf Jacksons Worte. Ihnen wird schon nichts passieren.

Er geht vor mir in die Knie und schiebt den Slip nach unten. Sein heißer Atem streicht über meinen Venushügel hinab zu meiner Spalte. Ich halte die Luft an. Seine Hände umspielen meine Schamlippen. Er schiebt sie etwas auseinander, und dann ...

»Ohhhh«, mache ich, als seine Zunge meine Klit massiert.

Er blickt zu mir auf und lächelt.

»Mach weiter«, dränge ich, und er gehorcht.

Seine Finger erkunden meine nasse Spalte, während er beginnt, die Klit mit der Zunge zu verwöhnen. Einen Moment lang versuche ich, das Gleichgewicht zu bewahren, doch dann rutsche ich einfach an der Tür nach unten. Bevor ich auf den Boden sinke, hält er mich mit einer Hand fest, während der Zeigefinger der anderen langsam in mich eindringt. »Jax«, flüstere ich. »Oh mein Gott, Jax. Was tust du mit mir?«

»Sei still«, murmelt er. Dann widmet er sich wieder ganz meiner Körpermitte. Legt den Mund auf meine Spalte. Die Zunge schnellt vor und beginnt, in mich zu stoßen.

»Nein, nein, nein«, jammere ich leise.

Er hält inne und hebt den Kopf. »Nein?«, fragt er.
»Nicht aufhören«, dränge ich leise.
Wieder lacht er. »Du bist mir ein Rätsel, Lea. Aber ein wunderschönes.«

Er macht weiter, und diesmal wehre ich mich nicht. Wie denn auch? Ich habe mich nach seinen Berührungen gesehnt. Ich will ihn hassen, weil er mir das alles antut. Weil er mein Leben durcheinanderbringt und ich nicht mehr weiß, wem ich vertrauen darf.

Kann ich ihm vertrauen?

Oder ist das alles ein perfides Spiel, bei dem es nur darum geht, mich an meine Grenze zu bringen?

Ich weiß es nicht.

Und in diesem Augenblick, während ich das Gefühl habe, dass nur seine stoßende Zunge mich aufrecht hält, weil meine Knie weich werden und sich in meinem Unterleib eine köstliche Hitze ausbreitet, die jeden Gedanken zu versengen droht, ist es auch vollkommen egal. Ich verzehre mich nach ihm, und er gibt mir, was ich brauche.

Die Zunge wird wieder vom Finger abgelöst. Nein, von zwei Fingern. Drei. Er schiebt sie tief in mich hinein, bewegt sie immer schneller vor und zurück. Ich stöhne, was er mit einem strengen Blick quittiert. Aber was kümmert mich jetzt noch, was in der Wohnung passiert? Für mich gibt es nur noch ihn.

Seine Zunge massiert wieder meine Klit. Ich kann mich nicht länger beherrschen und lege die Hände an seinen Hinterkopf und dirigiere ihn ein wenig. Das quittiert er mit einem unfreundlichen Knurren, doch ich bin nicht mehr in der Lage, darauf zu reagieren. Ich lege den Kopf zur Seite, ziehe die Schulter hoch und beiße mich selbst, weil ich sonst laut meine Lust herausschreien würde.

Und dann geschieht es.

Der Orgasmus rauscht über mich hinweg. Er trägt mich fort, lässt mich vergessen. Ich bin losgelöst von dieser Welt, fern all der Probleme, die sich mir stellen. Kein Gedanke daran, was nicht sein darf. Kein ... Gedanke ... Nichts.

Ich breche zusammen. Schluchze haltlos. Das hier ist mehr als Sex. Mehr als Nähe, Zärtlichkeit und Intimität. Nie habe ich etwas Vergleichbares empfunden. Nie habe ich mir so sehr gewünscht, mich aufgeben zu dürfen, um in der Verbindung mit diesem einen Menschen völlig aufzugehen.

»Lea. Hey ...« Ich weiß nicht, wie das passiert ist, aber jetzt sitzt er auf dem Boden und hat mich auf seinen Schoß gezogen. Sanft wiegt er mich, seine Arme halten mich umschlungen, während ich haltlos an seiner Brust weine.

»Tut mir leid«, schluchze ich. »Es ist nur ...«

»Ich weiß«, behauptet er.

Ich will ihm glauben, dass er es versteht. Aber ich bin ein einziges Zweifeln, und das kann ich ihm nicht sagen, während ich halbnackt auf seinem Schoß sitze.

Es ist die Angst. Unendliche Angst, verletzt zu werden oder ihn zu verlieren.

Aber um ihm das zu sagen, ist es noch zu früh.

Und ich hoffe, dass es nie zu spät ist, ihm all die Dinge zu sagen, die mir jetzt Herz und Kopf verstopfen und das Atmen schwermachen.

Ein paar Minuten später stehe ich auf und schlüpfe wieder in meine Jeans. Ich habe mich so weit gefangen, dass ich mit den Kindern vor die Tür gehen kann. Jackson beobachtet mich, doch er sagt nichts. Er hält mir eine Packung Taschentücher hin, und ich ziehe zwei heraus. Er nimmt sich auch eins und wischt das Kinn sauber. Ich lächle. Noch immer spüre ich, wie nass ich bin, und meinen Beinen traue ich auch nicht so ganz. Ich lasse zu, dass er den Arm um mich legt, als wir die Tür öffnen und in den Flur treten.

Marcus und die Zwillinge warten in der Küche auf uns. Rosa trinkt ein großes Glas Saft, während Juri es irgendwie geschafft hat, Marcus ein Schüsselchen Schokoeis abzuschwatzen. Beide Kinder tragen bereits die Wintermäntel, dicke Mützen und Schals, ihre Hände stecken in Fäustlingen.

»Ihr wart plötzlich verschwunden«, sagt Marcus, als genügte das als Entschuldigung für diese entgleiste Situation. Dabei mustert er mich, als wüsste er ganz genau Bescheid. Irgendwie ... lüstern. Gierig.

Mir rinnt ein eiskalter Schauer über den Rücken.

Ich habe Angst vor ihm. Mr. Slack Ass ist mir unheimlich.

Es ist besser, wenn ich mich an Jackson halte.
Vor ihm habe ich nichts zu befürchten. Oder?

Jackson schlägt vor, in den Central Park zu gehen, und die Zwillinge sind begeistert. Unterwegs geben wir ein merkwürdiges Bild ab, glaube ich. Die beiden Kleinen gehen bei mir an der Hand, während Jackson vorangeht und dabei die Augen offenhält. Ich habe schon zu oft erlebt, wie die Bodyguards meines Vaters auf mich aufpassen, um sein Verhalten falsch zu interpretieren. Marcus lässt sich ein paar Meter zurückfallen und bildet so quasi die Nachhut. Er hält die Augen nach eventuellen Verfolgern offen.

Die Kinder sind davon gänzlich unbeeindruckt. Sie plappern aufgeregt und schwatzen mir eine Limo an einem mobilen Kaffeestand ab. Ich bestelle außerdem für mich einen Latte und für Marcus und Jackson jeweils Kaffee. Jackson zahlt mit einem Fünfzigdollarschein.

»Stimmt so«, sagt er zu dem jungen Schwarzen, der ihn anstrahlt und sich überschwänglich bedankt.

»Bedeutet dir Geld nichts?«, frage ich ihn, als wir weitergehen. Die Zwillinge haben sich von mir gelöst. Sie drängen sich jetzt um Marcus. Weiß der Teufel, aber sie mögen ihn noch mehr als Jackson. Ich habe keine Ahnung, warum diese schweren Jungs so einen Schlag bei kleinen Kindern haben.

»Wieso?«

»Du hast dem Kaffeeverkäufer gerade ein dickes Trinkgeld gegeben.«

Er zuckt mit den Schultern. »Vielleicht bedeutet es mir nicht so viel, weil ich genug davon habe. Der Junge steht vermutlich jeden Tag zwölf Stunden an der Ecke und hofft auf ein gutes Geschäft.«

Das schlechte Gewissen pikst mich. Erst vor wenigen Tagen war ich doch selbst um jeden Dollar Trinkgeld froh, weil ich kaum was verdient habe. Der Luxus, mit dem Jackson mir die Gefangenschaft versüßt – oder wie auch immer wir das nennen wollen – ist so verführerisch und vertraut, dass ich allzu schnell vergessen habe, wie mein Leben in den Monaten davor aussah.

Kann ich überhaupt in dieses alte Leben zurückkehren?

Zum ersten Mal denke ich über meine Zukunft nach der

Zeit mit Jackson nach.

Werde ich wieder in das Haus meines Vaters ziehen? Wird er mich dort wie eine Gefangene halten? Oder wird mir die erneute Flucht gelingen?

New Orleans ist immer noch ein verheißungsvolles Ziel ...

Wir erreichen einen Spielplatz, an dem natürlich zu dieser Jahreszeit nichts los ist. New Yorker Eltern gehen mit ihren Kindern nicht im tiefsten Winter nach draußen, und die Kindermädchen, die sich unter der Woche um die Sprösslinge kümmern, sind auch lieber im Warmen. Vermutlich drängen sie sich in den Starbucks mit ihren schnittigen Kinderwagen und Buggys und stopfen die Dreijährigen mit Schokomuffins voll, bis diese völlig high vom Zuckerschock unter der Decke kleben. Die Eltern wundern sich abends dann, weil ihr Nachwuchs nicht schlafen will.

Juri und Rosa wollen schaukeln. Sie stürmen auf die Schaukel zu, beide lassen sich von Marcus hochheben. Dann soll er sie anstoßen, was er auch tut. Nebenher telefoniert er und behält die Umgebung im Blick.

Ich hocke mich auf eine Bank, von der aus ich die Kinder im Blick habe. Jackson setzt sich neben mich.

»Was wird aus mir?«, frage ich.

Er mustert mich überrascht, weshalb ich hinzufüge: »Wenn das alles vorbei ist, meine ich.«

»Dann werde ich dich wohl gehen lassen«, sagt er.

Bilde ich mir das ein, dass er irgendwie wehmütig klingt? Ein bisschen so, als fiele es ihm schwer, mich gehen zu lassen ... Ich versuche es anders.

»Ihr werdet mich an meinen Vater übergeben, nehme ich an.«

»Das ist der Deal, ja. Dein Leben gegen seinen Rückzug aus New York.«

Ich atme tief durch. Jetzt ist der Moment gekommen, um ihm die ganze Wahrheit zu sagen. »Ich kann nicht zurück zu ihm. Los Angeles, mein Leben dort – das ist vorbei.«

Er erwidert nichts.

»Es sind da Dinge passiert ...« Ich atme tief durch. »Chrissa. Meine Freundin.«

»Ja, das hast du erwähnt ...«

Ich wechsle das Thema.

»Und was wird aus uns?«, füge ich kleinlaut hinzu. Auch auf die Gefahr hin, von ihm ausgelacht zu werden, weil es kein »wir« gibt. Kann ja sein, dass es für ihn so einfach ist. Er verführt mich, damit ich eine willige Geisel bin, ich habe so eine Art Turbo-Stockholm-Syndrom und verliebe mich in meinen Entführer, bevor er mein Entführer ist.

»Was ist damals passiert?«, fragt er. »Mit deiner Freundin. Warum bist du aus Los Angeles weg?«

Fast breche ich vor Erleichterung wieder in Tränen aus. Aber ich beherrsche mich. Das hier ist wichtig. Überlebenswichtig.

»Ich kann nicht zurück«, beharre ich. »Bitte. Ich kann dir das nicht erklären, es ist kompliziert. Mein Vater war für mich immer der Held, aber jetzt ...«

Er sieht mich nicht an. Mit zusammengekniffenen Augen blickt er nach oben. Die Sonne ist längst wieder hinter den Hochhäusern verschwunden, und mir wird jetzt erst bewusst, wie wahnsinnig kalt es ist. »Seine Bedingung lautet, dich an ihn zu übergeben.«

Mir wird schlecht.

»Das ist mein Tod.«

Ich springe auf. Jackson will nach meiner Hand greifen, doch ich reiße mich los und stürme quer über den Platz. Vorbei an der Schaukel, wo ich nur kurz zögere. Ach, was soll's. Werden sie den Zwillingen was antun? Sicher nicht. Ich werfe den Pappbecher in den nächsten Papierkorb und haste weiter. Drehe mich nicht um. Rutsche, Wippe, Wasserspielplatz, weiter, weiter, weiter. Hinter meinem Rücken höre ich Rufe, aber in meinen Ohren rauscht das Blut.

Dean. Er grinst mich an. Lässt das Brillantarmband vor meinem Gesicht baumeln. »Weißt du, was das ist?«

Ich weiß es nur zu gut. Trotzdem starre ich ihn an, als wäre er ein Geist.

Dabei ist er was anderes. Ein Monster. Ein wildes Tier, das sich nimmt, was er für sein Eigentum hält. Chrissa. Das Vermächtnis unseres Vaters. Alles.

Er hat Chrissa umgebracht.

Und ich werde die Nächste sein. Denn ich habe dasselbe

gesehen wie Chrissa.

Wenn sie mich an meinen Vater übergeben, ist das mein Tod. Er hat vielleicht in den letzten acht Monaten hingenommen, dass ich in New Yorks Anonymität Schutz gesucht habe. Er hat verstanden, worum es mir ging. Und schickte mir Zuko nach, der auf mich aufpasste.

Aber mein Bruder ist ein kaltblütiger Mörder. Ich kann ihm nicht vertrauen, weil das hieße, mein Leben aufs Spiel zu setzen. Und wenn ich zurück nach L.A. muss, bin ich meines Lebens nicht mehr sicher.

»Lea!«

Das ist Jacksons Stimme. Ich drehe mich nicht um. Dabei ringe ich mit mir, denn Juri und Rosa sind noch bei Marcus. Ich verlangsame meine Schritte. Inzwischen habe ich das andere Ende des Spielplatzes erreicht. Dahinter erstreckt sich eine Hügellandschaft, durch die sich Reiterwege schlängeln. Auch hier ist gerade nichts los. Nur in der Ferne sehe ich zwei Reiter, die sich von mir entfernen.

Ich habe niemanden. Ich bin allein auf der Welt.

Trotzdem bleibe ich stehen. Jackson nähert sich von hinten, und als ich mich zu ihm umdrehe, verlangsamt er seine Schritte. »Lea, bitte«, sagt er leise und bleibt stehen.

»Wirst du mich in den sicheren Tod schicken?«, frage ich heiser.

Er fährt mit der Hand durch die Haare und stemmt dann beide Hände in die Hüften. »Wie schlimm ist es?«, fragt er.

Ich schüttle den Kopf. Ich kann ihm unmöglich alles erzählen.

Aber er lässt sich von meiner Sturheit nicht beirren.

»Wir bringen jetzt die Kinder zurück und fahren zu mir nach Hause. Dort bist du in Sicherheit, Lea. Dir wird nichts passieren, solange ich bei dir bin.«

Ich blicke an ihm vorbei zu Marcus, der gerade Rosa aus dem Sand hochhebt. Die Kleine ist gestürzt, doch sie heult nicht, sondern lässt sich tapfer von ihm den Sand vom Mantel klopfen. Bei mir würde sie ein Drama daraus machen, als hätte man versucht, sie in den eiskalten Hudson zu werfen.

»Es ist mein Bruder«, sage ich nur. »Er wird versuchen, mich umzubringen.«

»Und warum hat er das nicht längst getan?«

Ich starre ihn lange an. Wenn ich ihm alles erzähle, gebe ich damit wichtige Informationen preis. Informationen, die bei der Polizei niemand hören wollte. Die interessierte sich ja nur dafür, wie sie das Drogenkartell meines Vaters sprengen können. Nicht für eine minderjährige Cracknutte, deren Leben mein Bruder quasi im Vorbeigehen ein Ende bereitet hat.

»Zuko«, sage ich. »Er passt auf mich auf.«

»Dein Vater hat Zuko geschickt.«

Ich nicke.

»Was hat dein Bruder dir angetan, Lea?«

Mir ist elendig kalt, und ich sehne mich nach Jacksons Haus. Merkwürdig; ich kenne dieses Haus kaum, und als ich das letzte Mal dort war, wollte ich vor allem eines: möglichst schnell wieder von dort verschwinden. Doch jetzt ist dieses unscheinbare Brownstone mitten in Brooklyn für mich der sichere Hafen. Eine Festung.

»Er weiß es, aber er will nichts davon hören.«

»Weiß dein Bruder, wo du bist?«

Ich schüttle den Kopf. Bestimmt nicht. Mein Vater hat mich gehen lassen und Zuko hinter mir hergeschickt. Das passt zu ihm.

Mein Bruder hätte mich längst aufgestöbert und mir gedroht, wenn er gewusst hätte, wo ich stecke. Er hat erst dieses arme Mädchen in Vegas umgebracht und danach Chrissa. Und ich weiß, was er getan hat.

Wenn er wüsste, wo ich bin, würde ich schon nicht mehr leben.

Und das muss so bleiben.

»Ich will nach Hause«, flüstere ich. Jackson versteht, was ich meine. Er macht die letzten beiden Schritte auf mich zu und schließt mich in die Arme. »Bald«, verspricht er mir. »Wir bringen nur noch die Zwillinge heim, und dann bringe ich dich nach Hause.«

9. Kapitel

Die Zwillinge sind aufgedreht und völlig übermüdet, und als ich vorschlage, sie sollen ein kleines Schläfchen machen, sind sie damit einverstanden.

Mr. Slack Ass hat vor der Wohnung Posten bezogen. Wir sind allein, aber ich bin nicht bereit, in dieser nervösen Atmosphäre Jackson die ganze Geschichte zu erzählen.

»Ist uns jemand gefolgt?«, frage ich ihn. Wir sitzen in der Küche. Ich habe heißen Kakao mit Marshmallows gemacht, doch wir rühren die Becher beide nicht an.

»Marcus meint, da wäre niemand gewesen. Ich bin nicht so überzeugt.«

Mehr kann ich ihm nicht entlocken.

Um kurz nach fünf kommt zum Glück Catherine nach Hause. Sie ist mit Tüten und Taschen beladen, die sie im Flur einfach fallen lässt. »Lea!«, kreischt sie. »Da steht ein Fremder vor meiner Wohnungstür!«

Ich seufze und gehe in den Flur. »Das ist Marcus. Ein ... Bekannter«, sage ich. »Wir sind auch gleich weg.«

Ihr Misstrauen ist greifbar. »Woher kennst du ihn?«

»Von der Arbeit«, erkläre ich.

»Er hat dich nicht irgendwo angesprochen, nein?« Sie runzelt die Stirn. Ich weiß, woran sie denkt. Die Sorge um ihre Kinder ist allgegenwärtig. Aber ihr Ex-Mann hat in den letzten zweieinhalb Jahren nie versucht, ihr die Kinder wegzunehmen. Warum sollte er jetzt damit anfangen?

Ich möchte ihr gern sagen, sie könne ruhig bleiben, die beiden Männer hätten ja nur mich als Geisel genommen und wir sind ja auch gleich verschwunden. Aber mein Galgenhumor ist nach den vergangenen Tagen etwas abgenutzt, darum schweige ich nur.

Hinter mir taucht Jackson auf. »Hi. Sie müssen Catherine sein.«

»Oh, hallo!« Sofort verändert sich ihre Haltung. Aus dem Schmollmund wird ein gewinnendes Lächeln, und sie steht sehr aufrecht. Brust raus, Bauch rein (dabei hat sie keinen Bauch), so kommt sie auf Jackson zu und gibt ihm die Hand. »Und Sie sind ...?«

»Auch ein Freund von Lea. Entschuldigen Sie, falls mein Kumpel Sie beunruhigt. Wir dachten, es ist besser, wenn er draußen telefoniert. Sie wissen schon, die Handystrahlung. Außerdem schlafen Ihre bezaubernden Kinder.«

»Oh, äh ... danke.« Sie scheint mit dem Kompliment nicht viel anfangen zu können. Kein Wunder; für Catherine sind ihre Zwillinge nur Mittel zum Zweck. Durch die Ehe und die beiden Kinder hat sie sich ein sorgloses Leben mit täglichen Shoppingtouren ermöglicht.

Mit Jacksons Charme jedenfalls kann sie viel anfangen. Sie zwinkert ihm zu, strahlt ihn an und flirtet schamlos mit ihm. Er geht darauf ein, doch nur bis zu einem gewissen Punkt. Was mich erleichtert. Ich will eigentlich nur noch weg.

»Ach ja, das Geld.« Bevor wir verschwinden können, zückt sie ihre Geldbörse und drückt mir zwei Hunderter in die Hand. »Danke, dass du so spontan vorbeikommen konntest, Lea.«

Ich verkneife mir einen Kommentar. Jacksons Mundwinkel zucken, doch auch er sagt nichts.

Wir verlassen die Wohnung und fahren nach Hause. Marcus begleitet uns bis zur Haustür. Während ich schon ins Wohnzimmer gehe, bleiben die beiden Männer vor der Tür stehen. Marcus redet aufgeregt auf Jackson ein. Nach zehn Minuten kommt Jackson ins Wohnzimmer und beginnt wortlos, im Kamin Holz aufzuschichten. Er würdigt mich keines Blicks.

»Was ist los?«, frage ich irgendwann.

»Nichts«, behauptet er.

Damit lasse ich mich nicht abspeisen. »Haben sie uns gefunden? Mein Vater? Hat er noch mehr Leute geschickt?«

Er zögert. Dann richtet er sich auf und sieht mich an.

»Lea ... Ich hatte Recht. Wir wurden heute Nachmittag beobachtet. Dein Bruder Dean ist in der Stadt.«

Mir stockt der Atem, und einen Moment lang weiß ich nicht, was ich darauf erwidern soll. Stumm starre ich Jackson an. Er spricht weiter.

»Meine Leute haben die Situation im Griff. Er ist nicht allein, zwei andere Männer sind bei ihm. Und Zuko. Sie sind uns hierher gefolgt. Swan zieht jetzt mehr von unseren Leuten zusammen.«

Endlich finde ich meine Stimme wieder. »Was heißt das für mich?«, stoße ich heiser hervor. »Was passiert mit mir?«

Er kommt zu mir, setzt sich aufs Sofa und ergreift meine Hand. »Ich werde dich beschützen. Wenn's sein muss, mit meinem Leben.«

»Nein, Jax.« Ich lege die Hand auf seine Wange. »Du weißt nicht, was du da redest. Wenn du ...« Meine Stimme versagt.

Wenn du nicht mehr bist, kann ich auch nicht mehr sein. Wenn er dich tötet, werde ich mir das nie verzeihen.

Ich habe schon Chrissa verloren. Der Gedanke, auch Jackson zu verlieren, ist zu viel für mich.

»Mir wird nichts passieren«, verspricht er mir.

»Du kennst ihn nicht.«

»Ich habe in diesem Geschäft schon über zehn Jahre überlebt. Glaubst du, das habe ich geschafft, weil ich einen Gegner unterschätzt habe?«

Ich schweige.

»Lea.« Er umfasst mein Gesicht mit beiden Händen. »Lea, sieh mich an.«

Doch das schaffe ich nicht. Wenn ich ihn ansehe, will ich in seinen Augen versinken. Ich bin ohnehin schon verloren, aber ihm darf nichts geschehen! Ich lasse nicht zu, dass ihm etwas passiert.

»Ich gehe«, erkläre ich. »Er ist da draußen? Dann werde ich zu ihm gehen.«

Er lässt mich los, als wären meine Wangen fieberheiß. Seine Augen mustern mich, als suchte er nach Anzeichen von Wahnsinn bei mir. »Du bist immer noch meine Geisel.«

»Das ist mir scheißegal«, fauche ich. »Er ist gefährlich. Er tötet, weil es ihm gefällt. Hast du das gewusst? Ich habe gesehen, wie er mordet. Er ist brutal und grausam, und nichts, was du tust, kann dich oder mich vor ihm retten. Lass mich gehen. Ich liefere mich ihm aus.«

»Swan wird das nicht zulassen. *Ich* werde das nicht zulassen. Du bleibst bei mir, und wenn ich dich dafür in Ketten legen und in den Keller sperren muss.« Er fährt sich mit beiden Händen durch die Haare. »Lea, hör mir zu! Ich kann dich vor ihm beschützen.«

»Aber du kannst nicht dich vor ihm beschützen!«, heule ich auf. »Wenn er mich bekommt, lässt er vielleicht von euch ab. Dann lässt er euch in Ruhe.«

Dann bleibst du am Leben.

Das sage ich nicht, aber die Worte hängen zwischen uns in der Luft.

»Er will nur mich. Darum ging es ihm die ganze Zeit. Jax! Ich lasse nicht zu, dass du dich meinetwegen in Gefahr begibst.«

»Tja«, sagt er nur. »Damit wirst du jetzt wohl klarkommen müssen. Ich bin nämlich keiner von diesen Männern, die eine Frau einer Gefahr aussetzen. Schon gar nicht, wenn du mir erzählen willst, er würde dich umbringen. Wofür hältst du mich?«

»Du bist nur mein ... mein Entführer.«

Seine braunen Augen mustern mich forschend. »Mehr nicht?«, fragt er.

Mein Körper, der Verräter. Mein Herz will sich dagegen wehren, ihn als eine Bedrohung anzusehen. Aber genau das ist er. Zwischen ihm und meinem Bruder kann ich also wählen? Nein. Denn Jackson versperrt mir den Weg, als ich aufstehe und in den Flur laufen will.

»Nicht«, sagt er. »Er ist da draußen. Zu gefährlich.«

»Ich will ihn sehen«, sage ich.

Mich mit eigenen Augen davon überzeugen, dass er da draußen ist. Dass es gefährlich für mich ist, wenn ich das Haus verlasse.

Denn wer sagt mir, dass Jackson nicht versucht, mich damit einzuschüchtern?

Ich habe so große Angst vor allem, dass ich nicht mehr weiß, wem ich trauen kann. Jackson etwa?

Oder bilde ich mir das nur ein, weil die Anziehung zwischen uns so groß ist? Weil ich die Finger nicht von ihm lassen kann? Wenn er vor mir steht, bin ich jedes Mal versucht, die Hände unter sein Hemd zu schieben und seine harten Bauchmuskeln zu streicheln. Zu spüren, wie er unter meiner Berührung erbebt und sich kaum beherrschen kann.

Stockholm-Syndrom, schlimmste Sorte.

»Komm mit.« Er nimmt meine Hand und zieht mich aus dem Wohnzimmer, die Treppe hinauf und in sein Schlafzimmer. Dort hält er mich zurück, als ich ans Fenster treten will. »Warte«, flüstert er.

Gehorsam bleibe ich an der Tür stehen. Er nähert sich dem Fenster von der Seite, geht in die Knie und späht über den Sims. Dann nickt er und bedeutet mir, zu ihm zu kommen.

Ich trete näher. Ducke mich, als er hektisch die Hand senkt und krieche langsam zum Fenster. Jackson sitzt jetzt direkt darunter. Ich schiebe mich neben ihn.

»Nur einen Blick«, sagt er leise. »Mehr darfst du nicht riskieren.«

Ich nicke stumm.

»Jetzt.«

Langsam richte ich mich auf und blicke hinaus. Unten auf der Straße sehe ich ein halbes Dutzend Männer, die sich strategisch über die Kreuzung verteilt haben. Zwei stehen schräg gegenüber an der Einmündung, einer lehnt direkt auf der anderen Straßenseite an der Hauswand und betrachtet konzentriert seine Fingernägel.

Ich erkenne ihn sofort.

Mein Herz beginnt zu rasen.

Dean ist hier. In New York.

Mein Bruder wirkt äußerlich entspannt. Aber ich kenne ihn; er bekommt alles, was um ihn passiert, mit. Gehören die Männer da draußen zu ihm? Was hat er vor? Will er das Gebäude stürmen?

»Swan schickt für uns Verstärkung«, sagt Jackson. »Aber bis die da ist, sollen wir uns ruhig verhalten.«

Ich nicke. Zitternd sinke ich zurück auf den Boden. Mir ist so kalt! Die Erinnerung daran, wie unsere letzte Begegnung ablief, hat nicht nur mein Verstand gespeichert, sondern auch mein Körper.

Plötzlich spüre ich wieder die Schmerzen. Seine Schläge und wie ich quer durchs Zimmer fliege und gegen die Wand knalle ...

Ich hole tief Luft. Dafür ist jetzt keine Zeit. Ich darf nicht in Panik geraten.

Alles wird gut, alles wird gut ...

»Lea? Bist du okay?«

Ich nicke abwesend. Meine Hand sucht nach seiner, und als ich sie finde, drücke ich fest zu. »Hilf mir«, flehe ich. »Bitte, Jax. Er darf nicht ... Ich ... Er ...« Meine Stimme versagt.

Die Erinnerung ist stärker. Ich bin wie erstarrt.

»Lea? Hörst du mich, Lea? Hey, bleib bei mir. Sieh mich an! Lea!« Jackson packt mich an den Schultern und schüttelt mich. Aber ich bin schon weit weg.

Zurück an jenem Abend vor acht Monaten.

Irgendwann rappelte ich mich auf. Chrissas Hand in meiner war kalt und steif. Ich streichelte sie ein letztes Mal. Wächserne Haut unter meinen Fingern, fremd und leblos.

»Es tut mir so leid, Chrissa«, flüsterte ich. Dann beugte ich mich über sie, schloss behutsam ihre Augen und gab ihr einen letzten Kuss auf die Stirn. »Es tut mir so unendlich leid.«

Ich verließ das Haus, ohne darauf zu achten, wer mich dabei sah.

Drei Straßen weiter gab es eine Telefonzelle. Ich rief von dort aus die Cops an.

»Eine Leiche in der Mason Street 3512«, meldete ich. Bevor die Telefonistin in der Notrufzentrale mir Fragen stellen konnte, legte ich auf.

Ich lief zwei Straßen weiter zur nächsten Bushaltestelle. Der Bus kam und ich setzte mich irgendwo mitten rein. Drei Streifenwagen rasten mit Sirene und Blaulicht am Bus vorbei.

Keiner blickte auf.

Ich starrte aus dem Fenster. Da draußen war nichts, das ich wirklich sah.

Chrissa war tot.

Sechs Stationen weiter stieg ich aus dem Bus. Inzwischen war ich weit genug von ihrem Haus entfernt, um ein Taxi heranzuwinken. Erst als ich auf die Rückbank sank und dem Fahrer die Adresse meines Elternhauses nannte, fiel mir mein Auto ein. Der schwarze Escalade stand ein paar Häuser weiter.

Scheiße.

Eine Dreiviertelstunde später bezahlte ich den Taxifahrer und stieg aus. In der runden Kiesauffahrt vor dem Anwesen meines Vaters standen drei dicke Autos. Vermutlich eine Be-

sprechung mit einem seiner »Verkaufsleiter«, wie er die Männer nannte, die in bestimmten Vierteln den Drogenhandel führten.

Mein Bruder fing mich an der Haustür ab. »Lea.«

»Dean.«

Er sah es sofort. An meinem gehetzten Blick. Die Angst saß tief in mir.

»Wo warst du?«

Ich konnte ihn nicht anlügen. »Bei Chrissa. Wir waren verabredet.«

»Und?«, fragte er.

»Sie war nicht mehr da«, erwiderte ich. »Weißt du ... Hast du eine Ahnung ...?«

Er zuckte mit den Schultern. »Woher soll ich das wissen? Sie ist deine Freundin, nicht meine.«

Wir starrten einander an. Dann gab mein Bruder sich einen Ruck. »Also, muss wieder zu Dad. Es geht um die neuen Bezirke im Valley.«

Natürlich, die Geschäfte warteten. Doch damit ließ ich mich nicht abspeisen. »Was hat sie euch getan?«, flüsterte ich mit erstickter Stimme. »Warum musste sie sterben, Dean?«

Sein Blick wurde hart. Einen Moment schien es, als wollte er leugnen, doch dann erklärte er nur: »Sie wusste zu viel.«

»Ist es wegen dem Mädchen in Las Vegas? Wegen der Nutte, die du erwürgt hast?«, fragte ich.

»Hast du gedacht, nur Chrissa sei dort gewesen? Ich hab alles gesehen, Dean. Alles, was sie gesehen hat. Wenn du also alle Spuren vernichten willst, bitteschön. Dann wirst du mich auch umbringen müssen.«

Kurz sah es so aus, als wollte Dean sich auf mich stürzen. Doch dann versetzte er mir nur eine schallende Ohrfeige. »Geh in dein Zimmer«, knurrte er. »Dad wird später mit dir reden.«

Ich war nicht zusammengezuckt. In diesem Moment wuchs ich über mich hinaus. Die Angst konnte mir nichts anhabe. »Ach, wirklich? Dad wird es bestimmt brennend interessieren, dass du Chrissa ermordet hast«, höhnte ich. »Sie war nicht nur meine Freundin. Aber das hast du bestimmt gewusst, oder?«

Dann schien es ihm zu dämmern, und ich sah, wie etwas mit ihm geschah. Wie sein ungezügeltes Temperament mit ihm durchging. Als wäre ein unsichtbares Seil, das ihn zurückhielt, zerschnitten worden.

Mit einem wütenden Schrei stürzte er sich auf mich.

Ich hatte gegen ihn keine Chance. Mein Bruder ist fast zwei Meter groß, ein Schrank von einem Kerl. Er packte mich und schleuderte mich Richtung Treppe. Das Treppengeländer knallte in meinen Rücken, und ich blieb stöhnend liegen. Irgendwo im Haus bellte einer der Hunde. Das Blut rauschte mir in den Ohren und ich versuchte, mich wieder aufzurappeln. Doch im nächsten Moment war er schon über mir, und dann knallte seine Faust in mein Gesicht. Einmal, zweimal ... danach wurde es schwarz um mich.

Als ich aufwachte, lag ich in meinem Bett. Jemand hatte den Raum verdunkelt.

Mir tat alles weh. Der Kopf dröhnte, und als meine Zunge über die geschwollenen und aufgesprungenen Lippen fuhr, schmeckte ich Blut und spürte einen Riss. Ich wimmerte.

»Miss Lea? Sind Sie wach?«

Das war die Stimme von Maria, unserer Haushälterin. Ich drehte langsam den Kopf.

Sie stand neben meinem Bett, ein Tablett in den Händen.

»Guten Morgen, Miss Lea. Wie geht es Ihnen?«

Ich versuchte, den Mund aufzumachen. Aber alles tat weh, wirklich alles. Mein Körper fühlte sich zerschunden und wund an.

»Bleiben Sie ganz ruhig«, sagte sie. »Ich hole Ihren Bruder. Er hat Sie gefunden.«

Ungläubig starrte ich sie an.

»Wissen Sie das nicht mehr? Sie kamen nach Hause, mit dem Taxi. Jemand hat Sie zusammengeschlagen. Ihr Vater ist außer sich vor Wut, und Ihr Bruder sinnt auf Rache.«

Sie stellte das Tablett ab und verschwand lautlos.

Ich lag im Halbdunkel und schloss wieder die Augen.

Natürlich. Dean hatte die Wahrheit zu seinen Gunsten verbogen ... Oh Gott, was sollte ich nur machen? Ich war hier nicht mehr sicher.

Mein Vater betrat das Zimmer. Es war ungewohnt, ihn hier oben zu sehen. Die oberen Wohnräume waren ihm schon immer fremd, und sie schienen auch jetzt nicht zu ihm zu passen. Er setzte sich auf die Bettkante und nahm meine Hand. Jemand hatte sie fest bandagiert. Vermutlich hatte ich mir das Handgelenk beim Sturz gegen das Treppengeländer geprellt.

»Lea. Liebes. Geht es dir besser?«

Ich versuchte zu nicken. Die Wahrheit durfte ich ihm nicht sagen, oder?

Denn wenn er erfuhr, was Dean getan hatte ...

Wenn er das erfuhr, würde er mir kein Wort glauben.

»Dein Bruder kommt auch bestimmt gleich. Wer war das? Hast du die erkannt, die dich so zugerichtet haben?«

Ich starrte ihn an. Lange.

Sag es ihm, dachte ich. Sag ihm, dass Dean das getan hat. Dass er Chrissa ermordet hat, weil sie zu viel gesehen hat.

Doch ich schwieg. Ich wollte leben. Schweigen schien die beste Möglichkeit, mein Leben zu retten.

Mein Vater zweifelte niemals an Dean. Sein jüngerer Sohn war sein ganzer Stolz. Eines Tages sollte Dean das Imperium übernehmen. Nicht nur die Drogengeschäfte, sondern auch all die anderen Läden. Die Wäschereien, die Clubs, die Motels. Das alles würde eines Tages ihm gehören.

Ich schaffte es nicht.

Hätte es was geändert, wenn ich meinen Bruder in diesem Moment verraten hätte?

Keine Ahnung. Aber ich war zu schwach. Ich konnte meinem Vater nicht sagen, dass sein Sohn versucht hatte, mich zum Schweigen zu bringen. Und dass er Chrissa ...

Ich schloss die Augen. Chrissa!

»Dad ...« Meine Stimme klang ganz klein. »Dad, Chrissa ist tot.«

Er wurde schlagartig sehr ernst. Vielleicht glänzten seine Augen sogar feucht. »Ja«, sagte er leise. »Ich weiß, dass sie tot ist. Das waren dieselben, die dir das hier angetan haben. Das bedeutet Krieg, Lea. Ich werde die Männer dafür bezahlen lassen, die mir das angetan haben.«

Ich nickte. Ja, das hatten sie auch ihm angetan. Als ich mit Chrissa nach Las Vegas flog, ahnte ich noch nicht, was in den darauf folgenden Wochen geschah.

Doch Chrissa hatte mir alles erzählt. Davon, wie mein Vater um ihre Gunst warb. Wie sie nachgab, ohne zu verstehen, *warum sie das tat. Wie sie ein Liebespaar wurden.*

Und mir wurde noch etwas klar, während mein Vater an meinem Bett saß und sich zum ersten und vermutlich einzigen Mal gestattete, um Chrissa zu weinen. Mein Bruder hatte mehr als einen Grund, sie zu ermorden. Nicht nur, dass Chrissa und ich Zeugin dieser abscheulichen Tat geworden waren, mit der Dean uns sein wahres Gesicht zeigte. Nein, sie stellte noch eine andere, viel größere Gefahr für ihn dar.

Einfluss.

Sie hätte irgendwann vielleicht genug Einfluss auf meinen Vater gewonnen, dass er zu einem anderen Menschen wurde. Chrissa machte das mit den Menschen. Sie war zu gut für uns alle. Darum musste sie sterben. Weil sie zu viel wusste.

Weil sie zu gut war.

Weil sie meinen Dad glücklich machte.

»Es tut mir so leid«, flüsterte ich in die Dunkelheit.

10. Kapitel

Die Erinnerung ist ein wildes Tier, das uns in die Knie zwingt.

Ich durchlebte die Erinnerung an jene Tage nach Chrissas Tod in Jacksons Armen mit einer so brutalen Detailgenauigkeit, dass ich glaubte, die antiseptischen Verbände zu riechen. Die Rinderbrühe, die mir Maria zweimal täglich servierte und mir einflößte, weil ich zu schwach war, um den Löffel zu heben. Den ersten Kaffee nach einer Woche, den ich aufrecht in meinem Bett sitzend genießen konnte, weil es mir viel, viel besser ging. Ich spürte wieder die Decke auf meinen Beinen und den Schmerz in meinem Gesicht, das in den ersten Tagen weiter anschwoll und sich purpurn verfärbte. Ich sah wieder diesen verschlagenen Blick meines Bruders, der nur darauf lauerte, dass ich ein falsches Wort sagte.

Sobald ich wieder aufstehen konnte, ging ich zur Polizei. Es war mir egal, dass ich damit meinem Vater ein zweites Mal das Herz brechen würde. Mich kümmerte es nicht, dass ich mit diesem Verrat die Familie zerriss.

Doch die Polizei wollte mir nicht zuhören. Sie sperrten mich in einen Verhörraum, und stundenlang bearbeiteten sie mich. Ich verlangte nicht nach einem Anwalt, weil mein Bruder davon erfahren hätte. Weil ich verloren war, wenn die Cops mir nicht glaubten.

Als ich mich weigerte, das Kartell meiner Familie ans Messer zu liefern, war ich für die Cops uninteressant. Ein Mord war ihnen zu wenig. Bei einem Mord war die Gefahr zu groß, dass die Beweise nicht reichten und mein Bruder mit Hilfe seines Anwalts den Kopf aus der Schlinge ziehen konnte.

Als ich das Polizeigebäude Downtown L.A. verließ, wusste ich, dass ich fort musste. Mit nichts bei mir außer den Sachen, die ich am Leib trug.

Ich fuhr zum Flughafen und flog nach New York, wo ich untertauchte. Nur einmal rief ich bei Maria an und bat sie um einige Sachen, die sie mir zusammenpackte und schickte, ohne zu fragen.

Bis vor wenigen Tagen habe ich gedacht, meine Spuren einigermaßen verwischt zu haben. Offensichtlich ein Irrtum. Einer, für den jemand mit dem Leben bezahlen könnte.

»Bitte, Jax ...« Ich mache mich von ihm los. »Leg dich nicht mit meinem Bruder an. Dean ist gefährlich. Er ...«

»Ich lege mich mit niemandem an, solange er dir nichts antun will«, unterbricht er mich. »Kannst du mir das versprechen? Wenn ich da raus gehe und ihn reinhole, damit wir verhandeln – wird er dich in Ruhe lassen?«

Ich rutsche von seinem Schoß und stehe auf. »Ich hab keine Ahnung«, sage ich bedrückt.

»Hast du Angst vor ihm?«

Stumm nicke ich. Mein Körper erinnert sich zu gut an unsere letzte Begegnung.

»Marcus wird dabei sein. Aber ich muss mit ihm sprechen. Das verstehst du doch?«

Natürlich verstehe ich das. Ich bin mit dieser Art von Verhandlungen aufgewachsen. Als kleines Mädchen saß ich unter dem Schreibtisch meines Vaters, während er mit anderen Drogenbossen verhandelte. Manchmal beugte sich einer zu mir unter den Tisch und steckte mir Bonbons zu oder einen Lolli. Erst spät begriff ich, mit wem mein Vater verhandelte und wer er war.

»Dein Bruder wird vermutlich auch jemanden mitbringen. Hast du eine Ahnung, wer das ist? Hat er einen Mann, der nie von seiner Seite weicht?«

Ich atme tief durch.

»Ramón«, sage ich schließlich.

Jackson nickt. »Okay. Dann lasse ich die beiden jetzt reinholen. Willst du dabei sein?«

»Ich kann nicht«, sage ich leise. »Bitte, Jax ...«

Er nimmt mich in den Arm. »Schon in Ordnung«, sagt er leise. »Alles wird gut.«

Ich bin mir da nicht so sicher.

Ich habe keine Ahnung, was Jackson und mein Bruder besprechen. Ihre Unterredung dauert inzwischen sehr lange.

Immer wieder schaue ich auf die Uhr. Schon kurz nach elf.

Schließlich schleiche ich in den Flur des oberen Stockwerks und stelle mich ans Treppengeländer. Ich halte den Atem an. Plötzlich bewegt sich eine Gestalt an der Wand und ich bekomme fast einen Herzinfarkt.

»Verdammt, Marcus«, flüstere ich.

»Geh wieder in dein Zimmer«, sagt er träge. »Jax hat gesagt, du sollst die Tür geschlossen halten.« Er macht einen Schritt nach vorne und ich sehe die Pistole, die er lässig in der Hand hält.

Ich weiß nicht, ob er mich beschützt oder bewacht. Aber es ist auch egal. Er passt auf.

Zurück im Zimmer tigere ich auf und ab. Auf der Kommode liegt ein kleiner Stapel Bücher, und ich blättere im obersten. Weil ich fürchte, dass es noch ziemlich lange dauert, bis Jackson und Dean sich geeinigt haben, nehme ich es mit zum Bett. Ich lege mich hin, ziehe meine Klamotten aber nicht aus, sondern ziehe die Tagesdecke bis zur Nasenspitze. Oh, ich bin müde, aber müde und müde sind zwei völlig verschiedene Sachen, wenn man um sein Leben fürchtet.

Ich bin wohl doch eingeschlafen, denn als ich hochschrecke, fällt das Licht aus dem Flur wie ein schmaler Keil ins Zimmer. Jemand hat die Nachttischlampe ausgeschaltet, und ich spüre, wie er sich neben mir auf die Matratze schiebt. Jackson.

Ich seufze erleichtert. Seine Arme schließen sich um meinen Körper, ich schmiege mich an ihn.

»Habt ihr alles geregelt?«, frage ich in die Dunkelheit.

»Ja«, antwortet er. Und dann, nach kurzem Schweigen: »Er will dich sehen.«

Ich erstarre.

»Dean?«

»Er sagt, der Deal hat nur Bestand, wenn er sich mit eigenen Augen davon überzeugen kann, dass es dir gut geht. Er behauptet, ihm genügt mein Wort nicht.«

Ein unkontrolliertes Zittern erfasst mich. Ich gerate in Panik.

»Lass nicht zu, dass er mich zu irgendetwas zwingt«, flüstere ich.

»Wenn du ihn nicht sehen willst ...« Er schweigt.

Ich kann nur ahnen, wie viel für ihn auf dem Spiel steht.

Swan ist nicht durch reine Menschenliebe zu dem geworden, der er heute ist. Wenn einer ein Drogenkartell aufbaut, muss er über Leichen gehen. Auch Jackson wird vermutlich mehr als einmal vor einer Situation gestanden haben, in der er mehr tun musste als nur zu drohen. Ich schaffe es bisher ganz gut, diesen Gedanken beiseite zu schieben und mich lieber darauf zu konzentrieren, was aus uns wird, wenn das alles vorbei ist.

Ein winzigkleiner Teil von mir gibt sich der verzweifelten Hoffnung hin, dass Jackson sich von alledem abwendet, zusammen mit mir. Dass wir meinen Dad, Dean, Swan und diesen ganzen Sumpf aus Drogen, Menschenhandel und organisiertem Verbrechen hinter uns lassen können. Aber was passiert dann? Werden sie uns nicht bis ans Ende unseres Lebens jagen? Und dieses Ende – kommt es nicht schneller, wenn wir diesen Ausbruch wagen?

Vor allem aber, viel wichtiger als alles andere, ist doch die Frage, ob Jackson daran überhaupt interessiert ist ...

Egal, was passiert: Ich bin ohnehin schon verloren. Mein Herz gehört ihm, und nichts auf der Welt kann daran jetzt noch etwas ändern.

»Ich komme.«

»Das ist gut.«

Er steht auf und wartet, bis ich mich erhebe. Ich streiche meine Haare glatt, doch Jackson nimmt meine Hand und führt mich wortlos ins angrenzende Bad. Er macht einen Waschlappen nass und hält ihn mir hin.

»Deine Augen sehen müde und verheult aus«, erklärt er.

Eigentlich kommt es darauf auch nicht mehr an. Mein Bruder wird mich ohnehin kaum wiedererkennen.

Trotzdem kühle ich gehorsam mein Gesicht und bürste die Haare. Jackson bringt mir aus dem Kleiderschrank eine hellblaue Bluse und eine helle Stoffhose. Wortlos ziehe ich mich bis auf die Unterwäsche aus und gebe ihm die Jeans und den Pullover. Er hält beides, während ich in die neuen Sachen schlüpfe.

»Besser?«, frage ich. Meine Stimme gehorcht mir kaum, und ich räuspere mich verlegen.

»Du bist immer hübsch.« Er tritt zu mir und streicht mir eine verirrte Locke aus dem Gesicht. »Aber so gefällst du mir, ja. Nur der Bluterguss ...«

Er wendet den Blick ab.

»Ich werde ihm sagen, ich sei gestürzt.«

Wir wissen beide, dass Dean mir nicht glauben wird.

»Soll er doch glauben, was er will. Dass du mich schlägst. Du bist nicht der Erste.«

Bevor ich das Badezimmer verlasse, nimmt er meine Hand. »Tu das nicht, Lea«, sagt er leise. »Wende dich nicht von mir ab. Glaub mir bitte, dass es mir nur um dein Wohl geht. Können wir uns darauf einigen?«

Ich reiße mich los. »Wenn du das wirklich tun würdest, müsste ich nicht mit Dean reden. Lass mich in Ruhe.«

Er ist immer noch dicht hinter mir, als ich die Treppe nach unten gehe.

Vor der Küchentür stehen zwei schwere Jungs, die ich nicht erkenne. Vermutlich Swans Leute, die zu unserem Schutz abgestellt wurden. Sie nicken Jackson zu, und einer öffnet die Küchentür.

Ich drehe mich halb zu Jackson um. »Das hier geht nur ihn und mich was an«, sage ich.

»Okay.« Er hebt beide Hände und senkt den Kopf.

»Warte hier.«

Ich schließe die Küchentür und lehne mich mit dem Rücken dagegen.

Dean hat an der Theke gesessen und in sein Smartphone geschaut. Jetzt hebt er den Kopf und mustert mich von oben bis unten.

»Hallo Schwesterlein.« Sein Grinsen ist so verschlagen, dass es mir kalt über den Rücken läuft.

»Hallo ... Mörder.«

Er zuckt nicht mal mit der Wimper. »Wie schön, dass du gleich zur Sache kommst. Hast du Hunger? Die Leute von Swan haben Pizza bestellt, was ich überaus zuvorkommend finde.« Er zeigt auf die offene Pizzaschachtel.

Ich mustere ihn stumm.

Dean zuckt mit den Schultern, nimmt ein Stück Pizza und legt es auf einen Pappteller. Er trinkt einen Schluck Bier aus der Flasche und prostet mir zu. »Vielleicht was trinken?«

Keine Reaktion. Er will sehen, ob es mir gut geht? Bitte schön. Aber dass ich mit ihm rede, war nicht Teil der Vereinbarung.

»Du bist also immer noch sauer auf mich.« Er seufzt und schiebt sich das halbe Stück Pizza auf einmal in den Mund und kaut es genüsslich. »Tut mir echt leid. Konnte ja nicht ahnen, dass sie dir so viel bedeutet.«

»Das hast du doch genau gewusst«, zische ich.

»Ach, sieh an. Du sprichst ja doch mit mir.«

»Warum, Dean? Warum hast du Chrissa ermordet?«

Er zuckt mit den Schultern. »Das wissen wir beide, oder? Sie wusste zu viel. Sie hat zu viel gesehen.«

»Dann müsstest du mich auch töten.«

»Das muss ich nicht, solange du dich wie ein Hasenfuß in der Großstadt versteckst.« Er schiebt den Teller weg und verzieht das Gesicht. »Übrigens können die New Yorker nicht mal Pizza. Ich habe echt geglaubt, diese Stadt sei mehr als nur ihre zahllosen angeblichen Wunder.«

»Erstick doch dran.«

»Dein Lover hat dir da eine verpasst. Stehst du jetzt auf Gewalt? Das hättest du auch einfacher haben können.«

Ich wende mich zum Gehen.

»Hast du das mit Dad und Chrissa lange gewusst?«

Mitten in der Bewegung halte ich inne. Ganz langsam drehe ich mich zu Dean um. Er lehnt lässig an der Frühstückstheke. Die alte Lederjacke ist abgewetzt und hat schon bessere Zeiten erlebt. Das dunkelviolette Hemd steht am Hals offen, die Jeans ist im used-Stil. Die grünen Augen und die gerade Nase, das kantige Kinn und dunkle, lockige Haare. Man sagt, wir sehen uns ähnlich, aber davon sehe ich nichts. Ich sehe nur ein Monster. Aber die Frauen fliegen auf ihn, und das nutzt er aus.

»Natürlich habe ich das gewusst«, erkläre ich würdevoll. »Sie war meine beste Freundin. Glaubst du, sie hat mir das verschwiegen?«

Er zuckt mit den Schultern. »Sie wollte ihn verpfeifen. Hab ich auch erst später erfahren, als die Polizei kam und mir so merkwürdige Fragen stellte.«

»Das glaube ich nicht.« Entschieden schüttele ich den Kopf.

»Deine Meinung. Ich weiß es besser.« Er trinkt das Bier aus. »Möchtest du Dad noch was mitteilen?«

»Fahr doch zur Hölle«, zische ich.

Er grinst. »Okay, richte ich aus.«

Ich verlasse die Küche und stürme nach oben.

Verdammt, diese Familie ist doch echt die Pest! In diesem Moment bin ich viel zu aufgebracht, um vor meinem Bruder oder meinem Vater Angst zu haben. Oder vor Swan, wenn wir schon dabei sind. Oder vor Jackson, der vermutlich die unmittelbarste Gefahr darstellen sollte.

Vor dem habe ich schon mal gar keine Angst!

Ich stürze in das Gästezimmer. Scheiß auf irgend so einen Geiselnahmequatsch. Ich bin doch nicht deren Spielzeug! Ich raffe meine Tasche, stopfe ein paar Klamotten rein – das großzügige Trinkgeld von Jackson habe ich ja noch – und schlüpfe in die Stiefel. Die Jacke werfe ich mir über, als ich bereits die Treppe runterpoltere.

Unten steht Jackson und sieht zu mir hoch.

»Wo willst du hin?«, fragt er.

»Weg!«, fauche ich.

»Lea ...« Er versucht gar nicht, mich festzuhalten. Ich schiebe mich an ihm vorbei.

»Willst du zurück zu deiner Familie?«

Er steht entspannt an der Treppe, während ich weiterlaufe und die Haustür fast erreicht habe. Meine Schritte verlangsamen sich.

»Wenn du das willst, sehen wir uns nicht wieder.«

Ich drehe mich zu ihm um.

»Das ist mir scheißegal«, fauche ich.

Langsam kommt er auf mich zu. »Okay«, sagt er. »Aber du weißt, was dann hier in New York passiert?«

Ich starre ihn an. Reicht es denn nicht, dass Dean versucht, mich bei jeder Gelegenheit zu manipulieren? Muss Jackson jetzt auch damit anfangen?

»Swan wird davon erfahren. Marcus ist sein Neffe, darum hat er nichts zu befürchten. Und ich? Tja.« Er zuckt mit den Schultern, als wäre es tatsächlich egal, was mit ihm passiert. »Zuerst wird er mir andere Aufgaben übertragen, die unbedeutender sind als die früheren. Danach kommen die gefährlichen Dinger, die sonst keiner machen will. Aktionen, bei denen man schon mal sein Leben lassen könnte. Wieder und wieder. Kanonenfutter. Mehr werde ich nicht für ihn sein. Ich werde die Drecksjobs machen müssen. Der Killer, der hinter Swan aufräumt. Wenn ich nicht spure, wird sich ein Anderer dafür finden, und sein erster Job wird's sein, mich kaltzumachen.« Seine Stimme ist jetzt hart, und er blickt mich unverwandt an. Mir wird eiskalt. »Und wer weiß? Vielleicht erschießt ja dein Bruder mich. Denn wenn du jetzt durch diese Tür gehst, wird da draußen schon bald ein Bandenkrieg ausbrechen.«

»Drohst du mir?«, frage ich heiser.

»Ich sage dir nur, wie's laufen wird. Ich halte dich nicht auf. Du bist eine Geisel, keine Gefangene. Ich hoffe einfach, du verstehst, was das hier für uns bedeutet. Für *uns*. Nicht für Raimund Swan oder Dean Tevez oder deinen anderen Bruder, der seit ein paar Jahren sabbernd in einem Pflegeheim liegt. Nicht für Marcus oder deinen Vater, dessen Geliebte dein Bruder kaltgemacht hat.« Als er meinen entsetzten Blick bemerkt, fügt er hinzu: »Natürlich weiß ich über Vic bescheid. Das tut jeder.«

»Jax ...«

Warum kann er nicht damit aufhören? Jedes seiner Worte tut mir so unendlich weh.

Er kommt auf mich zu. Sein Blick bohrt sich in meinen, ich kann nicht wegsehen. »Lea«, sagt er leise.

»Lass das!«

Ich wehre mich. Verdammt, warum ist das so schwer? Wenn ich bei ihm bleibe, tue ich das freiwillig. Er wird mich vor meinem Bruder beschützen. Doch damit kappe ich endgültig die Verbindung zu meiner Familie.

Wenn ich jetzt gehe, ist das mit Jackson vorbei. Einfach so. Das, was noch gar keine Zeit hatte, sich vollends zu entfalten. Diese Liebe, die in mir wie eine Feuersbrunst erwacht ist und seither keine Ruhe gibt. Wenn ich ihn ansehe, spüre ich, dass ich zu ihm gehöre. Wenn er nicht da ist ...

Keine Ahnung, was dann passiert. In den letzten Tagen war er immer da, wenn ich ihn brauchte. Er schlief neben mir und er hielt mich fest.

Ich habe ihn ziemlich oft gebraucht.

»Geh schon, Lea«, wispert er. »Aber dann ist es vorbei. Wir werden uns nie wiedersehen.«

Ich schlucke. »Das ist Erpressung«, stoße ich hervor.

»Es ist die Wahrheit. Wenn du jetzt da draußen zu deinem Bruder gehst, muss ich in einer Stunde untertauchen. Er wird mir nicht verzeihen, dass ich dich entführt habe. Für ihn bin ich der Schuldige an allem. An Swan kommt er nicht ran, also nimmt er mich. Und selbst wenn ich ihm entkomme, wird Swan den Rest erledigen. Ich bin ein toter Mann, wenn du jetzt gehst.«

Mir rinnt ein eiskalter Schauer über den Rücken.

»Er wird versuchen, mich zu töten. Ich werde versuchen, *ihn* zu töten. Ich gebe nicht kampflos auf. Aber einer von uns beiden wird sterben. Dean oder ich.«

Meine Kampfeslust erlahmt so schnell, wie sie gekommen ist. Die Tasche gleitet von meiner Schulter und prallt dumpf auf den Boden. »Jax ...«

Es ist dieser Gedanke, der mich lähmt. Jax, wie er in einer finsteren Gasse, einem dreckigen Hinterhof liegt. Arme und Beine seltsam verdreht. Ein Blutfleck auf dem Hemd, der sich immer schneller ausbreitet. Oder das Loch in der Stirn, winzigklein und doch so tödlich.

Allein die Vorstellung ist für mich zu viel.

Und Dean?

Er ist mein Bruder. Wenn ihm etwas passiert, bringt das auch meinen Dad um den Verstand. Wir sind eine Familie wie jede andere auch. Zwar verdient mein Dad das meiste Geld mit Drogen, aber das ändert nichts an dieser Tatsache. Dieses »Blut ist dicker als Wasser«-Ding trifft auf uns viel mehr zu, weil wir wissen, wie viel auf dem Spiel steht. Wenn einer zu viel sagt, bringt er alle in Gefahr.

Schon einmal habe ich versucht zu rebellieren. Damals ist nichts passiert, weil die Leute beim LAPD meinen Bruder nicht für den Mord drankriegen wollten, sondern weil sie *alles* wollten. Meinen Bruder für den Mord drankriegen und meinen Dad für die Drogen. Aber ich mache mir nichts vor. Wenn ich der Polizei helfe, meinen Vater aus dem Verkehr zu ziehen, ist nächste Woche schon der nächste Drogenboss in L.A. und übernimmt seine Geschäfte. Wahrscheinlich sogar Swans Leute.

»Ich kann das nicht«, flüstere ich.

Jackson kommt langsam auf mich zu. »Ich weiß«, sagt er leise. »Bleib hier, Lea. Nicht als meine Geisel.«

Eine Bewegung in der Küchentür lässt uns aufblicken. Marcus zieht sich zurück und schiebt die Tür zu.

»Sondern? Was bin ich für dich, Jax?«

Ich bin wie gelähmt. Als er sich mir nähert, weiche ich nicht zurück.

»Lea.« Seine Stimme klingt erstickt. »Geh nicht.«

Er steht jetzt direkt vor mir. Ich halte den Kopf gesenkt. Spüre seine Hand, die nach meiner sucht. »Bleib bei mir. Für immer.«

Seine Finger schlingen sich um meine. Wir stehen so dicht voreinander, dass ich seinen Atem auf meiner Stirn spüre. Ich ringe nach Luft, nach Worten, nach einer Entscheidung. Unmöglich kann ich mich für ihn oder gegen ihn entscheiden! Wenn ich bleibe, ist das eine Entscheidung gegen meine Familie. Wenn ich gehe, bin ich weiter der Spielball in diesem Machtkampf. Er kann mich nicht für immer beschützen, oder?

»Ich bin dein. Auf ewig.«

Genau das will ein Mädchen hören.

Ich schlucke. Lehne mich vor und spüre, wie er den Kopf senkt. Meine Stirn drückt gegen seine. Ich bin etwas kleiner als er, doch er kommt mir entgegen. »Ich habe so schrecklich große Angst«, flüstere ich.

»Das brauchst du nicht.« Seine Hand drückt meine. Dann, ganz behutsam, als hätte er Angst, ich könnte wie ein wildes Tier vor ihm zurückschrecken, schließt er mich in die Arme. Er zieht mich an sich. Sein Mund sucht meinen. Zögernd erst, doch als ich die Hände hebe und sein Gesicht umfasse, wird sein Kuss hungrig. Sehnsüchtig.

Ich lasse los. Keine Zweifel mehr, keine Angst. Vom ersten Moment an, als ich noch gar nicht wusste, wer er ist, wollte ich ihn. Und jetzt, da ich weiß, wie gefährlich unsere Liebe ist, ändert das nichts an den Tatsachen.

Ich gehöre ihm.

»Vertrau mir«, flüstert er.

Ich lache leise und versetze ihm einen Klaps gegen die Schulter. »Tue ich das nicht schon längst?«

»Mir kommen manchmal Zweifel ...«

»Wenn ich wieder weglaufen will, meinst du ...« Wir lachen beide.

»Es ist mir ernst, Lea. Wir lassen das alles hinter uns. Bald. Ich kümmere mich morgen darum. Vertraust du mir?«

Ich kann nur nicken. Er küsst mich erneut. Drängt mich an die Wand. »Nicht«, murmle ich. Doch er lässt nicht nach, und irgendwann, irgendwie ... öffne ich mich ihm. Meine Hände suchen nach ihm. Er hebt mich hoch, und ich protestiere nicht, als er mich die Treppe hoch und in sein Schlafzimmer trägt.

Wen interessiert es schon, dass sein Haus von den Männern meines Bruders umstellt ist, die nur darauf warten, ihn zu töten und mich den Fängen meines Entführers zu entreißen?

Wir haben die ganze Nacht, und wenn wir wollen, unser ganzes Leben.

Jackson setzt mich auf sein Bett und schließt die Tür. Er beginnt, sich auszuziehen, und ich sehe ihm dabei zu. Als ich meine Bluse aufknöpfen will, hält er mich davon ab. »Lass mich das machen.«

Das braucht er mir nicht zweimal sagen. Er kommt zu mir ins Bett, nur noch mit Boxershorts bekleidet, und beginnt, mich auszuziehen. Er beginnt mit den Schuhen, dann Hose, Pullover, Socken. Bis ich nur noch in Slip und BH vor ihm sitze.

»Du bist wunderschön«, flüstert er.

»Gar nicht wahr«, widerspreche ich verlegen.

Er lacht. »Überlässt du das bitte mir? Für mich bist du wunderschön. Ende der Diskussion.«

»Okay ...«

»Was ist das nur mit euch Frauen los, dass ihr immer Zweifel an eurem Körper habt?«

»Ich mag meinen Körper«, verteidige ich mich.

Er sieht mich an, als wäre er sich da nicht so sicher, und ich schweige.

»Das ist der Unterschied. Du magst ihn. Ich ...« Er beugt sich vor und küsst mich sanft auf den Bauch. »... liebe jeden Quadratzentimeter deiner Haut. Begehre dich. Ich kann gar nicht beschreiben, wie wunderschön es ist, deine Rundungen zu erkunden. Wie sehr es mich erregt, wenn du unter mir liegst und ...«

»Okay, okay, ich hab's verstanden!« Ich lache atemlos. Was er gerade mit mir macht, ist mehr als ich ertragen kann.

Er spricht nicht weiter, sondern küsst meinen Bauch. Seine Finger haken unter den Slip, er zieht ihn quälend langsam nach unten. Ich hebe die Hüften, um es ihm leichter zu machen. Und weil ich ihm verdammt noch mal näher sein will. Und noch näher. So ist das nämlich, wenn man liebt. Man will alle Schmerzen vergessen, auch jeden finsteren Gedanken, der diese Liebe stört.

Okay, davon gibt's ja mehr als genug. Aber nicht in diesem Moment.

Jackson streichelt meine Schultern und den Rücken. Er hakt den BH auf, der dem Slip auf den Fußboden folgt. Jetzt liege ich nackt vor ihm.

»Sieh nur. Draußen schneit es.«

Er nickt zum Fenster.

Die Welt da draußen ist mir gerade ziemlich egal. Ich will einfach alles um mich herum vergessen.

»Nicht reden«, flüstere ich. »Lieb mich, Jax. Ich will nicht mehr daran denken, was irgendwo passiert.«

Er nickt ernst. Und dann schafft er das Unmögliche. Er lässt mich vergessen. Seine Berührungen. Seine Lippen auf meiner Haut. Mit jedem Kuss, jedem geflüsterten Wort sperrt er die Realität aus. Wir fliehen vor dem, was wir sind. Aber ist das nicht legitim?

Wir lieben uns.

Da ist erlaubt, was gefällt.

»Ich will aber reden«, murmelt Jackson. Seine Hände fahren geradezu andächtig über meinen Körper. Die Schultern, Oberarme, den Bauch. Er schiebt mich zurück auf die Matratze. »Lass los, Lea. Ich passe auf dich auf. Ich kümmere mich um dich.«

Ich spüre seine Küsse wie Schmetterlingsflügelschlag auf meinem Bauch. Tiefer. Tiefer ... Ich öffne mich ihm, spreize meine Beine schamlos so weit wie möglich. Sein leises Lachen brandet heiß gegen meine bloße Scham. Er kniet jetzt zwischen meinen Beinen und blickt zu mir hoch. »Mach die Augen zu.«

Ich gehorche. Kann ich *nicht* gehorchen? Als er beginnt, mich zu lecken, ziehe ich zischend die Luft ein und reiße die

Augen auf.

Er hält inne. »Du hast die Augen immer noch offen«, tadelt er mich.

»Ich will dich einfach ansehen.«

An ihm kann ich mich nicht sattsehen. Nicht an den dunklen Augen, nicht an dem markanten Kinn, an dem ein Bartschatten sprießt. Nicht an der glatten Stirn, der winzigen Falte zwischen den Brauen. Dieser Mann verkörpert wirklich *alles*, was ich mir immer ausgemalt habe. Und das sage ich ihm.

»Mein Gott, ich kann doch auch nicht den Blick von dir lassen«, murmelt er.

»Dann verlang nicht sowas von mir!« Ich richte mich auf. »Komm her, Jax«, locke ich ihn.

Er spielt den Begriffsstutzigen, aber jetzt will ich ihn verwöhnen. Es kommt zu einer kleinen, spielerischen Rangelei, doch zum Schluss liegt er auf dem Bett und ich knie über seinem Schoß. Behutsam streichle ich seine breite Brust. Den Bauch. Meine Finger folgen dem Sonnengeflecht nach unten zu der Boxershorts. Und tiefer.

Diesmal ist er derjenige, der die Luft scharf einatmet. Er will mich nach oben ziehen, aber so leicht lasse ich mich nicht von meinem Ziel abbringen. Ich schiebe die Shorts nach unten und umfasse seinen harten Penis. Die Haut fühlt sich samtig an, doch darunter spüre ich sein Verlangen.

»Lea ...«

»Schhh«, mache ich. »Du hältst jetzt mal die Klappe.«

Er lacht und seufzt zugleich. Ich senke den Kopf. Meine Lippen umschließen die Schwanzspitze. Ich schmecke das Salz seiner Erregung. Meine Zunge umkreist die Eichel. Seine Hände, die bisher noch ganz ruhig auf dem Bett lagen, krampfen sich ins Laken. Er zuckt zusammen.

»Was ist?«, flüstere ich.

Er schüttelt den Kopf.

Ich mache weiter. Davon habe ich seit Tagen geträumt. Ihn erkunden, mich mit ihm vertraut machen. Seinen langen, harten Penis verwöhnen, bis er glaubt, es nicht mehr auszuhalten.

Ich halte ihn umfasst und beginne, an ihm zu lutschen.

Meine Erregung wächst. Ich halte es schon bald nicht

mehr aus zu warten. Ich will ihn in mir spüren. Darum lasse ich von ihm ab und schiebe mich nach oben. Jackson hilft mir, als ich mich auf seinen Schwanz senke. Er dringt langsam in mich ein, und ich schließe verzückt die Augen.

Das ist es.

Einen Moment verharre ich in dieser Position. Seine Hände auf meinen Hüften. Ich warte. Warum bleibt die Welt nicht stehen? Warum geht sie nicht unter? Dieser Moment wäre perfekt.

»Oh Lea. Du ... treibst mich in den Wahnsinn.«

Ich lächle ihn an. »Warum soll es dir anders gehen als mir?«, frage ich leise.

Ich beginne, mich zu bewegen. Er hilft mir, doch wir merken beide schon bald, dass es nicht reicht. Wir wollen mehr. Schneller. Härter.

Er wirft mich um, drückt mich mit seinem Gewicht in die Matratze. Stößt heftig und schnell in mich. Ich bin völlig überwältigt von diesem Gefühl. Von dieser innigen Nähe, die sich plötzlich und für mich völlig überraschend in einem heftigen Höhepunkt entlädt. Ich spüre, wie er sich heiß in mir verströmt, ehe er schwer atmend auf mich sinkt.

Wir liegen ein paar Minuten einfach so da und genießen dieses Gefühl danach. Nähe, für die es keine Worte gibt. Geborgenheit. Schutz und Kraft, die ich aus diesem Moment ziehen kann. Er ist noch in mir, und ich spüre, wie er schon wieder hart wird.

»Ich lasse dich nicht im Stich, Lea.« Er küsst mich auf die Stirn. »Ich werde immer für dich da sein. Ich beschütze dich.«

Ich kann nur stumm an seiner Schulter nicken. Denn mit seinen Worten kehrt die Angst zurück. Was ist, wenn Raimund Swan und mein Vater ihre Fehde beigelegt haben? Werde ich dann an meinen Bruder übergeben, der mich zurück nach L.A. bringt? Und was geschieht dort? Werde ich für den Rest meines Lebens eingesperrt? Gleichermaßen vor der Außenwelt und vor mir selbst beschützt?

Ich weiß gerade nicht, ob ich lachen oder lieber weinen soll. Das ist alles zu schrecklich.

Was geschieht nur mit mir ...

»Lea? Ich bin hier. Sieh mich an.«

Ich blicke zu ihm auf. Natürlich sieht er den Kampf, den ich mit mir selbst ausfechte. Er ist nicht dumm.

»Ich lasse dich nicht allein«, wiederholt er mit Nachdruck. »Spürst du das?«

Er bewegt sich langsam in mir. Genüsslich.

Er ist schon wieder verdammt hart.

Mein Lachen ist eine Mischung aus Hysterie und Euphorie. »Ja«, flüstere ich.

»Du machst mich einfach nur wahnsinnig.« Er küsst mich auf den Mund. »Ich möchte dich immer lieben. Jede verdammte Sekunde des Tages. Ich kann mich kaum auf meine Arbeit konzentrieren.«

»Aber deine Arbeit ist doch auf mich aufzupassen. Ich finde, das machst du sehr gut«, murmle ich.

Er grinst. »Stets zu Diensten.«

Diesmal lassen wir uns mehr Zeit. Wir lieben uns mit einer Innigkeit, die das festigt, was ich bereits vorher spüren *wollte* - so sehr wollte, dass es jetzt in Erfüllung geht. Wir gehören zusammen. Nichts kann uns trennen.

Danach kuscheln wir uns aneinander. Er liegt hinter mir, die Arme um meinen Körper gelegt. In dieser Umarmung finde ich endlich Schlaf und Ruhe.

»Alles wird gut«, flüstert er, kurz bevor ich einschlafe.

»Ich weiß«, murmle ich. Danach schlafe ich.

Und ich schlafe so gut wie seit Monaten nicht mehr.

11. Kapitel

Ich wache auf und liege allein im Bett.

Soweit nichts Neues.

Ich bleibe noch einen Moment liegen und genieße dieses wohlige Gefühl, das man wohl nur im Bett des Geliebten hat. Das Kissen riecht nach ihm, und ich umarme es und schlafe noch mal für ein Stündchen weiter.

Wenn irgendwas los ist, das meine Anwesenheit erfordert, wird er mich schon holen.

Das nächste Mal werde ich abrupt aus dem Schlaf gerissen, weil plötzlich Marcus im Zimmer steht.

»Aufstehen«, brüllt er mich an.

Ich ziehe die Bettdecke bis zum Kinn hoch, denn ich bin immer noch nackt.

»Was soll der Scheiß?«, fauche ich ihn an.

»Wir müssen weg.« Er sammelt meine Klamotten vom Fußboden auf und wirft sie aufs Bett. »Los jetzt. Wir haben keine Zeit. In fünf Minuten bist du unten.«

Wütend starre ich hinter ihm her. Geht's noch?

Aber an Schlaf ist jetzt ohnehin nicht mehr zu denken. Wo ist Jackson? Warum weckt er mich nicht mit Frühstück? Ein warmes Croissant mit Marmelade und ein Milchkaffee, das wäre mir jetzt tausendmal lieber als Marcus' Befehlston ...

Weil ich nun mal wach bin, stehe ich auf und ziehe mich an. Für eine Dusche bleibt wohl keine Zeit ... Ich husche über den Flur in das Gästezimmer und putze mir wenigstens die Zähne. Schnell mit der Bürste durch die Haare, fertig. Meine Tasche liegt noch neben der Haustür, wo ich sie gestern Abend fallen ließ.

Unten wartet Marcus ungeduldig neben der Haustür. Neben ihm stehen zwei Schränke. Also riesige, muskelbepackte Kerle, die mich finster anstarren. Ich lächle sie an und wünsche ihnen mit zuckersüßer Stimme einen guten Morgen.

»Wo ist Jax?«, erkundige ich mich.

»Geht dich nichts an«, knurrt Schrank Nr. 1.

»Er kommt später nach«, sagt Marcus. Er wirft den beiden Typen einen warnenden Blick zu. Als sein Handy klingelt, tritt er beiseite und flüstert nur.

Ich gehe in die Küche. Verdammt, mein Magen knurrt ziemlich laut. Und weil ich keine Ahnung habe, wohin Marcus mich bringen will – geschweige denn, wie die Versorgungslage dort sein wird – suche ich nach was Essbarem.

Zum Glück gibt es einen Kaffeevollautomaten. Ich bereite mir einen Cappuccino zu und nehme aus der Obstschale auf der Frühstückstheke eine Banane. Bevor ich beides genießen kann, stürmt Marcus in die Küche.

»Wir müssen los«, sagt er nur.

»Wie schön, dass man hier nicht gehetzt wird«, entgegne ich giftig.

Er starrt mich wütend an und wartet.

Mit einem Seufzen kippe ich den halben Cappuccino auf einmal herunter und verbrenne mir dabei natürlich jämmerlich die Zunge. Zusätzlich zur Banane schnappe ich mir noch einen Apfel aus der Schale.

»Komm jetzt.«

Er packt grob mein Handgelenk und zieht mich zur Tür. Die beiden Bodyguards – was anderes können sie nicht sein – stehen an der Tür und haben ihre halbautomatischen Waffen gezogen. Einer wirft mir meine Messengerbag zu.

Ich fange sie auf.

Waffen. Das hier ist kein Spiel. Ihre Mienen sind ernst. Sie ignorieren mich, während Marcus hinter mir steht. Auch er zieht eine Pistole aus dem Hosenbund und entsichert sie.

»Was ist hier los?« Plötzlich flüstere ich.

Marcus schüttelt nur den Kopf.

Scheiße. Meine Euphorie nach der Nacht mit Jackson ist verflogen. Außerdem kriecht die Angst langsam vom Bauch zum Herz hinauf. Verdammt, wo steckt Jackson? Warum ist er nicht bei mir?

Hat er mir nicht gestern Nacht versprochen, er wird mich beschützen? Mich nie mehr allein lassen?

»Los!«

Schrank Nr. 2 gibt das Signal. Nr. 1 reißt die Haustür auf und sein Partner sichert die Straße. Dann nickt er und verlässt das Haus. Nr. 1 bedeutet mir, ihm zu folgen.

Ich halte meine Tasche an die Brust gedrückt. Der Apfel fällt mir aus der Hand und kullert die Stufen vor dem Haus runter. Ich ignoriere ihn. Im Moment sehe ich nur den schwarzen SUV, der an der Bordsteinkante parkt. Ich stürze darauf zu. Nr. 2 hält die Tür auf, ich schlüpfe auf die Rückbank und rutsche durch.

Kein Jackson.

Ich schlucke die Enttäuschung runter. Wäre ja auch zu einfach gewesen, wenn Jackson draußen im Auto gewartet hätte.

Marcus setzt sich neben mich. Die beiden Bodyguards sitzen vorne. Nr. 2 fährt sofort mit quietschenden Reifen los.

»Was ist passiert?«, will ich wissen.

Erst jetzt sieht Marcus mich an. Er wirkt sehr ernst. »Jackson war heute Nacht bei der Verhandlung mit deinem Bruder«, sagt er. »Aber es war eine Falle. Es kam zu einer Schießerei.«

Ich starre ihn an.

»Aber ich dachte, es sei alles geklärt ...«

Er ist doch gestern Nacht neben mir eingeschlafen. Er hat nichts davon gesagt, dass er noch mal weg muss. Ich habe gedacht, er wäre auch noch da, wenn ich aufwache ...

Und dann erst begriff ich den letzten Satz. *Es kam zu einer Schießerei.*

»Ist ... Was ist mit Jax?« Meine Stimme bricht.

Marcus schüttelt den Kopf.

»Tot?«

»Wir wissen es nicht. Es ist ein höllisches Durcheinander. Keine Ahnung, wer angefangen hat. Keine Ahnung, was genau passiert ist. Die Polizei ist vor Ort, und solange die da sind ...«

Er verstummt.

Solange können sie nicht selbst Erkundigungen einziehen. Ich verstehe.

Irgendwas ist da draußen jämmerlich schiefgelaufen.

Und jetzt bin ich der Unterpfand für ... ja, wofür?

»Du bringst mich zu Raimund Swan«, sage ich leise.

»Ich bringe dich an einen sicheren Ort«, sagt Marcus. »Mehr brauchst du nicht zu wissen.«

Doch. Ich will alles wissen. Ich will wissen, was mit Jackson passiert ist.

Oh mein Gott! Vielleicht ist er tatsächlich schon tot ...

Der Gedanke ist zu groß. Ich kann ihn nicht begreifen. Mir

wird schlecht.

Als ich den Kaffee auf die helle Lederrückbank erbreche, zuckt Marcus nicht mal mit der Wimper, sondern zieht nur ein Päckchen Taschentücher hervor und gibt es mir. Der Wagen beschleunigt, was ich auf einer absurd rationalen Ebene verstehe. Aber dem Gestank nach halb verdautem Kaffee kann man nicht so leicht entkommen, egal wie schnell man fährt.

Etwa zwanzig Minuten später hält der SUV vor einem alten Fabrikgebäude. Wir steigen alle hastig aus. Wieder sichern die Bodyguards unseren Weg bis zur Tür, die kurz bevor wir sie erreichen aufschwingt. Ein dritter Bodyguard begrüßt uns mit einem ernsten Nicken. Wir betreten das Gebäude, und die Metalltür knallt zu.

»Wo sind wir?«, will ich wissen.

Aber jetzt ist nicht der richtige Zeitpunkt für Fragen. Marcus eilt voran. Er hängt schon wieder am Handy, und aus den knappen Worten, die er äußert, kann ich leider auch keine Informationen gewinnen.

Verdammt, ich habe Angst! Kapiert das denn keiner? Irgendwo da draußen ist Jackson, vielleicht schon tot ... Oder er liegt in einem Krankenhaus. Oder sie operieren gerade eine Kugel aus seinem Herz ... Oder er liegt in einem Leichenschauhaus auf einer kalten Metallbahre ...

Mein Gott. Und wenn die Polizei ihn hat ...?

Ich weiß gerade nicht, was schlimmer ist.

Ich weiß gar nichts mehr.

Plötzlich bleibe ich stehen.

Ich spüre die Panikattacke heranrauschen. Sie ist wie ein Sturm, der einfach über mich hinwegfegt. Ich fange erst an zu zittern. Dann spüre ich, wie meine Beine einfach wegknicken, und dann heule ich auf.

Marcus dreht sich um. Er nickt den Bodyguards zu, und die beiden packen einfach meine Arme und schleifen mich mit. Ich fühle mich völlig losgelöst von allem, was um mich herum geschieht. Ich will um mich schlagen, aber gegen zwei Muskelprotze habe ich natürlich keine Chance.

Das hier ist nicht die Realität. Das ist ein schlechter Film, in dem ich nur eine unbedeutende Nebenrolle spiele. Gestatten: Lea, die Geliebte des Gangsters, der erschossen wird. Er hat noch nicht mal einen Namen in diesem Film. So geht das nämlich allen, die erschossen werden. Kein Name – Opfer.

Marcus stößt eine Doppeltür auf, und wir betreten eine riesige, hohe Lagerhalle. Gabelstapler sausen hin und her, Paletten werden gestapelt. An mehreren langen Tischen stehen Frauen und packen Kunstblumen in Pakete. Ein Hubwagen bringt Dutzende Plastikkisten mit weiteren Bestellungen.

Ein Versandzentrum. In dem es offenbar niemanden kümmert, wenn eine Frau von zwei bulligen Kerlen an den Arbeitern vorbeigeschleppt wird.

Ein ganz normaler Tag in einer Fabrikhalle in Brooklyn. Passiert doch ständig, dass irgendwelche Geiseln verschoben werden müssen.

Ich muss schon wieder würgen.

»Pass doch auf, verdammt!« Nr. 1 bleibt stehen, und Nr. 2 schnappt sich eine der Kisten, in denen die Plastikblumen nach der jeweiligen Bestellung sortiert offensichtlich an die Tische der Packhelfer gebracht werden. Ich kotze auf ein halbes Dutzend Magnolienzweige.

»Mach das weg«, sagt Nr. 2 zu der Arbeiterin, der er die Kiste aus den Händen gerissen hat. Die alte Chinesin senkt den Kopf und murmelt etwas. Sie scheint nur gebrochen Englisch zu sprechen.

Illegale Einwanderer. Okay, das erklärt natürlich, warum sich hier keiner drum schert, wenn eine junge Frau von zwei Männern herumgeschubst wird.

Ich wische mit dem Handrücken über meinen Mund. Bevor ich mich halbwegs wieder gefasst habe, ziehen die Bodyguards mich weiter. Sie packen mich etwas vorsichtiger an, wofür ich ihnen dankbar bin.

Durch die nächste Doppeltür, eine schmale Treppe hoch.

»Ich kann allein gehen«, flüstere ich. Mein Hals tut weh vom Kotzen. Die beiden lassen mich los. Ich folge Marcus nach oben. Ein Flur, dann ein weiterer. Ein Vorzimmer, zwei beschäftigte Sekretärinnen. Alles ähnelt der Atmosphäre in dem Gebäude unten am Hafen, wo ich das erste Mal Raimund Swan begegnet bin.

Hier wartet nicht nur Swan auf mich.

»Hi Lea.« Mein Bruder Dean steht lässig mit vor der Brust

verschränkten Armen neben dem Schreibtisch. Swan sitzt in seinem Rollstuhl dahinter, zwei weitere Schränke links und rechts neben ihm. Obwohl der Raum nur spärlich beleuchtet ist, tragen sie Sonnenbrillen.

In einer anderen Situation hätte ich das hochgradig albern gefunden. New York im Winter, und diese Idioten tragen Sonnenbrillen!

Aber ich habe im Moment ganz andere Sorgen.

»Dean«, sage ich nur.

»Sieht ganz so aus, als hätten wir eine Einigung erzielt«, sagt Mr. Swan. Er mustert mich prüfend, und ich erwidere den Blick voller Trotz. So leicht lasse ich mich nicht in die Knie zwingen.

»Wo ist Jax?«, frage ich.

Dean zieht stumm die Augenbrauen hoch. Raimund Swan sieht Marcus fragend an.

Er zuckt nur mit den Schultern. »Sie hat wohl einen Narren an ihm gefressen. Keine Ahnung.«

»Ah«, macht Swan. »Nun, meine Liebe, *Jackson* ist leider verhindert.«

Ich starre ihn an. Er starrt zurück.

Schließlich seufzt er und gibt seinen Leuten ein Zeichen. »Lasst uns allein.«

Die Schränke ziehen sich zurück, und Marcus folgt ihnen.

»Sie auch, Tevez.«

»Meine Schwester hat keine Geheimnisse vor mir«, behauptet mein Bruder.

Raimund Swan lächelt fein. »Aber ich«, erklärt er. »Also bitte, lassen Sie uns ein paar Minuten allein. Ich bin sicher, ihre Schwester wird Ihnen nachher alles erzählen, was Sie wissen müssen.«

Er klingt so entspannt, als hätte er Dean gerade mitgeteilt, dass er sich mit mir über meinen Collegefonds unterhalten will. Mein Bruder wirft mir einen finsteren Blick zu, doch er lässt uns allein.

»Nun, Miss Tevez?«

»Was ist mit Jax passiert?«, frage ich. Unaufgefordert nehme ich auf einem der beiden Besuchsstühle Platz.

»Ah, Jackson. Ja. Das ist bedauerlich. Es kam zu einem ...

Zwischenfall.«

»Einem Zwischenfall«, wiederhole ich.

»Einer Schießerei«, präzisiert er.

»Ja, das habe ich ... ich weiß. Jax ...« Mein Mund ist staubtrocken. Ich kann nicht weitersprechen.

»Er wurde angeschossen. In die Schulter, was unter normalen Umständen kein Drama wäre. Aber bedauerlicherweise hat jemand die Polizei gerufen. Meine Leute mussten ihn dort zurücklassen.«

Ich schlucke schwer. »Ist er ...«

Raimund Swan beugt sich vor und faltet die Hände auf der Schreibtischunterlage. Seine dunklen, stechenden Augen lassen mich nicht los. »Miss Tevez. Ich weiß nicht, warum Sie sich für Jacksons Verbleib interessieren. Und es geht mich auch nichts an«, fährt er fort, als ich aufbegehren will. »Aber wenn meine Leute einen von uns zurücklassen müssen, tun sie das nicht leichtfertig. Jackson war in den letzten Jahren mein bester Mann. Er hat mehr als einmal andere aus der Scheiße geholt.« Als ich zusammenzucke, grinst er. »Was denn, kann ein alter Mann nicht mal Scheiße sagen?«

»Schon«, sage ich. »Es passt nur nicht zu Ihnen.«

»Danke. Das nehme ich mal als Kompliment.«

Wir schweigen einen Moment.

»Wo ist er?«, frage ich.

»In einer Klinik. Man versorgt seine Schusswunde. Und ja, er wird's überleben«, fügt Mr. Swan hinzu. »Ich habe überall meine Leute.«

Das bezweifle ich nicht, denn genauso hält es mein Dad. Es ist immer gut, Kontakte in Kliniken und Gesundheitszentren zu haben. Die nächste Schusswunde kommt bestimmt ...

»Dann holen Sie ihn da raus«, sage ich. »Das können Sie doch, oder?«

»Es tut mir schrecklich leid, aber das liegt außerhalb meiner Möglichkeiten. Das NYPD interessiert sich zu sehr für ihn. Immer schon. Er ist ihnen vor einigen Jahren mal unangenehm aufgefallen, und seitdem nerven sie ihn regelmäßig, wenn er auffällig wird. So eine Schießerei läuft selten *unauffällig* ab.« Er zuckt mit den Schultern, als wollte er sagen: *Sie wissen schon, die Polizei. Nerviger Haufen, aber was will man ma-*

chen?

»Holen Sie Jax wieder raus.« Ich stehe auf. Mehr habe ich ihm nicht zu sagen. Mich interessieren die genauen Umstände der Schießerei nicht (obwohl ich es mir denken kann). Wahrscheinlich hatte Dean wieder seine Gorillas dabei. Bullige Typen, die den Schränken von Mr. Swan in Bezug auf Statur und Intelligenz ziemlich ähnlich sind. Da kann es schon passieren, dass einer von denen einen nervösen Zeigefinger hat und - bumm. Schon schießen beide Seiten aufeinander, ein Querschläger erwischt Jackson an der Schulter ...

Jax! Ich will zu dir ...

Die Coolness weicht der Angst. Ganz plötzlich kann ich nicht mehr stark sein. Ich muss mich am Stuhl festhalten, sonst wäre ich einfach umgekippt. Mr. Swan beobachtet mich ungerührt. Wie ein Insekt, das der Forscher gleich auf eine Nadel spießt und in einen seiner Vitrinenkästen legt. Interessiert, aber ohne Emotion.

»Geht es Ihnen nicht gut, meine Liebe?«

Ich will ihn anfauchen, dass es mir natürlich nicht gut geht. Dass ich außerdem nicht seine Liebe bin und nie sein werde und er sich seine Höflichkeit dort hinstecken kann, wo's nie so richtig hell wird. Aber ich schüttele nur den Kopf.

»Dann gehe ich jetzt also mit meinem Bruder? Sie haben alles geklärt und Jax muss eben in den Knast? Pech gehabt?«

Mr. Swan zuckt mit den Schultern. »So ist das Leben nun mal. Die Sache mit Ihrem Vater ist geregelt, er wird sich aus New York zurückziehen. Und Jackson hat gewusst, worauf er sich einlässt.«

Ich starre ihn noch einen Moment wütend an. Aber klar; von einer Dreiundzwanzigjährigen, die sich immer aus allem heraushalten wollte, lässt er sich nichts sagen.

»Leben Sie wohl, Miss Tevez.«

Verräter.

Jetzt weiß ich, wie sich mein Bruder gefühlt haben muss, nachdem das LAPD bei ihm auflief und anfing, unangenehme Fragen zu Chrissas Tod zu stellen. Ich habe ihn verraten, und dafür wird er mich mein ganzes Leben büßen lassen.

Ich will auch gar nicht ausschließen, dass die Schüsse auf Jackson gezielt abgegeben wurden. Um ihn aus dem Weg zu räumen. Um mir meine Grenzen aufzuzeigen. Mein Bruder ist nicht dumm. Er weiß genau, womit er mir wehtun kann.

Und nun hat Mr. Swan Jackson verraten. Ob er ahnt, dass ich nun eine ähnliche Wut auf ihn empfinde? Den unbändigen Wunsch, ihn zu zerstören?

Keine Ahnung. Aber ich werde es ihm bestimmt nicht sagen.

Wenn ich ihn vernichte, wird dieser Schlag aus dem Nichts kommen.

Vor der Tür wartet Dean mit seinen beiden Männern auf mich. Er grinst schief, als ich die Tür schließe. »Nun, Schwesterchen? Wollen wir nach Hause?«

»Ich muss erst noch in meine Wohnung. Da sind meine Sachen.«

»Meinetwegen.« Er zuckt mit den Schultern.

Mir kommt eine Idee. »Und in Jimmy's Diner. Da hab ich auch noch was vergessen.«

»Okay. Soll mir alles recht sein.«

Wir nehmen nach draußen einen anderen Weg als vorhin. Auf der anderen Seite hat das Gebäude eine schicke Fassade und sogar ein Firmenschild. Auf dem Parkplatz stehen ein Dutzend Fahrzeuge. Wir steigen in einen schwarzen SUV, der dem ähnelt, mit dem Marcus mich hergebracht hat, und fahren los.

Ich versuche, mir einen Plan zurechtzulegen. Irgendwas! Ich kann New York unmöglich verlassen, ohne Jackson noch einmal zu sehen. Aber ich weiß ja nicht mal, in welchem Krankenhaus er liegt. Es gibt in New York Dutzende Kliniken, und wenn ich die alle abklappern will, bin ich eine Woche lang beschäftigt.

Wir erreichen meine Wohnung. Dean begleitet mich. Wir steigen die schmale Treppe hoch. Hinter den Türen der anderen Apartments hören wir laute Stimmen. Geschrei, Geschirr, das zerschlagen wird. Dean verzieht keine Miene, doch als wir mein Apartment betreten, sagt er nur: »Abschaum.«

»Wie bitte?«

Ich gehe ins Schlafzimmer, ohne auf seine Antwort zu warten. Die wenigen Klamotten, die ich mitnehmen will, stopfe ich in eine Reisetasche. Meine Messengerbag liegt im Auto.

Viel habe ich nicht ...

»Wie hast du das monatelang ausgehalten? War es denn bei uns in L.A. so schlimm?«

Ich starre ihn an. Schließlich frage ich: »Weiß Dad, was du getan hast?«

Danach habe ich meine Ruhe.

Wir fahren weiter zu Jimmy's. Nora ist da und flattert aufgeregt um mich herum, obwohl gerade Mittagszeit und im Diner die Hölle los ist.

»Wo warst du, Zicklein? Wir haben uns Sorgen gemacht. Eleni hat gesagt, du hast auch nicht auf ihre Nachrichten geantwortet. Willst du nichts mehr mit uns zu tun haben?«

»Tut mir leid«, sage ich. »Ist Jimmy in der Küche?«

Sie nickt. Ich gehe durch die Schwingtür und stehe Zuko gegenüber.

Er mustert mich schweigend.

»Hat mein Vater dich noch nicht abgezogen?«, frage ich leise.

Er blickt an mir vorbei. Dean ist mir gefolgt und steht mit verschränkten Armen direkt neben der Schwingtür.

Etwas an Zukos Miene und der Art, wie er plötzlich wieder klein und schüchtern wirkt, verwirrt mich. Ich dachte, mein Dad hat ihn geschickt? Warum begrüßt er Dean nicht, sondern blickt nur auf den Boden?

Und jetzt murmelt er was, das ich nicht verstehe. »Ich kann kein chinesisch«, erwidere ich. Er hebt den Kopf und sein Blick zuckt Richtung Personalraum. Kaum merklich nicke ich.

»Lea!« Jimmy kommt auf mich zu und wirft sich ein dreckiges Handtuch über die massige Schulter. »Scheiße, wo warst du? Wir haben uns Sorgen gemacht.«

»Jimmy.« Ehe ich mich versehe, hat er mich fest in die Arme genommen. Ich fürchte, mein Brustkorb zerspringt gleich. Nur widerwillig lässt er mich los. »Ich wollte meine Sachen holen.«

Er nickt ernst. »Ich habe mir schon so etwas gedacht. Die Besten verschwinden einfach irgendwann.«

»Ach, Jimmy.« Diesmal falle ich ihm um den Hals.

»Pass auf dich auf«, flüstert er mir zu. »Und wenn du was brauchst, sag's dem alten Jimmy.«

»Ganz bestimmt«, verspreche ich ihm.

»Dauert das noch lange?« Dean ist ungeduldig. Ich löse mich von Jimmy und gehe durch die Küche. Dean will mir folgen, aber ich höre, wie Jimmy ihm eine Frage stellt. Dann fällt die Tür hinter mir ins Schloss.

Ich laufe zum Personalraum. Die Tür steht halb offen, und ich ahne, wer mich da drin erwartet.

Zuko sitzt auf der schmalen Bank zwischen den Spindreihen und dreht sich eine Zigarette.

Ich schließe die Tür. Er hebt den Kopf, steht auf und dreht den Schlüssel im Schloss.

»Hi«, sage ich.

Er hält den Kopf gesenkt und antwortet nicht.

Habe ich mich etwa vorhin geirrt, als ich dachte, er will mit mir reden? Ich öffne meinen Spind und beginne, die wenigen Sachen auszuräumen. Zwei Müsliriegel, eine Flasche Wasser, ein Ersatz-T-Shirt, ein zerlesenes Taschenbuch und ein paar zerknüllte Dollarnoten.

»Willst du deinen Bruder immer noch ausliefern?«

Im ersten Moment glaube ich, mich verhört zu haben. Ich drehe mich zu ihm um. Er hält den Kopf weiterhin gesenkt.

»Wie bitte?«

»Deinen Bruder. Für den Mord an deiner Freundin.«

Ich weiß einen Moment nicht, was ich sagen soll.

»Warum sollte ich dir das erzählen? Damit er einen Grund hat, mich zu ermorden?«

Zuko steht auf und zieht ein kleines, schwarzes Ledermäppchen aus der Gesäßtasche seiner Jeans. Er hält es mir hin und lächelt schief.

»FBI?«, frage ich.

Er nickt. Beobachtet mich weiter. »Also?«

Jetzt verstehe ich überhaupt nichts mehr. Hat er mir nicht erzählt, dass er von meinem Vater geschickt wurde, um auf mich aufzupassen? War das nur gelogen?

Langsam dämmert mir, was hier los ist. Trotzdem wirft das mehr Fragen auf als es beantwortet.

»Ich ... warum das FBI? Wieso lässt das LAPD mich hängen, damit dann das FBI ...«

»Vegas«, sagt er nur, und ich verstehe. Natürlich.

Mein Bruder hat zwei Frauen ermordet. Erst die Nutte in Las Vegas und später Chrissa in L.A. Damit ist er ein Fall für die Bundesbehörde, denn er hat in zwei Staaten Straftaten begangen.

»Also? Willst du immer noch gegen ihn aussagen?«

Ich zögere.

Seit ich vor acht Monaten beim LAPD auf einem unbequemen Stuhl im Verhörraum saß und man mir vorschlug, meinen Vater und mit ihm das ganze Drogenkartell auszuliefern, hat sich vieles geändert.

Ich habe mich geändert.

Jackson. Ich muss mehr rausholen als nur meinen Schutz.

»Das will ich. Aber ich habe Bedingungen.«

Zuko lächelt schmal. »Das habe ich mir gedacht.«

»Jax«, sage ich nur.

Er fragt nicht, wer Jax ist, darum vermute ich mal, dass er über das Black Swan-Kartell Bescheid weiß. Zuko setzt sich auf die Bank. »Das wird schwierig«, behauptet er.

»Nein. Für euch ist nichts schwierig. Für euch ist alles nur Verhandlungssache.«

Da er nicht antwortet, nehme ich an, mit dieser Vermutung richtig zu liegen.

»Ich bin nicht befugt, dir irgendwelche Versprechungen zu machen.«

Ich knalle meinen Spind zu. »Dann kannst du dich melden, sobald du mit jemandem geredet hast, der die Befugnis hat.«

»Lea ...«

Ich lasse ihn sitzen. Vielleicht ist das der größte Fehler meines Lebens.

Aber ohne Jax ist dieses Leben wertlos. Wenn das FBI nicht uns beiden helfen kann, will ich auch nicht länger existieren.

Chrissa, Jax, ich. Opfer im Drogenkrieg.

Es wäre nur allzu logisch, wenn es darauf hinausläuft.

12. Kapitel

Er ist alt geworden. Ich habe mich richtig erschreckt, als wir aus dem Privatjet steigen und er uns mit seiner Limousine direkt am Rollfeld abholt. (Ja, es hat unbestritten echte Vorteile, wenn man die Unterwelt einer Stadt kontrolliert.) Die schlohweißen Haare wirken zerzaust und die Augen unendlich müde.

»Lea.« Er steht unsicher vor mir, und dann werfe ich mich ihm in die Arme.

Er ist immer noch mein Vater.

Er hält mich fest. Dieser kurze Moment gehört nur meinem Dad und mir. Unserer gemeinsamen Trauer um Chrissa. Dem Schmerz, für den wir keine Worte finden.

Ob er inzwischen weiß, was Dean getan hat? Vermutlich.

Ob er es akzeptiert?

Ich habe keine Ahnung.

»Es tut gut, dich zu sehen.« Seine Stimme klingt rau, als würde er nicht mehr oft sprechen. Er klapst mich aufmunternd auf die Schulter und führt mich zum Wagen. Wir setzen uns auf die Rückbank, und Dean gleitet auf den Vordersitz.

Kein ungestörter Moment. Dafür sorgt mein Bruder.

Ob er fürchtet, mein Dad und ich könnten uns gegen ihn verschwören?

»Ich bin froh, dass du wieder bei uns bist.« Mein Dad hüstelt. »Dean hat erzählt, du hättest dich bei uns wie eine Gefangene gefühlt und nicht das Leben einer unabhängigen jungen Frau geführt. Aber das hättest du mir doch sagen können. Jedenfalls habe ich für dich Downtown ein Apartment gemietet und deine Sachen hinbringen lassen. Du kannst jetzt allein leben.«

»Danke, Dad.«

Ich starre aus dem Seitenfenster. Die Stadt huscht an uns vorbei. Erst jetzt merke ich, wie sehr ich L.A. vermisst habe. Die Wärme, das Licht, die Freiheit der finanziellen Sorglosigkeit ... Was ich nicht vermisst habe, ist der Kontrollwahn meines Vaters und meines Bruders.

»Ich habe außerdem ein Konto für dich eingerichtet, auf das jeden Monat 10.000 Dollar gehen. Damit solltest du auskommen. Aber falls du mehr brauchst, sag einfach Bescheid.

Für mein Mädchen ist mir nichts zu teuer.«

Ich lächle gequält. Das meine ich. Für alles ist gesorgt. Manchmal frage ich mich, ob er wohl auch irgendwann einen »angemessenen« Ehemann für mich sucht, der »das Geschäft übernimmt«. Mein Bruder ist ja eher so fürs Grobe zuständig.

Ich bin übermüdet und völlig fertig nach den letzten Tagen. Und gerade deshalb kann ich mir ein Kichern nicht verkneifen. Meine Güte, Jax wäre in den Augen meines Vaters der perfekte Schwiegersohn. Er könnte die Geheimnisse von Black Swan ausplaudern, damit unser Clan eine feindliche Übernahme starten kann, er kennt keine Skrupel ...

»Alles in Ordnung, Liebes?« Er streckt die Hand nach mir aus, berührt mich aber nicht.

»Ich denke schon.«

In New York bin ich mit einem Bruchteil der Summe ausgekommen, die er mir jetzt freigiebig zur Verfügung stellt. Doch ich spüre, wie wichtig ihm das ist. Für seine Tochter sorgen. Als könnte er mit Geld meinen Verlust aus der Welt schaffen.

Mit seinen Verlusten schafft er das nicht, oder?

Er ist kein harter Hund. Nach außen schon. Ein starker, kräftiger Mann. Einer, der nicht zögert, seine Interessen durchzusetzen. Aber es gibt etwas, das ihn unendlich verletzlich macht.

Seine Familie.

Ich fasse einen Entschluss. Es ist okay, wenn er auf mich aufpassen möchte. Aber ich bin dreiundzwanzig und möchte mein Leben selbst in die Hand nehmen.

»Dad, ich möchte mir einen Job suchen.«

Er hört mir nicht zu.

»Außerdem habe ich dir ein Auto gekauft, damit du jederzeit zu uns fahren kannst«, fährt er ungerührt fort. »Ich hoffe, du magst rot? Falls nicht, wir können den Lexus auch umtauschen. Vielleicht ist ein BMW eher dein Geschmack? In blau? Oder lieber mit so einer mattschwarzen Spezialfolie beklebt? Nein, ich weiß, was du brauchst. Einen weißen Audi TT. Ich kümmere mich darum.«

»Dad!« Er hört mir überhaupt nicht zu. Ich lege die Hand auf seinen Unterarm, und er hebt den Kopf. Seine dunklen

Augen schwimmen in den Tränen, die er sich nicht eingesteht. Was ist das? Freude, weil er seine Tochter wieder in die Arme schließen darf? Oder ist da mehr?

Ich ziehe die Hand zurück. »Ein Lexus klingt cool«, sage ich mit gespielter Begeisterung. »Bei einem weißen TT sieht man doch sofort den Straßenstaub.« Seine Miene hellt sich auf. Wenn er seine Tochter glücklich machen kann, ist mein Dad zufrieden.

Aber er ist anders als vor meiner Flucht. Irgendwie kann ich es nicht genau benennen. Er wirkt wie betäubt. Als fiele es ihm schwer, einen klaren Gedanken zu fassen und dann zu formulieren.

Das macht mir Angst.

Mein Dad ist nicht mehr der Mann, den ich einst kannte.

Okay.

Das ist gar nicht gut.

Ich glaube, ich habe mich da in eine blöde Situation manövriert.

Seit einer Woche bin ich also wieder zu Hause. Und mit zu Hause meine ich dieses schicke Apartment Downtown L.A., in einem der Wolkenkratzer. Das Apartment hat mein Vater von einer Innenarchitektin einrichten lassen. Dottie Michaelson ist gebürtige Schwedin, die vor über zwanzig Jahren nach L.A. kam und sich seither von einem kleinen Geschäft mit Tapeten und Vorhängen, in dem sie anfangs jobbte, zur teuersten Innenausstatterin der Stadt hochgearbeitet hat.

Man bekommt Dottie Michaelson nicht von heute auf morgen, sondern muss so ungefähr eine halbe Ewigkeit vorher bei ihr auf Knien rutschend um ihre Zeit betteln. Und ein kleines Vermögen auf den Tisch blättern, versteht sich.

Das auf-den-Knien-rutschen war für meinen Vater vermutlich nicht nötig. Aber warten musste er trotzdem. Bei ihr müssen alle warten. Auch Hollywoodstars.

Er hat also den Auftrag für das Apartment schon vor längerem erteilt.

Mein Apartment hat einen riesigen Wohnbereich, eine schicke, großzügige Küche mit Frühstückstheke, zwei Schlafzimmer, zwei Bäder und einen Wahnsinnsausblick über die

Skyline der Stadt. Die Einrichtung ist kühn; viel Farbe, viel Leder, viel moderne Kunst an den Wänden, die vermutlich ein kleines Vermögen gekostet hat. Besonders gut gefällt mir die Küche mit den aquagrünen Acrylglasfronten. Keine Ahnung, wie Dottie Michaelson das geschafft hat, aber sie hat voll meinen Geschmack getroffen.

Meine Sachen warteten in Kartons auf mich, als mein Vater mich in der Wohnung herumführte. Es fehlt mir an nichts. Das Wohngebäude hat einen Portier (Tag und Nacht), einen Einkaufsservice, im Keller ein Schwimmbad nebst Sauna und in einem der oberen Geschosse gibt es einen Fitnessclub für die Bewohner.

Der Kühlschrank war frisch befüllt, als ich meinen ersten Rundgang machte. Wenn irgendwas fehlt, sollte ich mich einfach beim Portier melden.

Die ersten zwei Tage war ich damit beschäftigt, meine Sachen auszupacken und mich einzurichten.

Es fällt mir schwer, denn die ganze Zeit denke ich an Jax. Ich surfe im Internet, suche nach irgendwelchen Berichten über ihn. Hatte man bereits Anklage gegen ihn erhoben?

Am dritten Tag trete ich aus dem Haus. Ich setze meine Sonnenbrille auf, schaue nach links und rechts. Und runzele die Stirn.

Der schwarze SUV, der vorne an der Straßenecke parkt – der ist mir schon gestern aufgefallen. Und vorgestern.

Habe ich wirklich geglaubt, mein Dad lässt mich in Ruhe?

Danach hocke ich nur noch in der Wohnung. Wenn ich vor die Tür gehe, werde ich von dem SUV verfolgt. Wenn ich zu Fuß unterwegs bin – was schwachsinnig ist, weil die Entfernungen in L.A. einfach größer sind als in New York, jeder fährt hier mit dem Auto – folgen mir ebenfalls zwei Männer. Wenn ich mit dem Auto wegfahre, folgt der SUV mir nicht, aber da der rote Lexus vermutlich einen Peilsender hat, mache ich mir nichts vor – ich entkomme nicht.

Kurz: ich bin immer noch die Gefangene meiner Familie. Was dramatischer klingt als es tatsächlich ist. Aber wie soll ich mich von ihnen freimachen? Ich habe keine Chance ...

Außerdem vermisse ich Jax. Ich warte, weil ich hoffe, dass

irgendwas passiert – *irgendwas*, verdammt noch mal. Zuko hat sich nicht mehr bei mir gemeldet. Klar, warum auch? Wahrscheinlich können sie meine Forderungen nicht erfüllen und halten sich deshalb lieber bedeckt.

Ich bin einsam. Niemand ist da. Okay, ich könnte meinen Dad besuchen. Aber wozu? Er wird doch nur wieder die Familienbande heraufbeschwören wollen. Wird mich daran erinnern, wie viel ich verloren habe, ohne es zu wollen. Ich glaube nicht, dass mein Dad irgendwas von dem, was in dem vergangenen Jahr passiert ist, wirklich *gewollt* hat.

Und er wird über Chrissa reden. Aber sorry, das kann ich nicht. Dass die beiden sich ineinander verliebt haben, war schon damals ein Schock für mich. Ihn jetzt in seiner Trauer zu erleben, obwohl ich genau *weiß*, wer ihm das angetan hat, bringe ich nicht übers Herz.

Dean.

Ihn sollte ich ans FBI ausliefern. Mein Vater hat auch vieles getan, das nicht okay war, aber zuletzt war Dean die treibende Kraft.

Seit Jahren gibt mein Vater jeden Samstagabend eine Dinnerparty. Er lädt dazu meist Geschäftspartner ein – von seinen legalen Geschäften, wohlgemerkt – sowie Freunde und Weggefährten aus Collegezeiten und Lokalpolitiker. Meist versammeln sich dann vier bis sechs Pärchen um den Tisch. In den letzten Jahren war ich immer an der Seite meines Vaters. Mein Bruder hielt sich früher von den Veranstaltungen fern; in seinen Augen sind Dinnerpartys Quatsch.

Vielleicht ist das die Gelegenheit, ungestört mit meinem Vater zu reden. Ich rufe ihn an; er klingt erfreut, meine Stimme zu hören. Noch mehr freut er sich, als ich vorschlage, zur nächsten Dinnerparty zu kommen.

»Das ist eine großartige Idee«, erklärt er. »Ich wusste gar nicht, dass dir die Dinnerpartys so sehr fehlen.«

»Du fehlst mir«, sage ich. »Weißt du noch, unsere letzte Party?«

Einen Moment schweigt er. Wir denken an dasselbe. An Chrissa, die in ihrem wunderschönen Kleid am Arm meines Vaters die Gäste begrüßte.

»Es ist nicht, wie du denkst«, sagt er plötzlich. Er klingt unendlich müde.

»Was denke ich denn?«, frage ich sanft.

»Du glaubst, dir ein Urteil erlauben zu können. Du glaubst, ich habe gebilligt, was mit Chrissa geschah.«

Was mit Chrissa geschah ...

»Dad ...« Meine Stimme ist tränenerstickt.

»Glaubst du, ich habe nicht gewusst, was passiert ist? Dass Dean sie umgebracht hat?«

Ich schweige, obwohl ich plötzlich tausend Fragen habe.

»Er ist kein schlechter Junge. Anders als Vic, aber kein schlechter. Verstehst du?«

»Sagen wir doch, wie es ist.« Ich schlucke die Tränen runter, die mich zu überwältigen drohen. »Dean hat Chrissa ermordet. Und du hast ihm das durchgehen lassen.«

»Lea ...«

»Ist doch so!«

»Wir sind allein, Lea! Wir haben niemanden. Seit Vic nicht mehr da ist, entgleitet uns alles. Aber Dean passt auf. Er sorgt dafür, dass die Geschäfte weiterlaufen.«

»Weil du dazu nicht mehr in der Lage bist?«

Ich höre ihn schwer atmen. Ich stehe vom Sessel auf, in dem ich mich eingerollt habe und gehe barfuß zum Panoramafenster. Die Nacht senkt sich über die Stadt. Die Tageszeit, wenn man glaubt, bis zum Meer schauen zu können, was allerdings ein Trugschluss ist. Die Dunstglocke über der Stadt gaukelt es einem vor.

»Dad?«

»Lass uns nicht mehr darüber sprechen, Lea.« Klick. Er hat aufgelegt.

Ich habe Angst um ihn. Aber noch mehr fürchte ich um mich.

Und Jackson ...

Zum gefühlt hundertsten Mal gehe ich online und gebe seinen Namen in die Suchmaschine ein. Ich lasse bereits einen Google Alert laufen, der mir alle News zu Jackson Bennett täglich ins Mailfach spült. Doch bisher habe ich nichts gefunden. Ein gewisser Jackson Bennett in Georgia scheint gerade geheiratet zu haben. Ich lächle traurig und klicke den Artikel weg. Auch heute bleibt das Internet stumm.

Ich weiß nicht, ob das ein gutes oder schlechtes Zeichen ist. Jackson würde doch sofort zu mir kommen, wenn er aus dem Krankenhaus kommt?

Es gibt natürlich immer noch die Möglichkeit, dass er seinen Schussverletzungen erlegen ist ...

Aber auch dann müsste sich irgendwo im Netz eine Info darüber finden, oder?

In den kommenden Tagen bleibe ich zu Hause. Ich bestelle über den Portier neue Lebensmittel und streame ein paar Serien über das super Home-Entertainment-Center, das Dottie Michaelson installiert hat. Die meiste Zeit sehe ich aber gar nicht hin, sondern lasse den Fernseher einfach laufen.

Die Einsamkeit frisst sich in mein Herz.

Ist das vor meiner Flucht auch so gewesen? Hatte ich damals so wenige Freunde?

Alle Menschen, die ich liebgewonnen habe, sitzen in New York. Eleni, Jimmy, sogar Nora ... Sie alle wären mir tausendmal lieber als die Stille. Selbst Zuko wäre mir jetzt recht, solange er keine schlechten Neuigkeiten bringt.

Inzwischen bin ich überzeugt, dass Jackson tot ist. Auf eine verquere, fast schon erleichterte Art. Denn wenn er tot ist, brauche ich mir keine Sorgen mehr um ihn zu machen, oder? Dann hat er's überstanden, so wie Chrissa.

Andererseits hoffe ich auf seinen Überlebenswillen. Auf seinen Instinkt. Darauf, dass er irgendwie untergetaucht ist und früher oder später Kontakt mit mir aufnimmt. Ich verstehe, dass er das nicht einfach so tun kann. Der schwarze SUV vor dem Apartmentgebäude ist ja sogar mir aufgefallen, und niemand kann behaupten, ich wäre besonders gut darin, eine Beschattung zu bemerken. Wer auch immer auf mich aufpasst, gibt sich keine große Mühe. Ich *soll* wissen, dass sie mich nicht aus den Augen lassen.

Ich bin gerade bei der dritten Staffel Good Wife angelangt. Donnerstagmorgen. Noch zwei Tage bis zu Dads Dinnerparty also. Das interne Telefon klingelt, und der Portier meldet sich. Meine Lebensmittellieferung ist eingetroffen.

»Können Sie die nicht annehmen?«, frage ich müde. Ich

will gerade niemanden sehen.

»Tut mir leid, der Lieferfahrer hat auf seinem Auftrag notiert, er solle auch die Einkäufe einräumen.«

Ach ja, verdammt. Inzwischen bin ich so erschöpft von *allem*, dass ich mir diesen Extra-Service für fünfzehn Dollar gegönnt habe. Ich habe ja genug Geld, warum soll ich es dann nicht nutzen?

»Okay, er soll raufkommen.« Ich lasse die Wohnungstür offen stehen und tapse wieder zum Sofa. Obwohl draußen herrlichstes Sonnenwetter herrscht, ist mir kalt. Ich kuschle mich unter eine Fellimitatdecke und schließe erschöpft die Augen.

Ein Kaffee wäre jetzt schön. Oder ein Cappuccino, wie Jackson ihn mir in seiner Küche in Brooklyn zubereitet hat ...

Ich reiße die Augen wieder auf. Nein, nein, nein. Wenn ich mit diesem Gedanken einschlafe, träume ich von ihm. Das darf ich nicht.

Jemand klopft an die Wohnungstür. »Hallo?«

Ich stehe auf und gehe dem Lieferfahrer entgegen.

Ich bleibe wie angewurzelt stehen. Starre ihn an. Mache den Mund auf. Klappe ihn wieder zu.

»Hallo«, sagt Jackson. Er lächelt schief.

Der grüne Overall des Supermarkts wirkt ebenso fremd an ihm wie die blaue Kiste, die er jetzt hastig abstellt. Und dann bin ich schon bei ihm. Ich falle ihm nicht um den Hals, sondern zögere.

»Jax ...«

»Lea.« Er macht einen Schritt auf mich zu. Ich spüre seinen Atem. Seine Bewegungen, die kaum verhohlene Kraft. Vorsichtig hebe ich die Hand und lege sie auf seine Schulter.

Er verzieht das Gesicht. »Autsch«, flüstert er.

Ich ziehe die Hand zurück, als hätte ich mich an ihm verbrannt.

»Die Schusswunde«, erklärt er.

Und dann nimmt er mich behutsam in die Arme. Ganz vorsichtig, als fürchtete er, mich zu zerbrechen.

Und genau das geschieht in diesem winzigen Moment. Seine Arme um meinen Körper, sein Gesicht an meiner Schulter. Ich stehe einfach nur da, unfähig, ein zweites Mal die Arme zu heben. Ich schluchze auf. So viele Tränen, die ich nicht um ihn geweint habe, weil ich immer hoffte, hoffte, hoffte, dass er irgendwann wieder vor mir stehen würde. Sie wollen alle in diesem einen Augenblick raus, und ich bin hilflos.

»Ich weiß«, murmelt er. »Ich weiß ...«

Er hält mich fest. Wiegt mich wie ein kleines Kind. Beruhigend streichelt er mich, seine Hände spenden Trost. Durch diese Berührungen wird er wieder wirklich, und ich beginne, meinen Erinnerungen zu trauen. In den letzten Tagen habe ich schon angefangen, an mir selbst zu zweifeln. Habe ich wirklich ein knappes Jahr allein in New York gelebt? Ist er real?

Er beweist mir, wie real er ist.

Ich spüre, wie er mich hochhebt, und instinktiv halte ich mich an seinen Schultern fest. Er trägt mich ins Schlafzimmer, legt mich aufs Bett. Keine Sekunde lässt er mich aus den Augen, auch nicht, als er sich aus dem verwaschenen Overall schält und die ausgetretenen Turnschuhe abstreift. »Bleib so liegen«, befiehlt er, und ich gehorche.

»Jax ...«

»Nicht jetzt. Wir können später reden.«

Danach.

Er kommt nackt zu mir. Ich strecke die Arme nach ihm aus, und er hält mich fest. Seine Hände erkunden mich, als wäre ich ein Wunder, eine Andere als letzte Woche in New York. Vielleicht bin ich für ihn auf den ersten Blick genauso fremd wie er für mich. L.A. hatte mich wieder ganz in seinen Bann geschlagen, und das einzige, was ich für mich in der letzten Woche getan hatte, war eher kosmetischer Natur: glatte Beine, neuer Haarschnitt. Ein kurzer Rock und ein Seidentop statt Jeans und Sweatshirt.

Seine Hand gleitet unter den Rock und findet sofort, was er suchte. Er streichelte mich durch den Slip, während er mich küsst. Seine Erektion drängt gegen meine Hüfte. Atemlos umfasse ich sein Gesicht, halte es im nächsten Moment schon nicht mehr aus und hebe ihm meine Hüften entgegen. Ich will ihn. Nicht irgendwann, nicht nach einem langen Vorspiel, sondern sofort. Ich will ihn in mir spüren. Erst dann kann ich glauben, dass das hier wirklich passiert.

»Jax ...«

»Ja.« Diesmal kommt er meinem Wunsch nach. Er zieht

mir den Slip aus, hilft mir aus dem Top und dem Rock. Ich empfange ihn mit geöffneten Schenkeln und offenen Armen. Behutsam schiebt er sich tief in mich hinein. Als ich seine Schultern diesmal umfasse, zuckt er zusammen. Der Verband um die linke Schulter sieht jungfräulich weiß aus. Ich berühre ihn mit den Fingerspitzen. »Tut das weh?«, frage ich.

»Wenn ich Schmerzmittel nehme, geht es.«

Er beginnt, sich zu bewegen. Und ich vergesse alles. Meine Sorge um seine Verletzung, die Angst vor meinem Bruder, die Sache mit dem FBI. Alles weg. Es gibt nur Jackson und mich, nur seinen harten Schwanz in meiner Möse. Sofort ist dieses Kribbeln am ganzen Körper zurück, ich stehe völlig unter Strom und weiß nicht, wohin mit mir und meiner Lust. Ich klammere mich an ihn. Schlinge die Beine um seine Hüften. Will ihn noch mehr spüren, will ihm noch näher sein.

Er zuckt zusammen. »Scheiße«, höre ich ihn flüstern.

Ich muss kichern. »So unflätiges Fluchen gehört sich aber nicht in Gegenwart einer Dame«, necke ich ihn.

Er küsst mich. Doch als er sich erneut bewegt, verzieht er das Gesicht.

»Die Schulter?«, frage ich.

Er will schon den Kopf schütteln, aber dann nickt er.

Sanft schiebe ich ihn von mir runter. »Was wäre besser?«

Ich knie vor ihm auf dem Bett.

»Dreh dich um«, sagt er heiser.

»Und dann?«

Wieder grinst er so ... unverschämt. Als hätte er was ganz besonderes im Sinn.

Also drehe ich mich um. Er umfasst von hinten meine Hüften, und ich spüre, wie sein Schwanz gegen meine Pobacken drängt. Einen Moment lang glaube ich, er will ... aber nein. Er spreizt meine Pobacken, sein Schwanz schiebt sich von hinten in meine Muschi. Er fühlt sich riesig an, noch größer als er ohnehin ist. Ich stöhne auf, muss mir ein Kissen heranziehen.

Er fängt diesmal nicht langsam an, sondern stößt heftig zu. So heftig, dass ich aufschreie. Zugleich hält er mich mit der einen Hand fest, während die andere meine Klit sucht – und findet. Ich stöhne. Verdammt, ich habe ihn so sehr vermisst.

Er fickt mich hart und massiert gleichzeitig meine Klit. Was er mit mir macht, ist so ... intensiv. Unerträglich geil. Ich verkneife mir die Schreie, beiße ins Kissen und stöhne.

»Verdammt, Lea«, keucht er. Ich spüre, wie er noch härter wird. Noch größer. Seine Finger kreisen um meine Klit. Ich spüre, wie dieses Gefühl, das mich Tag und Nacht begleitet, dieses unbändige Sehnen, sich Bahn bricht. Wie es wächst, wie es anschwillt und dann, als ich glaube, es nicht mehr auszuhalten, bricht der Damm und dieses Sehnen findet seinen Höhepunkt. Und ich schreie meine Lust heraus, während Jax aufstöhnt und wir beide kommen.

Danach brechen wir auf dem Bett zusammen und brauchen einen Moment, ehe wir wieder zu Atem kommen.

Nackt liegen wir nebeneinander, dem anderen zugewandt und können es immer noch nicht glauben, dass wir wieder beisammen sind.

Seine Hand tanzt über meine Hüfte. »Ich habe dich so vermisst, Lea«, flüstert er.

Ich schließe die Augen. »Hör nicht auf.«

»Niemals«, verspricht er.

Wir lieben uns ein zweites Mal. Danach stehen wir auf. Als wir ins Wohnzimmer kommen, steht die Tür zum Hausflur noch immer offen. Ich schließe sie, wir lachen und scherzen, während Jackson sich um die Einkäufe kümmert. Die Tiefkühlprodukte sind angetaut, aber verdorben sind sie deshalb nicht.

»Wieso bist du nicht einfach so gekommen?«, frage ich.

Er kniet vor dem Kühlschrank und sortiert die Joghurtbecher ein. »Hast du mal vor die Tür geschaut? Der schwarze SUV?«

Ich grinse. »Mein Dad passt eben gut auf mich auf«, meine ich.

»Bist du sicher, dass es nicht das FBI ist?«

Der Gedanke ist mir tatsächlich noch nicht gekommen. Ich erstarre.

»Was weißt du darüber?«

Jackson richtet sich auf und stellt die leere Kiste auf die Frühstückstheke. »Eine ganze Menge. Aber vermutlich nicht annähernd genug.« Er sieht mich ernst an. »Wir sollten uns unterhalten.«

Das tun wir. Ich bin hungrig, nachdem wir uns so gierig geliebt haben, und zum ersten Mal seit Tagen koche ich etwas. Als wir eine halbe Stunde später über einem Teller Pasta al Arrabiata sitzen, schenkt Jackson uns ein Glas Wein ein.

»Auf uns?«, frage ich, als ich das Glas hebe.

»Auf unsere Zukunft.«

Wir trinken, und dann mache ich mich über die Pasta her. Sex macht hungrig. Liebe macht hungrig!

»Das FBI sucht mich«, fängt Jackson an. Ich blicke kurz hoch, doch er stochert konzentriert in seiner Pasta. Als würden wir uns nebenher übers Wetter unterhalten. »Sie haben mich erst im Krankenhaus aufgestöbert. Und als ich nicht kooperieren wollte, haben sie mir gedroht.«

»Womit haben sie dir gedroht?«

»Mit dir.« Er lacht. »Nein, gar nicht wahr. Sie haben mir gedroht, dich nicht länger zu beschützen.«

»Das FBI beschützt mich?«

Langsam kapiere ich gar nichts mehr. Vielleicht wäre jetzt der richtige Moment, um Jax zu erzählen, was ich Zuko angeboten habe – oder auch nicht. Denn beide Seiten scheinen ja kein Interesse an meinem Angebot zu haben. Dabei würde ich dem FBI alles liefern, was ich irgendwie beschaffen kann. Ich weiß genug, um meinen Dad und meinen Bruder lebenslänglich ins Gefängnis zu bringen.

»Naja, irgendwas haben sie jedenfalls mit dir zu schaffen, oder? Dieser eine Agent, so ein Chinese ...«

»Zuko.« Ich nicke. »Er hat auch in Jimmy's Diner gearbeitet. Erst als ich New York verließ, habe ich erfahren, dass er beim FBI arbeitet und nicht, wie er mir weismachen wollte, für meinen Vater. Der Hilfskoch. Nie gesehen?«

»Keine Ahnung.« Jax zuckt mit den Schultern. »Ich hatte da nur Augen für dich.«

Ich lächle ihn über den Tisch hinweg an. Er schenkt Wein nach.

»Jedenfalls hat er mich im Krankenhaus besucht und meinte, wenn ich ihm helfe, Swans Imperium zu stürzen, würde er mir Immunität und einen Platz im Zeugenschutz gewähren.«

Jetzt verstehe ich.

»Ganz schön gierig«, bemerke ich. »Sowas Ähnliches hat er mir angeboten. Wenn ich ihm meine Familie ausliefere. Ich wollte aber, dass er zusätzlich dich rausholt. Wir beide für meine Familie. Darauf hätte ich mich eingelassen.«

Jax wird plötzlich still. Er legt die Gabel auf den Teller. Lange sagt er nichts, sondern beobachtet mich nur. »Lea«, sagt er irgendwann.

»Ja?«

»Du musst das nicht tun.«

Ich starre auf meinen Teller.

»Was tue ich denn?«

»Du versuchst, mich zu retten. Das ist nicht nötig, weißt du ... Ich kann gut auf mich aufpassen. Die Welt, in der ich lebe, habe ich mir selbst ausgesucht. Du nicht.«

Ich atme tief durch.

»Aber ich will nicht ohne dich leben«, erwidere ich. »Dieses Leben habe ich nie gewollt.«

Er schaut sich in meiner Wohnung um. Ich weiß, was er denkt.

»Das alles bedeutet mir nichts. Ich habe in New York in einer Bruchbude gewohnt, schon vergessen? Ich hätte nicht weglaufen müssen. Und vermutlich wäre ich nie gegangen, wenn nicht die Sache mit Chrissa gewesen wäre.« Ich stehe auf und beginne, den Tisch abzuräumen, obwohl wir noch nicht aufgegessen haben. »Aber das alles ist passiert, und es hat mich verändert. Ich kann nicht zurück, Jax. Ich will fort aus diesem Leben.«

»Sie würden uns jagen. Unser Leben wäre eine einzige Flucht.«

»Das FBI bietet uns das Zeugenschutzprogramm an«, widerspreche ich.

»Du hast keine Ahnung, wovon du redest. Kein Zeugenschutz ist sicher. *Wir* wären nicht sicher. Irgendwann finden sie uns. Nach fünf Jahren, zehn, zwölf. Und dann?«

Ich knalle die Teller in die Spüle. Mein ganzer Körper zittert, doch ich bleibe stehen und drehe mich nicht zu ihm um. Ich fürchte, dass ich die Kontrolle verliere, wenn ich noch einmal in seine dunkelbraunen Augen blicke. Wenn ich mich noch einmal darin verliere, werde ich wahnsinnig. Dann gibt es kein Zurück für mich und ich gehe, wohin er geht. Selbst wenn er wieder zu Swan geht.

»Dann hätten wir wenigstens diese Zeit für uns gehabt«, antworte ich leise. Ich drehe mich nicht um, sondern bleibe einfach stehen und lausche.

Er steht auf. Tritt zu mir. Seine Hand liegt schwer auf meiner Schulter, doch ehe er etwas sagen kann, falle ich ihm heulend in die Arme.

Jackson zuckt zusammen, weil ich natürlich wieder seine verletzte Schulter erwische. Doch tapfer hält er mich fest und lässt mich weinen. Ich habe mich schnell wieder im Griff; eigentlich bin ich keine Heulsuse. Als ich mich von ihm löse, wischt er mir die Tränen von den Wangen. Das ist so süß, dass ich fast wieder anfange zu heulen.

»Wir haben mehr als diese eine Zukunft, Lea«, sagt er. »Ich verspreche es dir. Das FBI ist nur eine Möglichkeit von vielen.«

»Welche haben wir denn noch?«

Mir fällt nämlich nichts anderes ein. Und ich habe in den letzten Tagen wirklich schon viel darüber nachgedacht.

Jackson zuckt mit den Schultern. Er führt mich zurück an den Tisch, und ich setze mich. Noch mehr Wein.

Vielleicht bin ich auch so heulig, weil ich den Alkohol nicht gewohnt bin.

»Wir könnten weitermachen wie bisher«, schlägt er vor. »Ich kehre nach New York zurück und nehme dich mit.«

Ich starre ihn ungläubig an. »Du willst wieder Teil von Black Swan werden?«

Er zuckt mit den Schultern. »Ehrlich gesagt habe ich nichts Anderes gelernt.«

Einen Moment weiß ich nicht, was ich sagen soll. »Äh, ja.«

Jackson grinst. »Was denn? Meinst du, es gibt Umschulungsmöglichkeiten für Leute wie mich?«

Jetzt kann ich auch nicht mehr ernst bleiben. »Du meinst, für Drogenbosse in spe? Oder für Dealer?«

Er wird schlagartig wieder ernst. »Ich war nie dazu auserkoren, Raimund Swans Nachfolger zu werden. Er hat sich darauf verlassen, dass ich Marcus zur Seite stehe.«

Das stimmt mich nachdenklich. »Als ich euch das erste Mal im Jimmy's sah, dachte ich ja, er wäre dein ... Untergebener? Fahrer? Er wirkte nicht wie einer, dem eines Tages ein Imperium der Unterwelt zufällt.«

»Es war von Swan auch eher eine Entscheidung der Vernunft und keine Herzensentscheidung.« Jackson zuckt mit den Schultern. »Sein einziger Sohn starb bei einer Schießerei. Die hat ihn auch in den Rollstuhl gebracht. Mich wundert's ohnehin, dass er sich noch halten kann.«

»Wenn ein anderer an deiner Stelle wäre ...«

»Ich habe mich nie dafür interessiert, aufzusteigen. Glaubst du mir?«

Ich nicke widerstrebend. Auch wenn in Jacksons Vergangenheit noch vieles völlig unklar ist und ich im Grunde nichts über ihn weiß, außer dass ich ihn liebe (was unter diesen Umständen einfach nur verrückt ist!) und mit ihm zusammen sein will. Immer. Ohne Beschränkungen. Grenzenlos.

Ich sehe ihn an. Und was ich sehe, ist nicht nur Jackson an dem Esstisch in meiner durchgestylten Wohnung, wo er völlig deplatziert wirkt, weil er immer noch diesem hässlichen, grünen Overall mit dem Aufdruck »Fresh'N'Easy« vom Lieferservice steckt. Ich sehe unsere Zukunft. Ein kleines Häuschen in einem Vorort von San Diego. Zwei kleine Kinder, die um den Rasensprenger rennen, ein Junge, ein Mädchen. Und ein drittes Kind, das neben mir auf der Veranda in einem Körbchen liegt und schläft ...

Absolut. Nicht. Hilfreich.

»Außerdem ist Black Swan wie ein kleiner Staat im Staat. Da gibt es Leute, die für bestimmte Aufgaben zuständig sind. Andere wiederum koordinieren manche Themenbereiche, wieder andere ... Was ich sagen will: Wer auch immer Swans Nachfolge antreten will, muss sich gegen die anderen durchsetzen.«

Und was *das* im Klartext bedeutet, braucht er mir nicht zu erzählen. Ich fröstele.

»Ich töte nicht. Jedenfalls nicht, solange mein Leben nicht in Gefahr ist. Oder dein Leben«, fügt er hinzu. »Wenn du sagst, du willst die Sache mit dem FBI durchziehen ... Ich brauche Bedenkzeit. Gib mir zwei Tage, dann sage ich dir Bescheid, ob ich das kann.«

Ich nicke nur. Jackson nickt ebenfalls. Dann steht er auf. Bevor er geht, umrundet er den Tisch und beugt sich zu mir herunter. »Ich liebe dich, Lea«, flüstert er, bevor er mich küsst.

Mir wird heiß, kalt, heiß, kalt.

»Komm wieder.« Doch ich sage es so leise, dass ich nicht weiß, ob er mich gehört hat.

Als die Tür hinter ihm ins Schloss fällt, bleibe ich sitzen. Ich lausche der Stille. Da ist nichts außer diese unbändige Sehnsucht nach Jax.

Ich hoffe, er kommt wirklich in zwei Tagen zurück.

Ich hoffe es so sehr ...

13. Kapitel

Samstagabend. Zeit, mich für die Dinnerparty im Haus meines Dads fertig zu machen.

Ich stehe lange in dem begehbaren Kleiderschrank und kann mich nicht für ein Outfit entscheiden. Es soll etwas bedeuten.

Alles soll irgendwie was bedeuten.

Schließlich nehme ich das Kleid, das mein Dad mir anlässlich des Wochenendes, das ich mit Chrissa in Las Vegas verbracht habe, geschenkt hat. Das apricotfarbene Cocktailkleid steht mir gut. Es ist ein bisschen zu weit; in den letzten Monaten habe ich nicht genug gegessen und mich natürlich in meinen Zehnstundenschichten irre viel bewegt.

Vielleicht habe ich auch einfach mit dreiundzwanzig das letzte Bisschen Babyspeck verloren.

Mein Dad hat am Morgen angerufen und gefragt, ob ich wirklich komme. Er klang ungläubig, und ich bestätigte ihm lachend, ich werde pünktlich sein. Als er vorschlug, er würde einen Fahrer schicken, gab ich nach. Das ist nun mal seine Art, auf mich aufzupassen. Für ihn ist es nicht leicht, mich ziehen zu lassen. Wenn ein Chauffeur das einzige Problem ist, kann ich damit leben.

Pünktlich um halb acht hält eine Limousine vor dem Apartmentgebäude. Ich sinke auf die helle Lederrückbank und versuche, mich zu entspannen.

Gar nicht so leicht. Sobald ich zur Ruhe komme, fangen meine Gedanken an zu rasen.

Der Chauffeur bringt mich zuerst zum Haus meines Bruders. Während wir vor dem Haus auf ihn warten, stelle ich mir vor, wie so ein neues Leben für Jackson und mich aussieht. Mit einer neuen Identität. Dürfen wir uns die Namen wohl selbst aussuchen? Oder schreibt das FBI uns alles vor? Schicken sie uns nach Fairbanks in Alaska oder in ein Kaff in Kansas? Mr. und Mrs. Frankie Brown, unbescholtene Bürger. Er Klempner, sie Friseuse ...

Als ich mit meiner Überlegung an diesen Punkt gelangt bin, öffnet sich die Wagentür. Mein Bruder gleitet auf den Sitz gegenüber. Ihm folgt eine junge Frau, die ich noch nicht kenne

– die mir aber irgendwie vertraut vorkommt.

»Guten Abend, Schwesterherz. Darf ich dir Juno vorstellen?«

»Hi! Wow, ich freu mich, dich kennenzulernen.« Sie streckt mir die Hand entgegen, und ich nehme sie zögernd.

Juno, Juno ...

Irgendwas sollte mir der Name sagen. Ich komme nicht drauf.

»DeeDee hat mir schon so viel von dir erzählt. Oh man, entschuldige, wenn ich so viel rede. Ich bin schrecklich nervös.«

Ich werfe meinem Bruder einen fragenden Blick zu. DeeDee, im Ernst? Er zuckt mit den Schultern und grinst verlegen.

Sie ist hübsch. Nein, nicht nur hübsch. Sie ist wunderschön. Ein kleines, herzförmiges Gesicht mit erstaunlich blauen Augen. Die dunklen Haare trägt sie offen, was sie irgendwie ... verletzlich wirken lässt. Das dunkelblaue, kurze Kleid steht ihr ausgezeichnet und betont die langen, gebräunten Beine.

Mich wundert das nicht. Dean – DeeDee! – hat immer die schönsten Frauen an seiner Seite. Aber meist sind es Escortmädchen, die er für einen längeren Zeitraum verpflichtet. Oder Callgirls, die sich ein paar Monate auf eine Beziehung mit ihm einlassen.

Juno ist ... anders. Ich kann es nicht genau benennen, aber auf mich wirkt sie so unschuldig. Unbedarft.

»Toll, dass du wieder in L.A. bist. Hat es dir in New York nicht mehr gefallen? DeeDee sagt, du hast einen Abschluss in Psychologie und willst irgendwann auch in dem Job arbeiten. Das finde ich klasse. Ich geh auch seit letztem Herbst zum College, aber ich hab echt noch keinen blassen Schimmer, was ich mal machen soll, wenn ich fertig bin.«

Sie plappert ungerührt weiter. Dean legt die Hand auf ihr Knie und drückt es kurz.

»Oh man, rede ich zu viel? Entschuldigung.«

»Nein, schon in Ordnung.« Ich mag ihre offene, fröhliche Art. Wie ist Dean an so ein nettes Mädchen gekommen? Und wie lange geht das mit den beiden wohl schon ...

Ich bin neugierig. Hat Dean etwa eine Frau gefunden, die den Unterschied macht? Die vielleicht sogar einen guten Einfluss auf ihn ausüben könnte?

Amüsiert beobachte ich die beiden. Sie wirken sehr vertraut miteinander, und irgendwie auch glücklich. Ja, glücklich! So habe ich meinen Bruder eigentlich noch nie erlebt.

Auf jeden Fall verspricht dieser Abend alles andere als langweilig zu werden.

Das Haus meines Vaters ist kein Haus. Es ist eine riesige Villa, ein Anwesen mit mehr als einem Dutzend Schlafzimmern, mit einem Kinosaal im Keller, einem Kartenspielzimmer, einer Bibliothek, einem Küchentrakt und einem Pool mit nahezu olympischen Ausmaßen. Er beschäftigt ein halbes Dutzend Hausangestellte, und damit die keine Überstunden machen müssen, kommt zu den Dinnerpartys ein Sternekoch mit seiner Entourage, übernimmt das Regiment in der Küche und lässt aufregende Kreationen für die Handvoll Gäste servieren.

Ich möchte gar nicht wissen, wie viel das alles kostet.

Seit ich mit fünfzehn erfuhr, womit dieser Überfluss finanziert wird, bin ich gefangen zwischen Ekel und Loyalität. Zwischen Wut und Faszination. Ich *weiß*, dass es nicht richtig ist, aber ich weiß auch, dass ich nichts daran ändern kann.

Zumindest habe ich das bisher geglaubt.

Jetzt ist das anders. Ich kann etwas ändern. Ich habe die Macht. Mit Jackson an meiner Seite schaffe ich das.

Mein Vater begrüßt uns in der Eingangshalle. Der runde Raum, an den sich das riesige Treppenhaus anschließt, hallt von unseren Stimmen. Eine Mischung aus Theaterfoyer und Gruft, mit viel kühlem Marmor und wertvollen Ming-Vasen auf Sockeln, die sein ganzer Stolz sind. Hier bin ich gegen den Treppenpfosten geknallt, als Dean mich verprügelt hat ... Hier hat er mich in den Bauch getreten, während ich verzweifelt versuchte, mich mit den Armen zu schützen ...

Ich gebe mir einen Ruck. Das darf ich nicht. Diese düstere Erinnerung hat hier keinen Platz.

Ich umarme meinen Vater zur Begrüßung. Als ich ihn in die Arme schließe, spüre ich sein Zittern.

»Dad. Alles okay?«, flüstere ich ihm zu.

Er nickt abwesend. Sein Blick geht an Dean vorbei zu Juno.

»Dad, darf ich dir Juno vorstellen? Meine Freundin.«

Sie tritt vor. Ein bisschen schüchtern. Sie geben sich die Hand. Mein Dad betrachtet sie, schüttelt den Kopf, als könnte er nicht glauben, was er sieht. »Juno«, sagt er. »Ja. Dean hat schon viel von Ihnen erzählt.«

Das quittiert sie mit einem verlegenen Kichern. »Das glaub ich nicht«, sagt sie. »Sie sind bestimmt ein vielbeschäftigter Mann.«

»Doch, doch. Es interessiert mich, mit wem sich meine Kinder treffen.« Sein Blick streift mich, und ich schaue auf meine silbernen Sandaletten. Weiß er von Jackson und mir?

Außer uns vier sind noch drei Paare eingeladen. Der Bürgermeister von Beverly Hills nebst Gattin ist der Einladung ebenso gefolgt wie eine aufstrebende Schauspielerin mit ihrem schwulen Freund und eine Ballettlehrerin mit ihrem Sohn. Der Aperitif wird auf der Terrasse serviert, und die Stimmung ist gelöst und entspannt. Als man schließlich zu Tisch geht, hakt Dean sich bei mir unter.

»Magst du Juno?«, fragt er.

»Sie ist reizend.« Inzwischen habe ich beschlossen, dass dieses Mädchen, wo auch immer er sie aufgetrieben hat, Dean gut tun wird. Und das gefällt mir. Deshalb werde ich die Letzte sein, die etwas gegen sie sagt.

»Sie mag dich auch.«

»Aber sie kennt mich doch kaum.«

»Oh, sie weiß eine Menge über dich«, widerspricht Dean.

Ich verlangsame meine Schritte. Juno betritt an der Seite meines Dads das Speisezimmer und blickt über die Schulter. Dean lächelt ihr aufmunternd zu, und sie erwidert das Lächeln.

Und in diesem Moment erkenne ich es.

»Nein«, flüstere ich.

Dieses Lächeln ... Ich erkenne es.

»Komm, wir hauen noch vor dem Abendessen das ganze Geld am Roulettetisch auf den Kopf!«

»Doch, wenn ich's dir sage! Hat mich selbst erstaunt. Als wir uns kennenlernten ...«

»Nein!«

Einige Köpfe drehen sich zu uns um. Ich packe Deans Arm. Mir ist schwindelig.

Dieser Blick. Dieses Urvertrauen in alle Menschen. Darin, dass jeder im Grunde seines Herzens gut ist ... Das habe ich bisher nur bei einem Menschen erlebt.
»Das ist nicht wahr.«
Dean grinst. Er wirkt sehr zufrieden.
»Dann weißt du jetzt, wer sie ist?«
Ich nicke. Natürlich weiß ich es.
Chrissas kleine Schwester.

»Du musst sie unbedingt kennenlernen!«
Ich lachte. Das war typisch Chrissa. Sie wollte mir jeden vorstellen, ihr ganzes Leben wollte sie mir zu Füßen legen. So hatte sie mich in den letzten Wochen schon zu einer Familienfeier geschleppt, bei der ich Auntie Valerie und Onkel Ed kennenlernte und mit ihnen nicht nur süße Rotweinbowle schlürfte, sondern auch zum ersten Mal in meinem Leben Bingo spielte. Es war ein wunderbarer Abend, bei dem wir alle viel lachten.
Nun sollte ich auch ihre kleine Schwester kennenlernen. Juno lebte am anderen Ende der Stadt, aber jedes Mal, wenn Chrissas Handy piepte, konnte ich sicher sein, dass es Juno war. Die beiden standen sich sehr nahe.
Wir hatten für Juno gekocht. Lasagne mit Brot und Salat, dazu standen drei Flaschen Rotwein auf dem Tisch. Wie ich Chrissa kannte, würden wir die an diesem Abend locker wegbekommen.
»Sie ist toll. Habe ich erzählt, dass sie im Herbst aufs College geht? Sie ist so schlau, dass sie ein Stipendium bekommen hat. Oh man, ich bin so stolz auf sie!«
Mir blieb das Lachen im Hals stecken. Für Chrissa war das College ein Zauberwort. Eintrittskarte in eine andere Welt, der Weg in ein anderes Leben. Hätte ich sie früher kennengelernt, hätte ich meinen Dad gebeten, auch ihr das College zu finanzieren. Aber als ich ihr diesen Vorschlag machte, umarmte sie mich sehr fest und erklärte mir dann, sie sei mit ihrem Leben eigentlich ganz zufrieden, so wie es im Moment war und bräuchte kein College mehr.
Aber das mit Juno freute sie deshalb besonders.
Ich hatte gerade die Lasagne in den Ofen geschoben, als Chrissas Handy wieder mal piepte. Sie las den Text, runzelte

die Stirn und hob die Hand, bevor ich etwas fragen konnte. »Moment«, sagte sie und verließ die Küche.

Sonst verließ sie nie den Raum, um mit jemandem zu telefonieren. Sie hatte keine Geheimnisse vor mir. Was uns unterschied; ich hatte ihr noch nicht erzählt, womit mein Vater so viel Geld verdiente.

Ich wusste, dass Lauschen ziemlich schäbig war, aber manchmal ... nun ja. Ich trat mit dem Weinglas in der Hand an die Küchentür.

»... Nein! Herrgott, Juno! Der Kerl ist ein Idiot, kapier das doch endlich!«

Stille. Dann: »Also kommst du nicht?«

...

»Wir haben extra für dich gekocht. Ich wollte, dass ihr euch kennenlernt. Sie ist so ein feiner Mensch, ich dachte, du magst sie ...«

...

»Natürlich bin ich dir nicht böse. Ich finde nur ...«

...

»Ja, ich weiß. Ich urteile doch gar nicht.«

Danach war es länger still.

»Okay, Juno. Klar holen wir das nach. Kein Problem.«

Ich hörte ihre Enttäuschung.

Bevor Chrissa zurückkam, stellte ich mich an die Spüle und wusch die Tomaten für den Salat. Ihre Schritte waren schwerfälliger. Auch ihre Stimme klang seltsam müde.

»Juno schafft's heute leider nicht.«

»Oh, das tut mir leid. Hoffentlich nichts Schlimmes?«

Chrissa setzte sich an den Küchentisch. Sie zog die Weinflasche heran und schenkte ihr Glas voll. Erst nachdem sie es bis zur Hälfte geleert hatte, gab sie eine Antwort. »Es ist ihr Freund. Sie hat Pech mit den Männern, und der hier ... Nun ja. Er tut ihr nicht gut, aber sie liebt ihn. Was kann ich schon dagegen tun, außer für sie da zu sein, wenn die Beziehung zerbricht?«

In mir keimt ein schrecklicher Verdacht.

»Wie lange bist du schon mit ihr zusammen?«

Mein Bruder antwortet nicht. Ich packe den Ärmel seines

Jacketts. »Dean, sprich mit mir!«, zische ich.

»Ich war auf Chrissas Beerdigung. Eine schöne Trauerfeier, sie hätte dir gefallen. Sehr rührend. Hätte mich nicht gewundert, wenn Elton John am Glasflügel ›Goodbye England's Rose‹ angestimmt hätte. Wusstest du, wie viele Freunde sie hatte? Ich hab da harte Kerle heulen gesehen. Sehr berührend. Aber du warst verschwunden, und unser Vater ... Nun ja. Er war nicht er selbst nach ihrem Tod. Darum bin ich hingegangen, um unsere Familie zu repräsentieren.«

Mir wird schlecht.

»Und da hast du Juno kennengelernt.«

»Als sie erfuhr, dass ich dein Bruder bin, hat sie sich mir anvertraut. Wie groß ihre Angst sei. Und so weiter.« Er macht eine ungeduldige Handbewegung.

Sie hat keine Ahnung, dass sie den Mörder ihrer Schwester liebt.

»Ich mag sie«, erklärt Dean. »Wirklich, Lea. Was mit Chrissa passiert ist, tut mir leid. Ich sorge dafür, dass ihr nicht dasselbe zustößt.«

Ich starre ihn wortlos an.

Natürlich passiert mit Juno nicht dasselbe. Dann müsstest du sie ja umbringen ...

Das Entsetzen steht mir offenbar ins Gesicht geschrieben, denn Dean lacht.

»Hast du Angst um sie?«

»Tu ihr nichts ...«

»Das werde ich nicht. Ich hab sie wirklich lieb. Es sei denn ... Nun ja.« Er kommt näher, steht jetzt direkt neben mir und flüstert mir etwas ins Ohr. »Es sei denn, du verschwindest einfach wieder. Das wäre zu traurig und ich könnte für nichts garantieren ...«

»DeeDee! Kommst du?«

Er lässt mich stehen. Ich starre hinter ihm her und kann nicht glauben, was er gesagt hat.

Nein ... Oh nein. Er wird Juno nicht umbringen, nur weil ich wieder verschwinde.

Oder doch?

Ich habe das Gefühl, rings um mich tut sich ein Abgrund auf. Wohin ich mich auch wende, ich stürze in die Tiefe. Wenn ich bei meiner Familie bleibe, werde ich wahnsinnig – rette aber Juno das Leben. Wenn ich mich ans FBI wende, gegen meine Familie aussage und danach ins Zeugenschutzprogramm gehe, stirbt sie. Und ich weiß, dass ich das nicht verhindern kann. Es sei denn, das FBI gewährt auch ihr Schutz. Und vermutlich weiß sie dafür zu wenig. Für das FBI geht es immer nur darum, wer ihnen wie viel bietet. Ein Handel, mehr nicht.

Wenn ich bleibe, lebt Juno. Wenn ich gehe, bringt mein Bruder sie um.

Dazwischen ist nichts. Nur Leere, Schmerz und dumpfe Trauer um Chrissa.

Wie sehr ich mir wünsche, sie wäre jetzt hier, um mir einen Rat zu geben ...

Ich folge den anderen ins Speisezimmer. Der Platz neben meinem Vater ist für mich reserviert, direkt gegenüber sitzt die Ballettlehrerin mit ihrem Sohn. Dean nimmt an der anderen Stirnseite Platz, neben sich Juno. Er ist ihr zärtlich zugewandt. Ich muss wegsehen. Das ist zu viel für mich.

»Ich habe gehört, Sie waren eine Zeitlang in New York.« Neben mir sitzt der schwule Freund der Schauspielerin, der sich mir als Greg vorgestellt hat. Seine Freundin plaudert angeregt mit dem Bürgermeister, und kurz frage ich mich, ob das nicht so eine typische Affäre wäre – Hollywood und Politik. Aber ich fange langsam an, überall Gespenster zu sehen.

Vielleicht will sich mein Gehirn auch nur ablenken, damit ich nicht über die wirklich dringenden Probleme nachdenken muss.

Ich lächle Greg an. »Es war eine wundervolle Zeit. Sehr lehrreich.«

»Meine Tochter hat sich weitergebildet«, sagt mein Vater.

Ich sehe ihn überrascht an. Gibt es eine Legende, die er und Dean allen erzählt haben, die nach mir fragten?

Er konnte ja kaum zugeben, dass seine Tochter weggelaufen ist, weil er das größte Drogenkartell von Los Angeles anführt.

»Ach, tatsächlich? Haben Sie Schauspiel studiert? Minou ist eine tolle Schauspielerin«, er zeigt auf das platinblonde Busenwunder neben sich, das dem Bürgermeister fast auf den Schoß kriecht, »aber sie bekommt einfach keine Rollen, die ihrem Talent gerecht werden.«

Hilflos sehe ich Dad an. Wie geht die Geschichte weiter? Was habe ich denn seiner Meinung nach in New York gemacht?

»Meine Schwester hat an einer kleinen Kunsthochschule studiert. Sie wird sich ein Atelier einrichten«, erklärt Dean vom anderen Tischende. »Sie ist sehr begabt.«

Ich sehe ihn überrascht an.

Er kennt mich besser als ich dachte. Denn es stimmt, dass ich immer schon viel und gerne gemalt habe. Doch diese Begabung habe ich schon lange schleifen lassen. Und jetzt erinnert er mich daran, wie ich vor Jahren ganze Tage damit verbracht habe, Zeichnungen anzufertigen.

Ich frage mich, ob es die Mappen mit meinen Arbeiten noch gibt ...

»Oh, das ist ja so aufregend!« Minous Aufmerksamkeit ist mir gewiss. Sie beugt sich über Gregs Schoß. »Sie müssen mich unbedingt zu Ihrer ersten Ausstellung einladen.«

»Das werde ich bestimmt machen.« Ich lächle verlegen. Es liegt mir nicht, im Mittelpunkt des Interesses zu stehen. Dean weiß das. Vermutlich treibt er mich deshalb so in die Enge.

Sein Lächeln vom anderen Ende des Tischs ist das eines Raubtiers, das seine Beute auf den Abgrund zu treibt.

Glaubt er wirklich, mit ein paar Drohungen lasse ich mich einschüchtern?

Ich atme tief durch. Leichter ist es nicht geworden, das stimmt. Aber ich will nicht aufgeben. Mein Glück steht auf dem Spiel, zusammen mit Junos Leben.

Wenn sie lächelt, sieht man die Ähnlichkeit mit Chrissa. Es tut weh, sie so glücklich zu sehen. Für Juno ist Dean der Retter. Er hat sie in ihrer dunkelsten Stunde an die Hand genommen und zurück ins Leben geführt.

Dass er derjenige ist, der sie erst in diesen Abgrund gestoßen hat, weiß sie ja nicht.

Was macht er, wenn ich ihr davon erzähle?

Wahrscheinlich dasselbe, was er tun wird, wenn ich verschwinde. Er wird sie umbringen.

Das Abendessen ist wirklich lecker, doch ich kann die exquisiten Speisen und die erlesene Komposition nicht würdigen. Stattdessen trinke ich zu viel Wein, weil ich hoffe, der Alkohol wird mich irgendwann betäuben. Meine Gedanken kreisen permanent um Juno. Nebenher muss ich noch Greg bespaßen, der sich für meine Kunst interessiert, als wäre sie tatsächlich eine reale Möglichkeit und nicht nur irgendein Traumgespinst, das Dean sich aus den Fingern gesaugt hat.

Und warum nicht? Mein Leben ist faktisch bereits zu Ende. Ich werde wohl bis ans Ende meiner Tage nichts anderes tun können als brav in meinem Apartment hocken und darum beten, mit dem, was ich tue und lasse meinen Bruder nicht zu erzürnen. Weil er sonst Juno bestraft.

Ist er wirklich so berechnend?

Kann es nicht auch sein, dass er tief in seinem Herzen mehr für sie empfindet? Dass sie für ihn nicht nur ein Werkzeug ist, um seine Schwester gefügig zu machen?

Ich habe keine Ahnung. Und im Moment gibt es für mich auch keinen Weg, das herauszufinden.

Beim Dessert räuspert Dean sich und steht auf.

Er blickt alle Anwesenden der Reihe nach an, bis sein Blick auf Juno ruht. Er lächelt.

In diesem Moment könnte ich ihm die Zuneigung fast glauben.

»Ich möchte gerne eine Ankündigung machen. Also ... eine Frage, ich meine ...«

Mein Gott. Ich schließe die Augen. Jetzt weiß ich wirklich nicht mehr, ob ich lachen oder weinen soll. Stattdessen wird mir einfach nur kotzübel.

Tu das nicht, Dean. Tu ihr das nicht an!

Doch er spricht schon weiter.

»Meine Güte, so schwer habe ich mir das nicht vorgestellt.« Er lacht verlegen, fährt mit der Hand über den Nacken. Ich beobachte Juno. Sie hebt die Hand halb, als wollte sie ihn aufhalten. Wenn sie es doch nur tun würde! »Dad, ich ... Juno und ich haben uns verlobt.«

Seine Worte gehen in einen wilden Jubel über. Alle springen auf und gratulieren der Braut, dem Bräutigam und natürlich meinem Dad. Greg fällt mir um den Hals und nutzt die Gelegenheit, um mir an den Arsch zu packen. Er sollte seine sexuelle Orientierung vielleicht noch mal überdenken. Seine Freundin Minou drückt vor lauter Begeisterung den Kopf des Bürgermeisters in ihr Dekolleté, und die Ballettlehrerin tänzelt um den Tisch und flattert mit den Armen.

Es ist herrlich absurd.

Darum dauert es einen Moment, bis mein Vater sich Gehör verschafft. Er haut mit der Faust auf den Tisch. Zweimal, dreimal. Bis alle in der Bewegung innehalten und sich zu ihm umdrehen.

»Nein, nein, nein«, murmelt er. »Das dürft ihr nicht.«

Und dann sieht er auf. Kurz begegnet sein Blick meinem, und ich verstehe. Er ist ein gebrochener Mann, doch deshalb lässt er nicht einfach zu, wie Juno in ihr Unglück schlittert. Ich atme auf. Wenigstens ein Verbündeter bleibt mir.

»Aber Dad ...«

Juno legt Dean die Hand auf den Arm. Sie ergreift das Wort. »Mr. Tevez. Ich weiß, wie sehr Sie meine Schwester geliebt haben. Und Chrissa hat Sie auch geliebt.«

Man könnte eine Stecknadel fallen hören, so atemlos lauschen alle ihren Worten.

»Sie hätte sich für uns gefreut. Wir sind glücklich. Und wenn zwei Menschen glücklich sind, hätte sie sich dieser Liebe niemals in den Weg gestellt.«

»Ach, das ist so romantisch!« Die Frau des Bürgermeisters ignoriert gekonnt das schamlose Flirten ihres Gatten und schlägt entzückt die Hände zusammen. Ihr goldenes, rückenfreies Kleid, das sie aussehen lässt wie eine Presswurst, spannt gefährlich über den Hüften. Ich wundere mich, dass sie sich überhaupt bewegen kann.

»Nicht Juno.«

Mein Vater erhebt sich schwerfällig. Ich springe auf und hake mich bei ihm unter. Dankbar ergreift er meine Hand, die in seiner Ellenbogenbeuge ruht. Gemeinsam verlassen wir die Tischgesellschaft.

»Schade ums Dessert«, brummt mein Vater. Vor dem Speisezimmer lässt er meine Hand los. Ich folge ihm in sein Arbeitszimmer.

Er lässt sich in den Stuhl hinter dem Schreibtisch fallen. Müde fährt er mit einer Hand durchs Gesicht.

»Ach, Lea. Was ist da gerade passiert?«

Ich setze mich auf einen der Besucherstühle. »Ich weiß es nicht.«

»Kannst du nicht mit Juno reden?«

»Was soll ich ihr denn sagen?«, frage ich hilflos. »Dass sie ihn nicht heiraten darf?«

»Kannst du dir vorstellen, wie die beiden glücklich werden? Wie er abends zu ihr nach Hause geht, sich das Blut von den Händen wäscht und seine Kinder in den Arm nimmt, als wäre nichts geschehen?«

Ich antworte nicht.

»Er ist ein Monster. Ich weiß nicht, warum er zu dem geworden ist, der er jetzt ist, aber dein Bruder ist ein Monster.«

Ich antworte nicht. Es ist wohl kein Wunder, wenn der Sohn dem Vater nacheifert, oder?

In diesem Moment sehe ich meinen Vater so, wie er tatsächlich ist. Er ist müde geworden. Ist das Chrissas Tod, der ihn so niederzwingt? Oder ist er einfach in einem Alter, in dem er nicht mehr hart sein kann?

»Sie hat immer gesagt, wir finden einen Ausweg.«

Ich erstarre. Okay, für diesen Teil des Gesprächs bin ich nicht bereit. Wenn er jetzt über Chrissa reden will ...

»Deine Mum. Sie hat immer gesagt, es gibt auch einen Weg zurück. Weg von den Drogengeschäften hin zu Legalität. Daran hab ich mich geklammert, Lea. Und nun? Er soll das nicht kaputtmachen, hörst du?«

Mein Gott. Beklagt sich mein Vater gerade ernsthaft darüber, dass er als Krimineller keinen Weg zurück in ein ehrbares Leben findet, weil meine *Mum* nicht mehr bei ihm ist?

»Chrissa war wie deine Mum. So herzlich, so ... gut. Sie hat sich um mich gekümmert.« Er seufzt schwer.

»Dad, bitte.«

Er blickt auf. Blinzelt, schüttelt traurig den Kopf. Dann starrt er lange auf die Tischplatte vor sich. Auf seine Hände, altersfleckig und leicht gekrümmt. Sein Alter ist mir vorher nie so bewusst geworden wie in diesem Moment.

»Entschuldigen Sie, aber kennen wir uns?«

Ich starre ihn an. »Dad?«, frage ich vorsichtig. »Alles in Ordnung mit dir?«

»Ich weiß wirklich nicht, wer Sie sind. Hatten Sie einen Termin?«

»Dad, ich bin's. Lea. Deine Tochter.«

Er antwortet nicht. Ganz weit weg scheint er zu sein.

Ich begreife. Dement. Mein Vater ist dement.

Plötzlich ergibt alles einen Sinn. Sein Wutausbruch am Tisch. Mein Bruder, der in so kurzer Zeit die Macht an sich reißen konnte. Seine zunehmende Gebrechlichkeit.

Ich habe es vorher nicht sehen *wollen*. Schließlich habe ich ihn acht Monate nicht gesehen, und als er mich vom Flughafen abholte, war er völlig klar.

Das ist einfach nichts, das dem eigenen Vater widerfährt. Das passiert nur in anderen Familien, meist schleichend und für alle Beteiligten in einer Mischung aus Ungläubigkeit und Erheiterung, die später in Verzweiflung umschlägt.

Woher ich das alles weiß? Chrissa hat es mir erzählt, denn ihr Großvater, bei dem sie aufwuchs, erkrankte an Alzheimer. Anfangs vergaß er nur Kleinigkeiten. Einen Schlüssel, einen Termin. Doch es wurde schlimmer. Später erkannte er nicht mal mehr seine Enkelinnen. Und eines Tages, nach vielen Jahren, lebte er in einer Vergangenheit, in der er niemanden mehr erkannte. Als wäre er in die Kindheit zurückgekehrt, in eine Endlosschleife. Er wusste nicht mal mehr seinen Namen.

Mein Vater jedoch scheint eine Art Turbo-Demenz zu haben.

»Dad ...«

Und genauso schnell, wie er verschwunden war, ist er zurück. Seine Augen sehen mich wach und scharf an. »Lea«, sagt er. »Herrje, du siehst schlimm aus. Alles in Ordnung mit dir?«

Er ist verwundert, weil ich losheule.

»Ist es wegen Juno und Dean?«

Ich kann nur nicken.

»Ja, mir gefällt das auch überhaupt nicht ... Wir müssen etwas dagegen unternehmen. Hilfst du mir?«

»Natürlich, Dad«, flüstere ich.

Natürlich helfe ich ihm.

Ich kann hier nicht weg. Niemals.

14. Kapitel

Zwei Stunden später komme ich nach Hause.

Der schwarze SUV steht immer noch einen Steinwurf vom Haus entfernt. Nachdem die Limousine meines Dads um die nächste Ecke verschwunden ist, trete ich auf die Straße. Ich klopfe auf der Beifahrerseite gegen die verspiegelte Scheibe und das Fenster gleitet auf.

»Hallo Zuko«, sage ich müde.

»Bist du allein, Lea?«

Ich nicke erschöpft. Natürlich bin ich allein. Mein Bruder hat spätestens jetzt keinen Grund mehr, mich zu überwachen.

Zuko öffnet die Beifahrertür. »Komm, wir drehen eine Runde.«

Wir steigen hinten ein. Ein FBI-Agent steigt aus und setzt sich auf den Beifahrersitz. Mir gegenüber sitzt eine Rothaarige, die sich als Agentin Joan Grey vorstellt.

»Ich komme gerade von meinem Vater.« Ich erzähle ihnen, was sich an diesem Abend zugetragen hat. Beide hören aufmerksam zu und stellen kluge Fragen. Zum Schluss wechseln sie einen Blick, den ich nicht so recht deuten kann. Doch er macht mir Angst.

»Was ist?«, frage ich.

»Es geht um Jackson.«

»Ich lasse nicht mit mir handeln«, erkläre ich. »Entweder Sie nehmen uns beide in Ihr Zeugenschutzprogramm auf oder es passiert gar nichts.«

»Okay, darüber müssen wir noch einmal reden.«

»Und Juno«, füge ich hinzu.

Wieder dieser Blick, der nichts Gutes verheißt. »Warum Juno?«, fragt Joan.

Ich seufze, doch bevor ich antworten kann, sagt Zuko: »Sie ist Chrissas Schwester.«

»Und seit heute Abend die Verlobte meines Bruders.« Als hätte ich gerade zehn Minuten mit einem Toastbrot geredet.

»Will sie denn auch aussagen?«

»Kann sie uns etwas bieten?«, wirft Zuko ein.

»Ich habe keine Ahnung. Und das ist mir auch egal. Ich will nur, dass Sie sie rausholen.«

Ich weiß, wie viel ich gerade aufs Spiel setze. Und meine Hände zittern. Aber ich muss es wenigstens versuchen.

Chrissa hätte es genauso gemacht, oder? Hätte ich eine jüngere Schwester, die ins Verderben zu stürzen drohte, hätte sie alle Hebel in Bewegung gesetzt, um sie vor diesem Schicksal zu bewahren. Ich bin ihr das schuldig. Ihr und meinem Vater.

Alle kann ich nicht retten. Aber ich kann alles daran setzen, Juno zu helfen.

»So läuft das nicht bei uns, Lea.« Zuko beugt sich vor und stützt die Unterarme auf die Oberschenkel. Er blickt mich an, und erst als er sich meiner Aufmerksamkeit sicher ist, fährt er fort: »Wir können dich retten, vielleicht auch Jackson Bennett. Doch dafür müsst ihr beide etwas tun.«

»Ihr wollt das Tevez-Kartell und Black Swan. Ihr wollt beides.«

Er nickt ernst. »So läuft das. Wenn ihr uns beide Kartelle liefert, bekommt ihr euren Zeugenschutz. Neue Identitäten und genug Geld, um euch ein anderes Leben einzurichten. Wir besorgen euch Jobs und passen auf euch auf. Aber nur ihr zwei. Jackson und du.«

Ich starre aus dem verspiegelten Fenster. Alles in mir ringt um die richtige Entscheidung.

»Jax hat mir erzählt, dass ihr ihn angesprochen habt.«

Zuko fragt nicht, wann ich Jackson getroffen habe. »Wir wollten sichergehen, dass er dabei ist.«

»Ich habe euch gesagt, ich liefere euch meine Familie. Für Jax und mich.«

Dazu sagt er nichts.

Ich weiß, dass ich nicht in der Position bin, irgendwelche Forderungen zu stellen.

»Wir lehnen uns weit aus dem Fenster für Sie«, mischt sich Agent Grey ein. »Wenn Sie wollen, dass wir Sie beide rausholen, müssen Sie bedingungslos kooperieren. Keine Tricks. Keine Extrawünsche.«

Zuko hebt beschwichtigend die Hand. »Wir können über alles reden«, sagt er. »Aber wir haben nur die Freigabe für Bennett und dich. Mehr geht nicht.«

»Und wenn wir euch Swan und meinen Vater liefern?«

Joan Grey ergreift wieder das Wort. »Wir können nichts versprechen. Es ist zu kompliziert. Will die Verlobte Ihres Bruders in den Zeugenschutz? Hat sie Ihnen das irgendwie signalisiert? Sie haben die Frau schließlich erst heute kennengelernt.«

Ach, sieh an. Das Toastbrot hört ja doch zu.

Und sie spricht da einen wichtigen Punkt an.

Ich habe keine Ahnung, ob Juno gerettet werden möchte. Vermutlich nicht, denn sie wirkt glücklich. Das ist so absurd, dass ich kotzen könnte. Sie liebt den Mörder ihrer Schwester!

Aber würde sie mir auch nur ein Wort glauben, wenn ich ihr die Wahrheit sage?

»Ich brauche Zeit.«

»Die hast du nicht. Wir brauchen deine Entscheidung. In achtundvierzig Stunden.« Wie um seine Worte zu unterstreichen, schaut Zuko auf die Uhr.

»Okay.« Ich nicke. »Danke.«

Dabei gibt es nichts, wofür ich mich bedanken könnte.

Ich steige aus dem SUV und laufe zum Apartmentgebäude rüber. Meine Gedanken rasen. Ich habe keine Ahnung, was ich tun soll.

Gehen oder bleiben?

Jackson und mich retten und damit Juno in den sicheren Tod stürzen? Oder Chrissas kleine Schwester retten und damit alles aufgeben, was mir heilig ist?

Liebe oder Tod? Im Grunde läuft es für uns alle auf genau diese Frage hinaus. Für Jax, für Juno und für mich.

Ich bin nicht bereit, für uns diese Entscheidung zu treffen. Nicht, wenn sie über unser aller Leben bestimmen wird.

Zurück in meinem Apartment muss ich unbedingt dieses verfluchte Kleid loswerden. Ich laufe ins Schlafzimmer, schäle mich aus dem apricotfarbenen Alptraum und werfe es in die Zimmerecke, dicht gefolgt von den silbernen Sandaletten. Dann sinke ich aufs Bett und starre einfach nur auf die weiße Wand.

Wo bleibt Jackson? Er hat mir versprochen, dass er heute kommt. Dass er mir seine Entscheidung mitteilt.

Ich schlage die Hände vors Gesicht. Kann ich mich seiner

Entscheidung beugen? Wenn er sagt, er will's wagen und mit mir untertauchen – wäre ich dann bereit dafür?

Ich muss bereit sein.

Wir haben keinen Treffpunkt ausgemacht und keine Uhrzeit. Ich kann nur warten, bis Jackson kommt. Wenn er überhaupt kommt ...

Ich schaue auf die Uhr. Es ist kurz nach Mitternacht, und ich bin hundemüde. Aber ich weiß, dass ich nicht schlafen kann, selbst wenn ich es versuche. Eine heiße Dusche wird mir gut tun. Danach sehe ich weiter.

Ich ziehe mich ganz aus und gehe ins angrenzende Badezimmer. Die Dusche ist mit dem neuesten Schnickschnack ausgestattet, Massagestrahlen aus allen nur erdenklichen Richtungen lassen das heiße Wasser auf meine müden Muskeln prasseln. Minutenlang stehe ich einfach nur unter der Dusche und warte, dass die innere Kälte von der Wärme vertrieben wird. Immer noch grüble ich, wie ich alle retten kann. Jackson, Juno, mich. Meinen Vater ...

An diesem Punkt komme ich nicht weiter.

Ich verstehe, was das FBI meint. Natürlich können sie nicht alle retten. Für sie ist es nach wie vor nur ein Geschäft. Wenn sie beide Kartelle zerschlagen können, ist es sogar ein sehr gutes Geschäft für sie. Das Risiko tragen letztlich Jackson und ich. Wir werden unseres Lebens nie mehr sicher sein. Selbst in einer Kleinstadt in Idaho, selbst mit einer völlig neuen Identität werden wir uns nie in Sicherheit wiegen können. Auch wenn mein Bruder, Raimund Swan und Marcus verschwinden, wird es danach noch genug Leute geben, die für sie Rache üben werden ...

Und was meinen Vater betrifft, bin ich im Moment einfach nur ratlos.

Sein Geisteszustand bereitet mir Sorgen. Ist er überhaupt noch zurechnungsfähig? Weiß Dean von seinen Aussetzern? Wie lange geht das schon so? Ich habe so viele Fragen. Zu viele Ungewissheiten plagen mich, die es unmöglich machen, eine rasche Entscheidung zu treffen.

Ich trete aus der Dusche und wickle mich in ein Handtuch. Als ich ins Schlafzimmer komme, sitzt Jackson auf dem Bett.

»Hi«, sagt er.

Ich bleibe stehen, obwohl ich mich ihm in die Arme werfen möchte. »Hi«, antworte ich und warte.

»Dein Vater sollte mal mit der Hausverwaltung reden. Die Sicherheitsvorkehrungen sind ein Witz.«

Ich möchte mich entspannen, aber im Moment ist das unmöglich. Er blickt mich prüfend an. Seine braunen Augen ... Ist das gerade mal zwei Wochen her, dass er in Jimmy's Diner an Tisch 5 saß und Käsekuchen bestellte? Ich kann das gar nicht glauben.

»Du hattest Recht. Der SUV – das ist das FBI.«

Er nickt. »Hast du mit ihnen geredet?«

Ich zögere. »Ja«, sage ich schließlich.

»Und?«

»Sie wollen beide. Meinen Vater und Swan. Dann helfen sie uns.«

Jackson steht auf. Er tritt zu mir und schließt mich in die Arme. Ich möchte heulen vor Glück. »Wenn sie uns helfen, bekommen sie beide«, flüstert er und küsst meinen Scheitel.

Ich löse mich aus seiner Umarmung. »Ja, vielleicht.«

Seine Irritation ist für mich greifbar. »Alles okay?«

Ich wende mich ab und verschwinde im begehbaren Kleiderschrank.

»Hey, ich rede mit dir!«

Jackson folgt mir. Ich suche frische Klamotten raus: Unterwäsche, Strümpfe, Jeans, Top. Dann noch Turnschuhe. Das trage ich wieder ins Schlafzimmer, werfe alles vors Bett und lasse das Handtuch fallen. Immer noch stumm ziehe ich mich an. Jackson steht im Durchgang zum Kleiderschrank und beobachtet mich.

»Was ist los?«, fragt er schließlich.

Ich blicke auf. »Heute war eine Dinnerparty bei meinem Vater. Mein Bruder Dean war auch dort und hat uns seine Verlobte vorgestellt.« Ich atme tief durch. »Juno. Sie ist Chrissas Schwester.«

Jackson nickt langsam. »Sie weiß nichts von ...«

»Sie hat keine Ahnung!«, unterbreche ich ihn. »Sie weiß nicht, auf was für ein Monster sie sich eingelassen hat. Sie ist selig, weil mein Bruder sie auf Händen trägt. Aber wenn sie nicht hinsieht, kümmert er sich um die Geschäfte meines Dads.

Und er droht mir.«

»Er droht dir? Was soll das heißen?«

Als ich nicht antworte, ist Jackson mit drei Schritten bei mir und packt mein Handgelenk. Ich schreie auf und reiße mich los. »Verdammt!«, schreie ich ihn an. »Du tust mir weh!«

»Wenn er dir droht, werde ich *ihm* wehtun.«

»So ist das nicht.« Ich setze mich aufs Bett und schlüpfe in die hellblauen Sneaker. »Er droht nicht, *mir* etwas anzutun.«

Jetzt versteht Jackson. Er setzt sich neben mich. »Du fürchtest um Junos Leben.«

»Ich kann doch jetzt nicht einfach verschwinden«, flüstere ich. »Wer bin ich denn, dass ich das Todesurteil für Chrissas Schwester unterschreibe?«

»Bist du sicher, dass sie die ist, für die sie sich ausgibt?«, fragt Jackson heiser.

Ich starre ihn an und schüttle nach kurzem Nachdenken den Kopf. »Sie ist Chrissas Schwester«, beharre ich.

»Okay. Und was machen wir jetzt?«

Ich atme tief durch. *Wir*. Es ist nicht allein mein Problem. »Ich habe keine Ahnung«, gebe ich zu.

»Wir könnten das FBI fragen.«

»Habe ich versucht. Sie holen uns beide raus und sonst niemanden.«

»Okay ... Dann könnten wir versuchen, ohne das FBI unterzutauchen. Einfach verschwinden.«

»Wenn ich verschwinde, bringt Dean sie um. Bitte, Jax. Du musst mir glauben!« Widerstrebend berichte ich, was Dean mir letzten Sommer angetan hat. Jacksons Gesichtszüge verhärten sich, und als ich seine Hand nehmen will, zieht er sie weg.

»Du lässt zu, dass er dich so behandelt?«

»Nein«, erwidere ich fest. »Ich habe das nicht zugelassen. Er hat es getan, und danach bin ich geflohen. Ich habe acht Monate lang in der Angst gelebt, er würde eines Tages wieder vor mir stehen. Und dann kamst du und hast mich zu ihm gebracht.«

Er schüttelt den Kopf. »Ich kapiere das alles nicht. Was bedeutet das für uns, Lea? Willst du für uns noch kämpfen? Für eine gemeinsame Zukunft?«

Ich weiß es nicht.

Weil ich nicht antworte, steht er auf. Ich will irgendwas sagen, will ihn aufhalten – aber ich spüre, dass ich ihn längst verloren habe.

»Ich wäre bereit gewesen, mit dir zu gehen, Lea«, sagt er leise. »Ich habe mich damit abgefunden. Für dich wollte ich alles aufgeben – meine Freunde, dieses Leben, alles. Ich sah mich schon als Finanzbuchhalter in Nebraska oder als Footballtrainer an einem College in Wisconsin. Für dich hätte ich das getan. Für uns. Aber du scheinst nicht bereit zu sein, dein altes Leben hinter dir zu lassen.«

Ich starre ihn nur stumm an, während es in mir tobt.

Nein, nein, nein! Ich tue alles für uns. Aber ich kann mich unmöglich für dich entscheiden, wenn ich damit Junos Todesurteil unterschreibe!

»Geh nicht«, flüstere ich stattdessen.

»Leb wohl, Lea.« Er beugt sich zu mir und küsst mich auf den Mund. Einen winzigen Moment lang glaube ich, dieser Kuss wird alles ändern. Süß und verheißungsvoll. Ich hebe den Arm, will seinen Kopf festhalten, doch da ist der Kuss schon vorbei. Er richtet sich auf, seine Finger streifen meine Wange. Erst jetzt merke ich, dass ich weine.

»Jax, nicht ...«

»Es ist besser so. Du bist ...« Er stockt. »Du bist zu gut für unsere Welt. Geh, rette Juno. Rette dich. Wenn du mich brauchst, wirst du wissen, wo du mich findest.«

Nein, das weiß ich nicht. Wir haben nicht mal daran gedacht, unsere Handynummern auszutauschen, denn erst waren wir rund um die Uhr zusammen und dann wurden wir so plötzlich auseinander gerissen, dass keine Zeit dafür blieb.

»New York ist zu groß. Dort finde ich dich nie«, sage ich. Meine Stimme ist heiser, und ich verschlucke mich an den Tränen.

»Du wirst wissen, wo du mich findest«, wiederholt er.

Ich bin wie erstarrt. Jackson verlässt das Schlafzimmer, und ich höre, wie die Wohnungstür ins Schloss fällt.

Erst dann springe ich auf und renne ihm nach.

Er steht vor dem Fahrstuhl, als ich aus der Tür stürze.

»Jax!«, rufe ich. »Jax, bitte ...« Ich breche fast zusammen

unter diesem Schmerz.

Er ist mit wenigen Schritten wieder bei mir und fängt mich in seinen starken Armen auf, bevor ich den Halt verliere. Ich klammere mich an ihn. »Bitte geh nicht«, flüstere ich.

»Ich muss.« Er legt die Hände auf meine Schultern und schiebt mich ein wenig von sich weg. Ernst blickt er mir in die Augen. »Ich verstehe alles, was du sagst. Dass du jetzt für Juno da sein musst. Wir geben nicht auf, hörst du?«

»Lass mich nicht allein«, flehe ich.

Er schüttelt den Kopf. Die Fahrstuhltüren gleiten lautlos auseinander. Er löst sich von mir, ich strecke die Hand nach ihm aus, und das letzte, was ich von ihm spüre, sind seine Fingerspitzen in meiner Handfläche. Dann tritt er in die Fahrstuhlkabine und dreht sich ein letztes Mal zu mir um. Ich trinke seinen Anblick, kann mich nicht sattsehen an ihm. Seine braunen Augen mustern mich ebenso intensiv, als wollte er sich jedes Detail einprägen. Ich lächle tapfer.

»Leb wohl«, formen seine Lippen stumm. Dann schließen sich die Fahrstuhltüren, und ich bin allein.

Wie betäubt schleiche ich zurück in die Wohnung und schließe die Tür. Mir ist plötzlich kalt, und ich zittere unkontrolliert, obwohl ich doch gerade zwanzig Minuten unter der heißen Dusche gestanden habe.

Ich gehe ins Schlafzimmer und lösche auf dem Weg alle Lichter in der Wohnung. Dann ziehe ich mich aus, krieche ins Bett und schließe die Augen.

Weinen kann ich nicht. Zu tief sitzt der Schmerz.

Er hat mich allein gelassen, einfach so.

Wie soll ich mit diesem Wissen morgen aufstehen? Übermorgen? Nächste Woche?

Plötzlich ist alles sinnlos. Ich habe eine Entscheidung getroffen, ja. Doch damit habe ich meinem Leben jede Bedeutung geraubt.

Ich habe den Mann fortgeschickt, den ich von ganzem Herzen liebe.

Aufwachen, aufstehen, anziehen. Frühstücken, ins Atelier fahren, arbeiten.

Das ist mein Leben.

Und ich hasse es von ganzem Herzen.

Sechs Wochen sind vergangen, seit Jackson mich verlassen hat. Sechs Wochen, in denen ich nichts von ihm gehört habe. Kein Wort, kein Google Alert, nichts. Ich rede mir ein, dass das gut ist. Solange er nicht irgendwo auftaucht, geht es ihm bestimmt besser als mir.

Mittags gehe ich manchmal mit Juno essen. Sie geht völlig in ihren Hochzeitsvorbereitungen auf und will mich bei allem dabei haben. Für sie bin ich eine Art Schwesternersatz. Meine Meinung zum Blumenschmuck, zum Brautkleid, zu der Location, dem Pfarrer, der Hochzeitstorte und ihrem Eheversprechen interessiert sie. Doch jede ihrer Fragen wirft mich zurück in die Trauer um Chrissa, weil ich daran denke, dass ihre Schwester all das mit ihr teilen sollte und nicht ich, die Schwester des Monsters, das sie unbedingt heiraten will.

Das Atelier verdanke ich Dean. Er hat unser Gespräch bei der Dinnerparty nicht vergessen. Am meisten überrascht mich, wie viel Freude mir das Malen bereitet. Nur deshalb stehe ich morgens auf. Und wegen Juno.

Trotzdem spüre ich jeden Tag, wie sehr Jackson mir fehlt. Ich wache mit diesem bleischweren Gefühl der Leere auf, das sich den ganzen Tag nicht abschütteln lässt. Lediglich im Atelier oder mit Juno vergesse ich für wenige Stunden, was mir fehlt.

Ich habe den Mann aufgegeben, den ich liebe.

Als ich an diesem Aprilmorgen ins Atelier komme, ist alles wie immer. Die Pinsel stehen in dem Glas, in das ich sie gestern Abend nach dem Malen gestellt habe, und über der Leinwand hängt ein weißes Tuch. Die Farbtuben sind ein wildes Durcheinander auf dem Tisch, und durch die Oberlichter fällt das sanfte, helle Morgenlicht, das so typisch ist für Kalifornien.

Seit einer Woche versuche ich mich an der Skyline von New York mit der Brooklyn Bridge im Vordergrund. Fotos helfen mir, die Erinnerung an die Stadt wachzuhalten, doch vieles verblasst viel zu schnell. Das Licht, die Atmosphäre ... manches können Fotos einfach nicht einfangen.

Ich hänge die leichte Lederjacke an den Haken hinter der Tür und hebe das Tuch an. Dann trete ich zurück und runzle die Stirn.

Etwas ist anders ...

Ich schaue mich um. Das Atelier ist groß. Es ist in einem alten Fabrikgebäude am Rande von Venice untergebracht und gehört zu einer ganzen Reihe von Werkstätten und Ateliers, die hier in den letzten Jahren aus dem Boden geschossen sind. Nebenan arbeitet Audrey, eine talentierte Goldschmiedin, und gegenüber macht Troy wahnsinnig tolle Linoldrucke. Neben ihm hat Rafe seine Werkstatt, in der er mit Holz arbeitet.

Keiner von ihnen hat einen Schlüssel zu meinem Atelier. Trotzdem frage ich mich, ob heute Nacht jemand hier war.

Es ist nichts, das ich benennen könnte. Nur ein Gefühl ...

Ich wandere langsam durchs Atelier. In der kleinen Kochnische schalte ich die Kaffeemaschine ein. Als ich wenige Minuten später zurück in den Hauptraum gehe, sehe ich es – und ich lache auf. Wieso ist mir das nicht sofort aufgefallen?

Auf dem Tisch, inmitten der Farbtuben, liegt ein Päckchen. Halb so groß wie ein Schuhkarton, in Packpapier eingewickelt. Ich trete an den Tisch und nehme es in die Hand. Als ich es schüttle, rappelt etwas darin.

Neugierig mache ich das Päckchen auf.

Darin liegen nur zwei Dinge: ein kleines, billiges Wegwerfhandy und eine nagelneue SIM-Karte.

Ich starre beides an.

Das Handy kenne ich.

Es ist das Handy, das Jackson mir in New York weggenommen hat.

Ein Handy, eine SIM-Karte.

Mehr nicht.

Ich halte beides in den Händen. Und ich verstehe.

Das ist eine Nachricht von Jackson.

Ich bin sicher, wenn ich die SIM-Karte einlege, ist neben den Nummern von Jimmy, Nora, Eleni und Catherine noch eine neue Nummer auf dem Handy eingespeichert. Und wenn ich ihn anrufe, wird er bescheid wissen.

Er gibt uns nicht auf. Er will, dass ich weiter an eine gemeinsame Zukunft glaube. Ich habe ihn fortgeschickt, um Juno zu retten, aber er ist da.

Wenn ich ihn brauche, ist er nur einen Anruf entfernt.

Meine Finger zittern, als ich die SIM-Karte aus der Halterung breche und ins Handy einlege. Es piepst, als ich es einschalte.

Tatsächlich. Im Telefonbuch gibt es einen fünften Eintrag. »Jax«, flüstere ich. Dann wähle ich seine Nummer.